JN088502

はじまりの島

柳　広司

幻冬舎文庫

はじまりの島

目次

登場人物

チャールズ・ダーウィン　博物学者
オーガスタ・アール　記録画家
ロバート・フィッツロイ　ビーグル号艦長
ウィッカム　ビーグル号副官
ヘリアー　艦長世話係の少年
フィリップ・キング　士官候補
リチャード・マシューズ　宣教師
ジェイミー・ボタン　フエゴ・インディアンの少年
ヨークミンスター　フエゴ・インディアンの青年
フェギア・バスケット　フエゴ・インディアンの少女
シムズ　料理人
ビリー　水兵

ガラパゴス群島略図

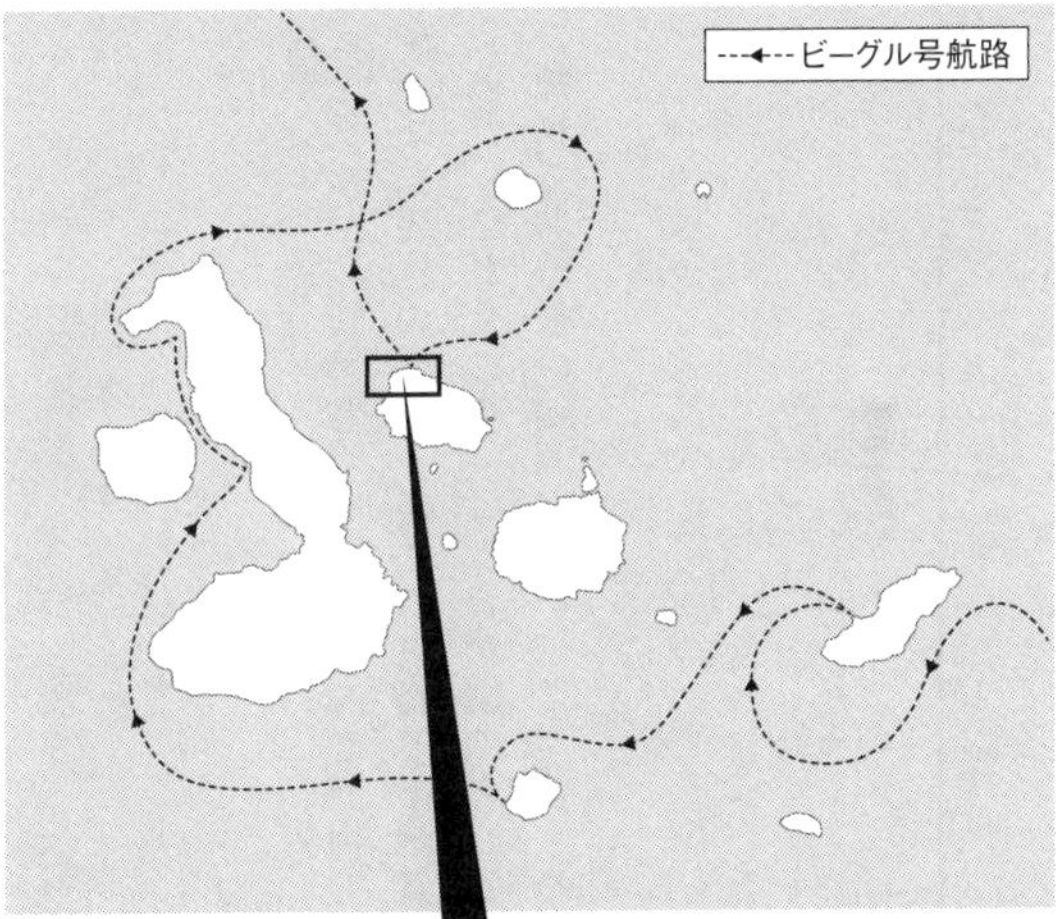
ビーグル号航路

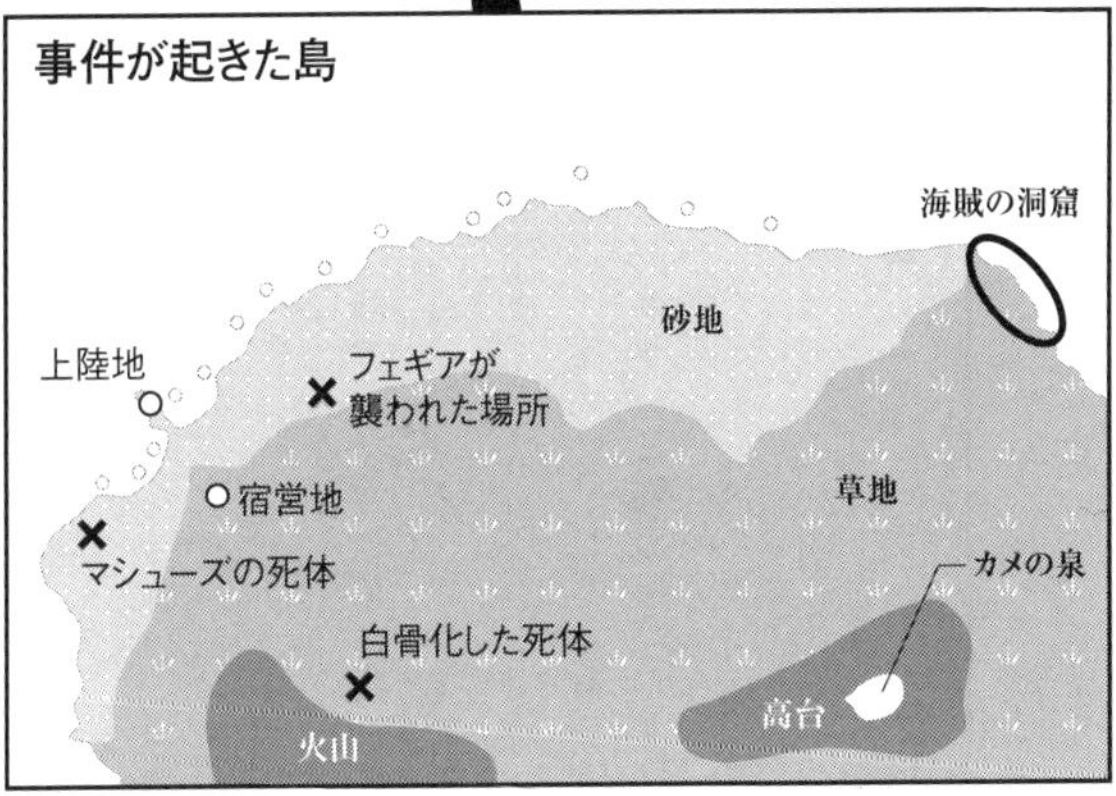
事件が起きた島
海賊の洞窟
砂地
上陸地
フェギアが
襲われた場所
宿営地
草地
マシューズの死体
カメの泉
白骨化した死体
高台
火山

私は軍艦ビーグル号に博物学者として乗船し航海しているあいだ、南アメリカで見られる生物の分布や、また現在の生物と過去の生物との地質学的関係にみられる諸事実によって、強く心をうたれた。これらの事実は、わが国のもっとも偉大な哲学者※が言ったとおり、まさしく神秘中の神秘である種の起源にたいして、若干の光を投ずるものであるように思われた。

――ダーウィン『種の起源』より

※――フランシス・ベーコン(一五六一～一六二六)を指す

ことの始まり

——それでは尋ねるが、

オックスフォード主教サミュエル・ウィルバーフォースは興奮して声をあげた。

——あなたが猿と親戚なのは祖父方を通じてなのか、それとも祖母方を通じてなのか？

主教がなにを狙ったにせよ、彼の質問は完全な失敗に終わった。彼はただちに、進化論の擁護《ようご》者《しゃ》トマス・ハクスリーによってこう切り返されることになる。

——私は自分の祖父方に猿がいたからといって、なんら恥ずべき理由はないと主張します。私が恥ずかしい思いで顧《かえり》みなければならない祖先がいるとしたら、それはむしろ落ち着きがなく移り気な知性をもった男（ＭＡＮ）でありましょう。自分自身の活動領域での疑わしい成功に満足できず、知りもしない諸問題に鼻をつっこんで、漫然とした修辞、脱線と宗教的偏見への奇妙な訴えなどによって、聴衆の注意を本当の争点から逸らしてしまうような男（ＭＡＮ）。もしそんな者が祖先にいるとしたら、私はとても顔をあげていられないでしょう。

主教はもはや赤い顔で黙り込むしかなかった……。

一八六〇年、オックスフォードで開かれた英国科学振興会での一幕である。

この年の最大の議題は、前年末に出版された一冊の本――『自然選択、すなわち生存闘争における有利な品種の保存による種《しゅ》の起源』（通称『種の起源』）をめぐる論争であった。事前に「〝神が種をお創《つく》りになったのではない〟などという世迷《よま》いごとは、わしがみじんに打ち砕いてみせる」と宣言していたウィルバーフォースは、かくてみじんに打ち砕かれてしまった。

事態を重く見た英国国教会は、『種の起源』の著者チャールズ・ダーウィンに関する調査を開始する。彼らが主に関心を寄せたのは、ダーウィンが進化《エボリューション》などという、神の創造を冒《ぼう》瀆《とく》する観念を抱くに至った過程であった。

彼はいったい、いつ、どこで、そのような悪魔の囁《ささや》きを聞いたのか？

調査の結果、若き日のダーウィンが英国海軍所属の軍艦ビーグル号に乗りこみ、五年をかけて世界を一周していることが判明した。もしかするとその時、世界の最果《さいは》ての地でなにかがあったのではあるまいか？　たとえば彼がそこで悪魔と関係をもったのなら、そんな者の発する言葉になんの正義があろう……。

教会の勝利は疑問の余地なく思われた。

僧服の二人の男がロンドン郊外の狭い部屋《フラット》を訪れ、一人の老人に聞き取り調査が行われたのも、こうした流れの一環であった。老人の名はオーガスタ・アール。彼は画家であった。三十年前、彼は未知の世界を記録する画家として、ビーグル号の航海に参加していた。彼ならば、ダーウィンが出会ったものを、画家としての優れた観察眼によって見ているはずである。

二人の客がアール氏を訪れたのは、晩秋の午後も遅い時間であった。半地下のアール氏の部屋にはすでに気の早い夜が忍び入り、客たちは勧められた椅子を見つけるのにほとんど手探りをしなければならなかった。二人の客は闇を訝《いぶか》り、しかし主人の許しを得て明かりを灯して、すぐにその理由を知った。画家の白く濁《にご》った眼は、いまでは彼がすっかり視力を失っていることを告げていた。

アール氏は六十七歳ということであったが、それよりはずっと老けて見えた。ビーグル号の航海当時、上背のある相当に立派だったという画家の体は、いまではすっかり小さくしぼみ、背中が曲がり、ほとんど猫背と言っていいくらいだ。彼の顔にはおそろしくたくさんの汚らしいしみが浮かんでいた。白濁《はくだく》した両眼の間につきだした大きな鼻が彼の顔から均衡を奪い、寝椅子の縁に添えられたしわだらけの手は細かく震え続けている。まばらな銀白色の髪はもう何カ月も手入れがされていなかった。男やもめの老画家の生活がきわめて困窮していることは、部屋の様子を一瞥《いちべつ》しただけで容易に見てとれた。

いくばくかの謝礼が約束されると、アール氏は質問に答えてぽつりぽつりと、やがて堰《せき》を切ったようにある事件を話しはじめた。

ビーグル号がガラパゴス諸島を訪れた時に起こった、ひどく不可解な——まるで悪魔に魅《み》入《い》られたとしか思えない——殺人事件。それはこれまで、どんな記録にも載っていない、誰も聞いたことのない物語であった。

僧服の調査員は、無言で顔を見合わせた。

三十年前、若きダーウィンとともに世界を見てまわった盲目の画家は、そうして目の前の見えぬ相手に向かって、長い間、絶え間なく喋り続けた……。

オーガスタ・アールの言葉は、いかなる理由からか、調書からすべて削除されている。

第一章　チャールズ・ダーウィン

イギリスで最も危険な男？

驚いたな。あのチャールズがいまや〝イギリスで最も危険な男〟だとはね。……なに？……なにがおかしいかって？……わたしがいま笑った？……ふむ、本当だ……わたしは笑っていた。……なにしろ笑うなんて久しぶりなんでね。自分で気がつかなかったよ。……いやはや、三十年か……なんだか昨日のことのような気がするが、そうか、あれからもう三十年になるのか。歳をとるはずだ。……あの頃は、わたしのこのやくざな眼も、まだちゃんと見えていた。それどころか、あの頃は他人よりずっとよくものが見えた。そのうえ、わたしには見たものの姿形をそのまま写し取る技術があった。……残念ながらいまじゃ人様にお見せすることはできないが、それでもこの頭の中にはちゃんと描いたものがしまってある。……ほら、こうすれば（とオーガスタ・アールは顔の前にスケッチブックを広げるまねをした）あの日のダーウィンの姿がここにある。

……………。

あの若者がはじめてわれらがビーグル号の階段《タラップ》を上がって来た時、船にいた奴らはみんな呆れて彼の姿を眺めたものさ。

あの時の彼の格好ときたら！

考えてもみたまえ、他の乗組員が全員海軍のお仕着せの制服を着ているなかに、たれ付き《テール》のトップコートに手が切れそうなくらいに折り目をつけた黒ズボン、折り襟《えり》でたくさんのボタンが無意味に並んだダブルの胴着《チョッキ》、派手な襟の高いシャツの首元には古風な蝶ネクタイをつけ、そのうえ、ご丁寧にも、頭には山高帽まで載っけた奴が突然現れたんだ。ロンドンの街中《まちなか》ならともかく、船の上にそんな格好で現れる奴がいるなんて、それまで誰も思いつかなかったに違いない。驚かないとしたら、そっちの方がどうかしている。

若者はいまやすっかり甲板《デッキ》上に姿を現した。そこで彼は、自分に向けられた視線に気がついたのだろう、ちょっと足をとめ、不思議そうに周りを見回した。わたしは、いつもの癖で、とっさに相手の特徴を頭のなかに描き留めた。

彼はほっそりとした背の高い若者だった。明るい褐色の眼と血色のよい薔薇色の頬、太い眉。ハンサムでこそないが、ひねこびたところのない素直な顔だ。日やけした首筋と、意外にがっしりした頭は、非常な健康に恵まれ、野外での活動的な生活を送ってきた結果だろう。

若者の姿はそのまま〝金持ちの家に育った、世間知らずのお坊ちゃん〟の典型的な肖像画だった。年齢は二十歳そこそこ。全体的な甘さにもかかわらず、きびきびとした眼の動きから頭の良さがはっきりと見てとれた。

若者が顔を赤らめ、困った様子で口をひらいた。

「艦長のフィッツロイ氏と約束があるのですが、どなたか彼のところへ案内していただけませんか？」

滑らかな、なかなか感じの良い声だったが、残念ながら誰も動こうとはしなかった。

「わたしはダーウィン。チャールズ・ダーウィン。この船で募集している博物学者の面接に来ました」

それで船にいた全員が、はじめて彼の名前を知ったわけだ。

水兵の一人に案内されてダーウィンが艦内に姿を消すと、ビーグル号副官のウィッカムがわたしに近づいて小声で尋ねた。

「彼が合格すると思いますか？　それともまた、例のごとく艦長に追い返される口ですかね」

わたしは無言で肩をすくめてみせた。実のところわたしには、今回の志願者が艦長フィッツロイの眼鏡にかなうとはとても思えなかったのだ。

この時――つまり一八三一年九月のことだが――われらがビーグル号は、南米大陸沿岸の測量と時辰儀《クロノメーター》による経度測定を目的とした、二度目の航海に出ようとしていた。この任務にあたって英国海軍《ロイヤル・ネイビー》からビーグル号の全権をゆだねられたのが、若き艦長ロバート・フィッツロイである。当時弱冠二十六歳、彼は三年前に出航したビーグル号第一回の航海途中、前《さき》の艦長の突然の死によって艦の指揮権を引き継ぎ、そのまま継続して任務を任されていた。〝キャプテン〟フィッツロイは、細身の鍛えあげられた身体に一分《いちぶ》のすきもない服装をととのえ、鷲《わし》を思わせる鋭い顔、高い鼻筋越しに見おろす冷ややかな青い瞳……と、一言でいえば、こちらは〝典型的なイギリス貴族〟――自尊心が強く、権威主義的、話し方は尊大、物腰は自らの特権を当然と思っている人物――の肖像画であった。そもそも彼の一門は、あのチャールズ二世（淫行で有名）のご落胤《らくいん》に始まったということだが、その後は王党《トーリー》の一翼をにない、いまや名門貴族として押しも押されもせぬ地位を築いている。……貴族というのは、まあだいたいがそういうものだ。

　フィッツロイがわずか二十三歳という若さでビーグル号の指揮権を引き継いだのも、一つには彼の家柄のなせるわざに違いあるまい。だが、彼はそれだけの存在ではなかった。フィッツロイはビーグル号（全長九十フィート、二百四十二トン、十門の大砲を備えた、二本マストのブリッグ型帆船――このタイプの艦はデザインのためにひどく転覆しやすく、水兵たちのあいだでひそかに〝棺桶《コフィン》〟と呼ばれていた）を引き継ぐやいなや、見事な統率力、状況に対する的確な判断力、決断性、休むことを知らぬ無尽蔵のエネルギー、加えて命令違反をおかした者には鞭打《むち》ちをも辞さないある種の厳格さ、といったものによって、たちまち部下たちの信頼をかちえた。

実際のところ、世界の果てのよるべなき暗い海をさすらう船乗りたちにとって、艦長の存在がいかに巨大なものであるか、陸《おか》の人間にはちょっと想像がつくまい。海の上では艦長の判断がすべてだ。もし艦長が無能なら、あるいは判断を誤ったら、船はたちまち乗員もろとも海の藻屑《もくず》と消えるだろう。その点、十三歳で海軍に入り、その後船を指揮することだけをたたき込まれてきたフィツロイこそは、今回のビーグル号の任務《ミッション》――未知の海域の測量には、言うまでもなく非常な危険がつきまとう――に、まさにあつらえたような人物であった。

航海中は乗員の信頼の的となるフィツロイの厳格さは、航海前にもいかんなく発揮された。周到な指示にもとづき任務に必要な艤装《ぎそう》が凝らされ、また厳しい人選の末に乗員が選ばれた。中でも今回の任務に連れて行く博物学者の選考に際してフィツロイの定めた基準はことに厳しく、わたしたちはこれまでにもう何人もの候補者が船を訪れては、すごすごと帰って行く姿を見てきた。その中には相当に名前の知れた学者もいたのだ。今回の候補者の若者ときたら、どう見てもフィツロイとは、性格、育ち、さらには人生観といったなにもかも正反対としか思えず（後で知ったことだが、案の定民党《ホイッグ》の支持者であった）、ましてあの服装では、ただちに船からたたき出されても不思議ではないと思われた。

副官のウィッカムもまたわたしと同意見であったらしく、だからしばらくして艦長と若者の二人がにこやかに笑いながら一緒に甲板に姿を現し、さらにはフィッツロイが相手に手を差し出してこう言うのを耳にした時には、わたしたちは二人してほとんど仰天したといってよかった。

「ミスター・ダーウィン、今回の任務へのあなたの参加を心から歓迎いたします。出帆は二カ月後。それまでに必要な品を私の船室に運び込んでおいてください。航海の間、あなたには私と同室していただきますから……」

と艦長はそう言って、階段をうきうきとした足取りでおりてゆく若者を見送り、一方の若者も途中なんども振り返っては親しげに手を振っている。また、そのたびにあの厳格なフィッツロイが軽く手をあげて応えているのだ。ウィッカムとわたしは、しばらくは唖然として顔を見合わせるだけであった。若者の姿が街角に見えなくなって、ウィッカムが恐る恐る艦長に近づいて尋ねた。

「では、彼がそうなのですね？」

「うむ」とフィッツロイはいつもどおりの生真面目《きまじめ》な顔に戻って答えた。

「彼は随分と若く見えました」

「そう、彼は私よりまだ四歳若いと言っていた」

「とすると、二十二歳ですか。大丈夫ですかね」

「大丈夫？　それはどういうことだね、ウィッカム」

　フィツロイは質問者をぐるりと振り返り、冷ややかな声で問い返した。

「私は今回のビーグル号の任務において、年齢の少ないことがなにかの不都合になるとは思ってはいない。要は、その人物が優秀であるかどうかだよ。それに、もし年齢が不都合の原因というなら、君や私を含め、ビーグル号の乗組員すべてが不都合ということになる。違うかね？」

「いいえ、違いません。まさに艦長のおっしゃるとおりであります！」

　ウィッカムは、自分の発言が艦長の不興を招いたことに気づくと、たちまち背筋をぴんとのばし、あごを引いて答えた。フィツロイは副官から目を逸らし、囁くように続けた。

「とはいえ、実は私にも気になることがなくはないのだ。ウィッカム、君は彼の鼻をどう思ったかね」

「鼻、でありますか？」

「そう、鼻だよ、鼻。あれが厳しい航海に耐えることのできる男の鼻だろうか？……他のあらゆる点において、ミスター・ダーウィンが私の望む人物であることには間違いない。ただあの鼻の形だけが、どうにも気掛かりなのだ」

「さあ、鼻については……わたしには、なんとも……」

ウィッカムは、直立不動の姿勢のまま、さかんに目を瞬《しばたた》かせている。

やがてフィツロイが思案顔のまま立ち去ると、わたしはたまらずふきだした。鼻、がおかしかったのではない。フィツロイはこの頃骨相学《こつそうがく》に凝っていて、人の顔を見てはなにかと御託宣を下すのが日課のようになっていた。当否は知らず、彼にとっては重要な任務を前にした気晴らしの一種だったのだろう。わたしが笑ったのはむしろ、なにごとにもむきにならざるをえない彼らの若さに対してであった。

ビーグル号に乗っていたのは、艦長のフィツロイを含め、ほとんどが二十代の若い者たちばかりだった。当時わたしは三十七歳、自分ではまだ若い気がしていたが、連中の中では一番の年長者であり、彼らはしばしばわたしを〝アール《アンクル・アール》おじさん〟と、からかって呼んだものだ。わたしが彼らから一様に尊敬、といわずとも信頼を得ていたとすれば、ひとえに年齢のおかげであった。

ビーグル号が実際にすべての準備を調え終え――烈しい南西の疾風《はやて》に二度まで吹き戻された後――ようやくプリマス港をあとにしたのは、この時から三カ月後、年もおしせまった十二月二十七日のことであった。わたしたちはこうして、世界一周の航海に乗り出した。ビスケー湾を出て、フィツロイが最初に命じたのは、クリスマスの馬鹿騒ぎ（おかげで出帆がさらに数日遅れた）の中で一番ひどかった水兵を甲板に引き出して鞭打ち刑にすることであった。

航海に出てすぐに、わたしたちはダーウィンに関するフィツロイの判断が正しかったことを知った。ある意味で艦長の危惧は当たっていた。というのも、それまで海に出たことが一度もないというダーウィン――彼は結局、航海中ずっと例の〝おかしな服装〟でとおした――は、ひどく船酔いしやすい体質で、航海中、彼はついにこの悪癖を克服することができなかったのだ（もっとも、彼の船酔いの原因が〝鼻〟にあったかどうかは定かではない）。

しかし、船酔いの一点を除けば、若き博物学者チャールズ・ダーウィンは、ビーグル号の航海にうってつけの人物であった。彼は誰に対しても礼儀正しかった。わたしは航海の間ダーウィンが怒ったのを一度も見たことがないし、誰かに向かって思いやりのない言葉や軽率な言葉を吐いたのを聞いたことがない。なるほどダーウィンははにかみ屋だった。彼は知らない人物とはじめて話す時、きまって頬を赤らめる癖があった。そのくせ彼は、気がついた時にはビーグル号の乗員全員とすっかり仲良くなっていた。考えてもみてほしい、航海中、全長わずか九十フィートの船内に、艦長以下、主計長、士官候補、航海士、掌帆長《しょうはんちょう》、船匠《だいく》、事務員、水兵、少年秘書、少年水兵といった、じつに七十七人もの人間が起居しているのだ。空間の絶対的な不足は、ビーグル号における唯一の、そしてけっして克服できない難点であった。狭い船内における長い航海生活では、人間関係はきわめて重要な問題だ。

ダーウィンにとっては、船の上で目にするすべてのものが興味の対象であった。彼は早速仲良くなった乗員を捕まえては、あれこれとうるさいほどの質問を浴びせかけた。ロープの扱いや、帆の張り方、吊床《ハンモック》でどうしたら快適に眠れるか、はては獰猛《どうもう》なサメの釣り上げ方に至るまで、船の上で目にする事柄で、彼が質問しなかった項目をわたしは思いつくことができない。たちまちダーウィンには〝われらが知りたがり屋さん〟のあだ名が冠せられることになった。彼はすぐに船の上の生活に通じ、ほとんど誰よりもビーグル号に詳しくなった。普段は口の悪い水兵たちもこれにはすっかり舌を巻き、「ダーウィンさんほど早く、完全に、船の生活にとけこんだ陸上者《おかもの》をこれまで見たことがない」としきりに感心していた。

その後も、彼のとどまるところを知らぬひじょうな好奇心には、わたしたちはただただ驚くばかりであった。ダーウィンは絶えざる船酔いに悩まされていたにもかかわらず――あるいは、それゆえに？――目が覚めている間、片時もじっとしていなかった。船室で書き物をしていたかと思うと、次の瞬間には船のなかをぐるぐると歩きまわり、甲板にあがって何か人目を驚かせる新奇なことを始めるのだった。あるとき彼は旗布で四フィートの曳《ひ》き網《あみ》を作り、艦尾からそれを流しはじめた。周囲が好奇の目で眺めるなか、ダーウィンが苦労して網を引きあげると、色彩豊かな、見たこともない微小な海の生物がどっさり採れた。ダーウィンは嬉々として未知の海洋生物をよりわけ、ある物は瓶詰に、ある物は乾燥標本にと、作業の手をやすめることがなかった。〝曳き網漁〟はその後もしばしば行われ、副官のウィッカムは採集物で甲板が汚れるとしきりにぼやいていたが、彼もダーウィンが子供のようにはしゃいでいる様子を目にしてはふきだすしかなく、結局文句ひとつ言えずじまいであった。さまざまな種類におよぶ大量の事実を集めるにあたっての疲れを知らない忍耐強さ、またそれらの事実を扱う驚くべき技法、広く正確な生物学的知識、実験を工夫し、実行する勘のよさ、これらの特質は博物学者ダーウィンのうちに調和的に結びついていたのである。

わたしたちが彼の、もう一つの奇妙な癖に気づいたのもこの頃だった。ダーウィンは時々、突拍子もない――つまり、ちょっと聞いただけではどうにもわけの分からない、謎のような言葉を口にすることがあった。たとえば、これは水兵たちが甲板の清掃作業をしていた時のことだが、一人の水兵が「おれの故郷の村の風景はなんだか荒涼としていて、だから船を降りても故郷に帰る気がしないんだ」としきりにぼやいていた。そこにたまたま通りかかったダーウィンが、ふと足をとめ、少し考えてこう言ったという。

「猫ですね、もちろん」

その場に居合わせた水兵たちは全員が掃除の手をとめ、呆気にとられてダーウィンの顔を見た。ところがダーウィンがそれきりなにごともなかったように立ち去ろうとするので、連中は慌てて彼を引き留め、言葉の意味を問いただした。ダーウィンは一瞬不思議そうな顔になり、自分を取り囲んだ者たちが本気で尋ねているのに気がつくと、さっと顔を赤らめて、どもりながら答えた。

「……わたしはただ……あの人が『故郷の村が荒涼としている』と言っているのを耳にして……それで思ったんです。〝可哀想に、彼の村には花が少ないのだな〟と。……だって、もし花さえあれば、一面に花が咲いたイギリスの村くらい素敵なところは、世界中どこを探したってありませんからね。……そこで〝彼の村に花を増やすにはどうしたら良いだろう？〟と考えて……思いついたことを口にしただけなのです。どうか気にしないでください」

水兵たちは顔を見合わせ、もう一度ダーウィンに向き直って口々に尋ねた。

「なるほど、奴の村には花なんて気のきいたものは咲いていないにきまってらあな。しかし、ダーウィンさんよ。おれたちは〝猫〟たあどういう意味か聞いているんですぜ」

「花と猫と、一体どう関係があるんです。おれらにはそいつがさっぱり分からねぇ」

「ダーウィンさんには、花作りをする猫に知り合いでもいるんですかい？」

「それともまさか」と中の一人が凄んで言った。「おれたちが無学だからって、口からでまかせを言っているんじゃねえでしょうね」

「でまかせだなんて、とんでもない」ダーウィンは慌てて手を振った。そして「でも、やっぱり猫なんですよ」と、困惑した顔で次のような説明を始めた。

「いいですか、村で猫をたくさん飼うと、猫たちはネズミを捕りますから、村からはまずノネズミの数が減ります。ところでノネズミは、よくマルハナバチの巣を襲うので、ネズミが減れば逆にマルハナバチが繁栄することになります。このマルハナバチというやつは野生のパンジーやシロツメクサといった花の花粉の媒介をしているので、つまりマルハナバチの数が増えると、こうした花々が多くの種《たね》を作ることになるのです。種がたくさんできれば……もうお分かりですね、野生のパンジーやシロツメクサの花が一面に咲き乱れていればもう〝荒涼としている〟なんてけっして思えない。……ね、そうなれば、その季節にはきっと故郷に帰りたくなりますよ」

ダーウィンはにこにこと笑ってそう言ったのだった。彼が立ち去った後、水兵たちは、猫ならぬ、狐につままれたような気分で互いの顔を見合わせることになった。とはいえ彼らは、愚痴の多い仲間の水兵が村に帰りたくない本当の理由は全然別なところ――女房殿――にあることを知っていたのだが……。

聞く者が煙《けむ》に巻かれたのは、なにもこの時ばかりではない。忙しく動き回るダーウィンが、人々の話にふと足をとめ、突拍子もない言葉を残して立ち去ることがしばしばあった。曰《いわ》く、

「喧嘩の原因は意見の一致ですね、もちろん」

「目立たないのは背が高すぎるせいですよ、もちろん」

「同じところに留まるためには走り続けなければなりません、もちろん」

「強盗が出なかったのはアザミが伸びていなかったからですよ、もちろん」

などなど。

一見不可解とも、逆説とも思える彼の発言は、しかし後で順を追って聞いてみれば、いずれもなるほどと納得のいく意見ばかりであり、彼の奇妙な言葉遣いや、〝たとえ話〟ふうの話し方は、どうやら途中の論理をすっとばして結論だけを口にするせいらしかった。

ダーウィン流に言えばこんなふうになる。

「急ぐあまりもってまわった言い方になるのですよ、もちろん」

ダーウィンのこの癖は、彼の珍妙な言い回しともあいまって、船内でたちまち評判となった。

「もちろんですよね、もちろん」

ビーグル号の乗員たちは面白がってダーウィンの口調をまねて言い、ダーウィンには早速、

もうひとつのあだ名――〝哲学者さん〟（「わけの分からないことを言う者」の意）――が与えられることになった。

乗員の誰もが、ダーウィンと話をすることを好んだ。ダーウィンも目まぐるしく働きながら、彼らの求めにこころよく応じた。ビーグル号の中で、多くの言葉がダーウィンを介して飛びかった。だが、その中でも、ダーウィンともっとも多く言葉をかわした人物となれば、これは間違いなく艦長のフィッツロイということになる。

ダーウィンとフィッツロイは、どちらも気が遠くなるほどの仕事を抱え込んでいたにもかかわらず、それぞれが一日の仕事を片付け、船室に戻った後で、ほとんど連夜にわたり、明け方近くまで議論を戦わせていたのだ。彼らがそれほどまでに、飽きることなく言葉を戦わせていた問題《テーマ》はなんだったのか？　わたしも興味を覚えて何度か覗きにいったのだが、覚えている限り、それはたとえば〝永遠について〟であり、また〝不死について〟〝聖書におけるノアの洪水の有無〟といった、なるほど神聖にして重要な問題ではあるが、いかにも嘴《くちばし》の黄色い連中のやりそうな議論であった。わたしはたいていいつも、議論の途中で眠ってしまった。

内容はともかく、二人が連夜におよぶ徹夜の議論を少しも苦にしない、無尽蔵のエネルギーの持ち主であったことだけは間違いなく、フィッツロイは手ごわい議論の相手を得たことにむしろ上機嫌の様子であった。

ビーグル号において、ダーウィンは相当に突飛なその振る舞いにもかかわらず、誰からも愛される人物であった。

航海中、ダーウィンの行動に一番迷惑していたのは、結局のところ、このわたしということになるのだろう。

ダーウィンは博物学者として唯一決定的な欠点があった。彼は絵が描けなかったのだ。そこで彼は、新奇な採集物にでくわすと、標本にする前にかならずわたしを呼んで絵を描かせた（もしくは〝描くよう依頼した〟。わたしが手を動かさなければならない量はどちらも同じだ）。ところで彼は始終新奇なものに出会っていたし、さらにあらゆる手段を用いて新奇なものを手に入れようと努めたので、勢いわたしの仕事も膨大なものにならざるをえなかった。彼やフィツロイほどの人並みはずれたエネルギーを持ち合わせていないわたしにとって、これはいささか苛酷な労働であった。

ダーウィンは、昼夜を問わず、しばしば興奮した面持ちでわたしの船室に飛び込んできた。

「アールさん！　また絵に描いてもらいたいものを見つけましたよ！」

……わたしはいまもあの時のことを夢に見て、夜中にはっと目が覚めることがある。

ダーウィンが見つけた〝未知なるもの〟を——たとえばそれは誰も名前を知らない海鳥や、奇妙な蔓性植物、時には岩石がうねった層をなす岸辺の様子といったものであったが——わたしが絵に描き留めている間、ダーウィンはいつも傍らですまなそうに顔を赤らめ、しきりに恐縮していた。

「いつもすみません、アールさん。でも、これで二、三日はお願いすることはないと思いますから……」

彼はそのたびに本気で言っていたのだろう。だが、言うまでもなく、約束が守られたことは一度もなかった。二、三日どころか、大抵の場合数時間後には、頰を上気させたダーウィンがわたしの船室に飛び込んで来るのだった。

「ほら、アールさん！　これを見てください。他はともかく、これだけはなんとしても描いてもらわなくては！」

彼の行儀の良い礼儀正しさも、内気なはにかみも、ひどい船酔いでさえ、未知なるものへの憧れには勝てなかった。

わたしは航海中、ほとんどダーウィンと行動をともにしていた。わたしは彼が見たものを見た。五年におよぶビーグル号の航海。そして、誰もが目を背けるしかなかった、あの悲劇としか言いようのない、奇怪な事件の時も……。

おお、わたしの盲いた眼《めし》にははっきりと見える。死者たちの青ざめた顔が！　死んだ者たちは闇のなかに恨めしげな目を開ける。彼らはわたしに迫っているのだ。〝語らねばならぬ時が来たのだ〟と……。これまで皆が口を閉ざし、闇に閉ざされてきたあの事件——われらがビーグル号がガラパゴスを訪れた時に起こった、あのおぞましい悲劇について、わたしはいまここに語ろうと思う。

すべてはあの島で始まったのだ。

第二章　魔法にかかった島々《エンカンターダス》

――ガラパゴス。

スペイン語で〝巨大な亀〟を意味するこの群島を、わたしたちがはじめて目にしたのは、イギリスの港を出てから四年目、一八三五年九月十五日のことであった。

その日、海の上は朝から深い霧が立ちこめていた。

船はほとんど帆を下ろした状態で、ゆっくりと霧の中を縫うように進む。

海鳥が近くに島のあることを告げていた。朝早くからめずらしくも多くの水兵たちが甲板に出て、霧に目を凝らしていた（注意深い観察者がいれば、彼らの間にわたしの姿も見つけられたはずだ）。なにしろビーグル号の乗員は皆、イギリスを出る際には思いもしなかった長い時間を船の上で過ごしてきたのだ……。

イギリスを出たビーグル号はまず、大西洋を南へと進み、赤道を越え、南アメリカ大陸にぶつかると、その岸に沿って測量を行いながら、さらに南へと下った。緯度が上がるにつれ、陸の様子が、そして海もまた刻々とその姿を変え、わたしはそのたびにひどく驚かされたものだ。その間もフィッツロイ艦長は任務の遂行に余念がなかった。彼はきわめて几帳面な性格であり、測量のためあらゆる機会、方策を模索した。彼は正確な数値を得るまで、同じ場所を何度でも測量し直すことをあえて辞さなかった。

当初二年程度と目されていた南米沿岸の測量任務は、この頃からおもいのほか困難な様相を呈しはじめた。わたしたちは予期せぬ危険に何度もぶつかった。正確な海図の存在しない海域では、未知の岩礁があらゆるところでわたしたちを待ち受けていた。一度などは実際に船が浅瀬に乗り上げ、わたしたちはみじめな思いで潮の満ちるのを待たねばならなかった。天候はおそろしく不順であり、荒れ狂う鉛色の海での測量任務は危険に満ちていた。南に行くにつれ、索具は凍りつき、甲板は雪で覆われた。氷だらけの海峡では巨大な氷塊がしばしば氷河末端の絶壁から崩れ落ち、軍艦の片舷斉射のような凄まじい音が海峡に響きわたった(この音は、その後たっぷり一週間もの間、ビーグル号の乗員すべてに、難破、危険、死、などの悪夢を見させた)。複雑に入り組んだ島々——ティエラ・デル・フエゴ——は迷路も同然であり、恐ろしげな入れ墨を施した現地人たちとの交渉は一瞬たりとも気を抜くことができなかった。

途中本国との不幸な行き違いによって生じたさまざまな誤解が、事態をいっそう複雑なものにしていた。フィツロイの報告書に対する英国海軍本部からの指示書には、現場の状況を理解しない、まったく理不尽な命令がしばしば記されていた。そのせいで、せっかく後にしたばかりの忌まわしい場所に舞い戻り、もう一度危険な測量をやり直さなければならないことさえあった。

一八三四年六月になって、わたしたちはようやく極寒のホーン岬をくぐり抜けたが、任務は、この時点ですでに当初予定していた期間を過ぎていた。

南米西岸を北上しはじめると、今度は不快な熱病がわたしたちを襲った。熱病のために何人かが命を落とし、壊血病や、また思わぬ事故で仲間を失ったこともある。いつ終わるともしれぬ狭い空間での船上生活に加え、危険な任務、本国からの出鱈目《でたらめ》な指示、それによる測量のやり直し……。こういったすべてのものが乗員たちを疲弊させ、ビーグル号の中にはいつしか得体の知れぬ暗い澱《おり》がよどみはじめていた。

一八三五年七月、ついに測量任務の終了が告げられた。ビーグル号は南米大陸の岸を離れ、広大な太平洋へと滑り出したのだ。甲板には思わず歓喜の声が沸き上がった。

「任務は終わった！」

「このまま太平洋を突っ切るんだ」

「喜望峰《きぼうほう》を回れば、後は一路イギリスへと向かうだけだ」

顔を合わせれば誰もがたがいにそのことを言い、かつて〝荒涼とした村には帰りたくない〟とぼやいていたあの水兵までが、涙を浮かべて故郷（女房殿？）を懐かしんでは、皆の笑いをかっていた。

〝ガラパゴス〟は太平洋に抜け出て以来、はじめての上陸地であった。久しぶりの気楽な、そして憧れの南太平洋の島への上陸を、誰もが今か今かと心待ちにしていた。

突然、物見の声が頭上に響いた。

「島だ！　右舷に島影を発見！」

水兵たちがどっと船の右側に押し寄せた。

舵《かじ》が切られ、霧の中にやがてガラパゴスの島々がその姿を現した。

甲板につめかけていたわたしたちは、次第に現れくる海岸の様子を目の当《ま》たりにして、わが目を疑うことになる。

ここはいったいどこなのだろう？

海図上の船の位置は広大な太平洋上の一点——任務地であったあの忌まわしい南米大陸から優に五百マイル（約八百キロメートル）以上も離れた場所を示している。だがそれならば、目の前のこの光景はいったいどうしたというのだ？　本当にこれが太平洋上の島々、〝南海の楽園〟と呼ばれる、あの場所なのだろうか？

乳白色の霧の中にわたしたちを待ち受けていたのは、穏やかな波に洗われる白い砂浜でも、濃い緑の木々でも、色とりどりの熱帯の花が咲きみだれる沃野《よくや》でも、珍しい鳥たちでも、まして鮮やかな色に染め上げた一枚布を身にまとったエキゾチックな美女たちでもなかった。

わたしたちは声もなく、それを見た。

海が、ぞっとするような真っ黒な岩の岸に叩きつけられて、悲鳴をあげていた。島を覆う黒い岩は、まるで嵐の海が魔法によって固まったかのように、よじれ、ねじ曲げられ、投げ散らかされている。ほんのさっき流れ出たばかりに見える禍々《まがまが》しい黒い色をした熔岩が幾重にも重なり合い、そこには太平洋の小島につきものの外洋の暴力を打ちひしぐ美しい自然の砦、あの素晴らしい環礁《ラグーン》も、太平洋の象徴であるココヤシも見えなかった。緑のものといえばわずかに、落雷で枯れた、生命の特徴をほとんど示してはいない骸骨のような細い灌木《かんぼく》が、岩にしがみつくように生えているばかりである……。

島に近づくにつれ、鼻をつく硫黄《いおう》の匂いがいっそう強くなった。島の奥に、黒い岩が所々で奇怪に盛り上がり、まるで煙突の通風管のように群れ立っているのが見えた。わたしはふと、神の怒りによって焼き滅ぼされたソドムの町を思い出した。あるいは地獄の風景を。やがて、わたしは地獄の犬《ケルベロス》どもの姿を見た。ぼろぼろと崩れる黒い岩の上を、いやらしい姿をした、そして信じられないほど巨大な黒いトカゲたちが這い回っていた。彼らは背中にとげまで生やしていた。周囲には、血と見まがう不吉な赤い色をした、無数の蟹がうごめいている。目に映る島の生き物といえば、それだけであった。わたしはなんだか悪夢の続きを見せられているような気がした。覚めても覚めても、また夢の中にいるというあの悪夢を……。

無言の甲板に、誰かが低く呟く声が聞こえた。

「魔の島だ……」

ガラパゴスの島々は、ビーグル号がその後訪れた文字どおりの南国の楽園タヒチや、その他の熱帯太平洋のいかなる土地と比べても、はなはだしく異なる特徴を有していた。

——神はこの島に、雨の代わりに、間違って岩をお降らせになったのだ。

最初にこの島を間違って訪れたスペイン人司教（彼はチリに向かう途中、嵐で流された）は、いみじくもそう言ったそうだ。最初にして、まことに的を射た意見である。彼の発言は、ビーグル号の甲板に響いた最初の呟きとともに、わたしたちの一致した意見となった。

また、これは後で知ったことだが、この群島は〝ガラパゴス〟の他にもう一つ、ある意味ではより相応《ふさわ》しい名前を持っていた。それこそが〝エンカンターダス〟——スペイン語で〝魔法にかかった島々〟というものである。正確な海図のない時代、島々は魔法によって大海をさまよい、たまたま近くを通りかかった船を地獄へ引きずりこむと信じられていた。恐れ知らずの鯨捕りや、血も涙もない海賊たちが、この忌まわしい島の名前を耳にするたびに他愛もなく震え上がったという。

　ビーグル号は、海図の作成、それに水と食料の補給のために、このおぞましい島々に五週間にわたって滞在した。いくつかの島に上陸した後も、わたしたちの意見は変わらず、嫌悪の念はむしろつよくなるばかりであった。

「この場所こそが世界の果てに違いありませんぜ」

　島から戻ったある水兵は、わたしに向かってきっぱりと宣言した。

「いわば、地獄の一丁目というわけでさあ」

　彼の意見は、乗員の間で広い支持を集めた。

　ビーグル号のほとんどすべての者が、この最果ての群島を訪れたことを喜んでいなかった。ただし一部の、よほどの変わり者を除いては。そして……もはや言うまでもあるまい、ダーウィンはその一部の、よほどの変わり者の一人であった。

　実際、ガラパゴス諸島におけるダーウィンのはしゃぎ振りは、ほとんど気が狂ったとしか思えなかった。彼は、まるで宝の山にわけいった子供のように、目の前に現れるありとあらゆるものを手当たり次第、片っ端から彼の収集袋《ずだぶくろ》にほうり込み、それらをビーグル号に持ち帰った。そのたびに副官ウィッカムは、これ見よがしな悪態をついた（「呪われたガラクタどもが、また船を汚すのか！」）が、残念ながらダーウィンの耳には届いてさえいないようであった。

「なんと興味深い動物たちでしょう！」

ダーウィンは、渋い顔の当のウィッカムに対してさえ、自分の収集物を自慢してはばからなかった。

「ご覧なさい、ゾウガメの甲羅、イグアナの水掻《みずか》き、コバネウの小さな羽、マネシツグミの羽の色……そしてなにより、このフィンチたちの嘴《くちばし》の多様さときたら！　彼らは驚いたことに、それぞれの島によって少しずつ異なる種《しゅ》を形成しているのです！　島が異なれば、棲息《せいそく》する種が変わる。なんという不思議でしょう！……もしかすると、わたしたちはこの群島で、ついに生物の神秘中の神秘に近づいたのかもしれません」

ダーウィンはそうして、近くを通りかかった不運な連中をつかまえては、誰彼かまわず興奮した面持ちでなにかを語った。彼がなにに興奮しているのか、そもそもなにを言っているのか、わたしにはさっぱり理解ができなかったが、それでもまったくの無関係というわけにはいかなかった。

ガラパゴスでの滞在中、わたしはダーウィンに言われるまま、彼が収集してくる動植物を片っ端からスケッチしなければならなかったのだ。これは、なにしろ忙しくて仕方がない。

他の乗員がすでに——あまり気乗りしないまでも——物見遊山《ものみゆさん》気分でいる中、わたしだけがひどく不公平な目にあわされている気がした。わたしがよほど不機嫌そうな顔をしていたのだろう、ダーウィンはしきりに、

「いつもすみません、アールさん。ですが、これだけ、本当にもう、これっきりですから……」

と口では恐縮したようなことを言っていたが、彼が興奮した顔つきで収集袋を引きずって現れる回数は、その後もいっこうに減る気配がなかった。

被害を受けたのはわたし一人ではなかった。群島《ガラパゴス》に着いてからというもの、たとえばジェイミー坊やはわたし以上に忙しかったはずだ。

ジェイミー・ボタン——通称〝ジェイミー坊や〟——は、縮れた黒髪と褐色の肌をもった、フエゴ・インディアンの少年である（〝インド人「インディアン」〟が誤った呼称であることは当時すでに広く知られていた）。ビーグル号が前回の航海で南米大陸最南端のフエゴ島を訪れた際、フィツロイは彼を船に乗せてイギリスに連れて帰った。結果、ジェイミーはその後の一年をイギリスで過ごすことになった。〝ボタン〟という奇妙な名前は彼が数個のボタンと引き換えに購《あがな》われたためであったが、実際、ジェイミーはボタンのように《ブライト・アズ・ボタン》利発であった。半裸の未開人であった少年は、イギリスで過ごした一年の間に英語をほぼ習得し、それどころかたいした洒落《しゃれ》者に成長していた。彼は好んで

白い手袋をはめ、櫛をいつも持ち歩き、髪を整え、ことにイギリスではじめて目にした〝靴〟が一番のお気に入りであった。少年は暇があると靴をぴかぴかに磨き上げた。猿のような身軽さと、信じられないほどの目の良さは船の上でたいそう重宝がられ、またいつも陽気なジェイミーはビーグル号きっての人気者であった。

ジェイミーは、今度の航海中、はじめは見よう見まねでダーウィンの手伝いをするようになり、その後剝製《はくせい》のやり方を教えられてからは、なくてはならぬ助手となった。彼もまたガラパゴス諸島でのダーウィンの常軌を逸した収集癖と、それにまつわる煩瑣《はんさ》な作業にひどく忙殺されていたはずだ。が、ジェイミーはわたしのように文句を言うこともなく、ダーウィンの求めにその都度《つど》にこにこと笑いながら応じていた。おそらくは、十五歳（推定）という若さの賜物であったのだろう。

船にはジェイミー坊やの他に、二名のフエゴ・インディアンが乗っていた。彼らもまたビーグル号第一回航海の際、フィツロイがイギリスに連れ帰った者たちであった。

被害というなら、むしろ艦長のフィツロイの方が気の毒といえた。南米での四年におよぶ困難な任務、加えて本国とのさまざまなトラブルは、責任感の強い若き艦長をひどく疲れさせた。ここに来てダーウィンとの連夜の議論はさすがにこたえているらしく、フィツロイは、弱音を口にすることはなかったが、時折青ざめた顔で深夜の甲板を歩いている姿が見受けられた（後で聞いたところ、ダーウィンは連夜の議論を中止するよう申し出たものの、フィッロイの方が習慣を変えることを断固として拒んだという話であった）。

わたしたちがあの小さな島に上陸したのは、周辺海域の海図の作成もほぼ終わり、ビーグル号がいよいよガラパゴス諸島を離れるという直前のことであった。

上陸を希望したのは、わたしを含めて九名。その間、その他の乗員は、ビーグル号で他の島に真水を求めにいく手筈となった。

一週間分の食料とテントを積んだ小艇《ヨール》が岩場に近づくと、まっさきに身軽なジェイミー坊やが舳先《へさき》から島へと飛び移り、ロープを手早く岩に結びつけた。ダーウィンとわたしが後に続き、さらに他の上陸希望者が順に船を降りた。

水兵たちが荷揚げをするのを見ながら、わたしは足の下に久しぶりに動かない大地の感触を確かめて喜んだ。両手を突き上げて大きく伸びをしたのは、ほとんど無意識の動作といって良かった。

背後で乾いた笑い声があがり、驚いて振り返ると士官候補フィリップ・キングが口元を押さえて立っていた。わたしはなんだか悪戯《いたずら》を見つかった子供のような気分になり、伸ばした両腕を所在無く頭の上におろした。

「なんだ、アールさん。随分と居心地が良さそうじゃないですか」

にやにやと笑いながらそう言ったキングは、絵画的に言えば、なかなかの美丈夫である。背の高い均整のとれた体格に、アポロン神のごとき柔らかな金髪の巻き毛、青色の眼が美しい。家柄も良く、さらには大変な金持ちだということで、キングは他の乗員たちに対して超然と構えたところがあった。彼は口の悪い皮肉屋であり、また港に着くたびに〝土地の女性とよろしくやっている〟という噂もあった。一方でそれがまた彼の魅力と言えなくもなく、年少の水兵の中にはキングに憧れる者も多かったようである。

「こんな悪魔の島がよほどお気に召したようですね」

「そういうわけでもないが……」わたしは苦笑して言った。「われらが知りたがり屋さん（ダーウィンのこと）の博物調査とやらがようやく一段落して、わたしも久しぶりにのんびりできそうなのでね。これまで窮屈な船内にこもりきりで散々絵を描かされてきたんだ。わたしだって、たまには陸《おか》の空気も吸いたいさ」

「へえ、そんなものですか。いやはや、こんな島で、のんびりとはね」

キングは呆れたように首を振り、黒い岩場に寝そべっている無数の巨大なトカゲを気味悪げに見回した。

「それじゃ、せいぜいのんびりしてくださいよ。……それにしても、今回の上陸希望には、よりにもよっておかしな奴ばかり集まったものだな」

キングは最後は独《ひと》り言《ごと》のように呟いて、わたしの背後に目をやった。彼の視線を追って逆光に目を細めると、心もとない足取りで近づいてきたのは、宣教師リチャード・マシューズであった。

「これは神父《パードレ》さん、地獄へようこそ」キングは右手を胸の前にやり、わざとらしく会釈をしてみせた。「なんだか顔色が悪いようですが、まさかこの島が気に入らないということはないでしょうね？」

「気に入るもなにも、こう暑くっちゃ……」

マシューズは生白い顔に褐色の小さな目を瞬かせて、額の汗を拭った。なるほど黒い岩は熱せられた鉄板さながら、底の厚い船員靴をはいてさえ、その上を歩くのはまったく不愉快なほどである。ましてやマシューズが長く引きずる黒い僧服は、見るからに不便、かつ不快そうであった。わたしは気の毒に思って彼に声をかけた。

「荷揚げが終わるまで、どこか木陰で休んでいたらどうです？」

「ほう、木陰ねえ」キングが口笛を吹いて口を挟んだ。「そんな気の利《き》いたものがこの島のどこかにあるのなら、私にも教えてくださいよ。もっとも樹木が生えているかどうかさえ怪しいものですがね」

「樹木はなくても……ほら、向こうのウチワサボテンの下。ちょうどあの下が日陰になっている。ご覧なさい、われらがチャールズが早速もぐりこんでいる。あの下で彼と一緒に待っていれば良い」

「ご親切にどうも。……しかし、あそこは駄目です」マシューズはわたしが指さした方を振り返りもせずに、ゆるゆると首を振った。

「駄目、というと？」

「先客がいましてね」

「ええ、チャールズがいますが、それがなにか？」

「わたしが言っているのは変わり者のダーウィン氏じゃない、あの忌まわしい姿の小鬼どものことですよ！」マシューズが突然ヒステリックに叫んだ。彼はすぐわれに返り、狼狽《ろうばい》した様子で言った。

「失礼。わたしとしたことが……」

「この暑さのせいでしょう」わたしがとりなした。

「そう、そうですね。すみません。つい取り乱してしまいまして……」

「気にすることはないさ。いまに始まったことじゃない」キングがにやりと笑って言った。

「あそこには気味の悪い大きなトカゲがいるのです」マシューズはキングを無視して言った。

「それも、そこここにいる黒くて海に潜る奴とは別の、気味の悪い黄褐色をした……ダーウィン氏によると、なんでもリクイグアナとかいうそうですが……どちらにしても〝洪水以前《アンテイデルビアン》〟の呪われた動物に違いありません。わたしは、ええ、さっき覗いてきたのですが、ぞっとしましたよ。なにしろあの気味の悪い大トカゲたちの間にダーウィン氏が微笑みを浮かべて座り込み、彼はまるで犬に餌をやるように、サボテンをちぎって与えているんですからね。ひょっとすると頭を撫でていたかもしれない」

「へえ、〝洪水以前〟とは、さすが神父さんだ、洒落たことを言う。ここはひとつ方舟《はこぶね》に乗ったつもりで、神父さんも一緒に神に選ばれた動物たちの頭を撫でてやってきたらどうです」と、キングはわたしに片目をつむってみせた。

マシューズは無言で肩をすくめ、僧服を引きずるようにして離れていった。

わたしはなんだか妙な気がした。マシューズは、未開の地に神の言葉を伝えるべく、今回のビーグル号の航海に志願して参加した唯一の宣教師である。この顔色の悪い、目のくぼんだ若者が、船乗り連中のいういわゆる〝三なし〟――精力なし、勇気なし、根性なし――であることは、出航後、乗員全員がすぐに気がついたことだ。それにしても、最近のマシューズはまたとみに落ち着きのない、そわそわとした態度で、そもそも彼がなぜわざわざ今回の島への上陸を希望したのか、わたしには理解できないことだらけであった。

――おかしな奴ばかり。

さっきキングはそう言ったが、実際、今回の上陸希望者はなんとも不思議な取り合わせであった。ビーグル号の乗員たちはたいてい、この魔の島々に心底うんざりしている様子で、いまさら船を降りて島で過ごそうというのはよほどの変わり者と見られた。そんな中、あえて上陸を希望したのは、わたしの他にはダーウィンと、いまや彼の一番弟子であるジェイミー坊や、宣教師のマシューズ（まさかイグアナやゾウガメ相手に神の言葉を伝えるつもりではあるまい）、士官候補のキング（それを言えば、彼もまた〝なぜ？〟であった）、それに……。

ぼんやりと考え事をしていたわたしは、不快なうなり声によって我に返った。

〝うなり声〟としか評しようのない音を発していたのは、これまた今回の上陸者の一人、ヨークミンスターであった。彼は背の低い、がっしりした体格の男で、赤銅色《しゃくどういろ》の皮膚が眉のあたりで強く盛り上がり、顎も同じく張っている。分厚い唇、寸のつまった鼻と、黒い針金のような硬い髪の毛……。ヨークミンスターもまた、ジェイミー坊やと同じく、ビーグル号の一回目の任務の際にフィツロイに拾われたフエゴ・インディアンの一人である。彼の名は、船に拾われた際、近くにあった大岩の形があのヨークミンスター大聖堂に似ていたところからつけられたそうだ。

陽気なジェイミーとは対照的に、ヨークミンスターは内向的な、むっつりとした性格で、二十七歳（推定）という年齢のためでもあったのだろう、一年間のイギリス滞在中も英語を多くは覚えなかった。そのせいか、彼の意思表現にはどこか獣じみたところがあり、いまもヨークミンスターの発するうなり声には、明らかに威嚇《いかく》の響きが含まれていた。威嚇の相手は、わたしに背を向けて立っているキング士官候補らしかった。

「そんなに怒りなさんな、色男さんよ」キングが笑いをこらえた声でそう言うのが聞こえた。「別になにをしたわけじゃない。ちょっと話をしていただけだぜ。……分かったよ、分かった。どこかに行けばいいんだろ」

キングが悠然と立ち去ると、彼が話をしていた相手がわたしの視界に現れた。小柄な、華奢《きゃしゃ》といえなくもないその人影に、ヨークミンスターが素早く歩み寄る。何事かと訝しく見ていたわたしは、たちまち事態を納得した。キングが話しかけた相手は、フェギア・バスケット――フィツロイがイギリスに連れて行った残る一人のフエゴ人の少女――だったのだ。フエギアは当時十六歳（推定）、おとなしい、内気な少女で、普段は伏し目がちながら、黒く、大きな、まるで黒曜石のような眼は、利発そうな理性の光をたたえている。口元にはいつもにこにこと人好きのする笑みが浮かび、彼女は、フエゴ・インディアン特有のつぶれた鼻や厚めの唇にもかかわらず、ほとんど〝愛らしい〟とさえ呼べる雰囲気を漂わせていた。

フェギアとヨークミンスターの二人は、いまや将来を約束されたカップルであった。それはビーグル号の誰もが認める事実であり、異を唱える者はまさかいないはずである。が、困ったことに、同時にフェギアは乗員中唯一の女性であった。ビーグル号の乗員たちは、海での生活が長くなるにつれ、女性的な華やかさ——たとえ人種が異なるにしても——に惹かれてであろう、なにかにつけて彼女をからかうことが多かった。ヨークミンスターは航海が進むにつれてひどく神経質となり、いまや彼は嫉妬深い恋人として、誰もフェギアに近づかないよう警戒している有り様であった。

キングはむろんそのことを知っている。知っていて、からかっているのだ。いかにも皮肉屋のキングのしでかしそうなことである。妙な騒ぎにならなければ良いが……。わたしはなんだか嫌な予感がしてならなかった。

その時、小艇からもう一人、まだ上陸しようとあがいている人物がいるのに気がついた。仲間の水兵に支えられるようにしてようやく上陸を果たした見事な太鼓腹の主は、ビーグル号付きの料理人《コック》、シムズであった。シムズは足の短い太った小男で、まだ若いのに（三十になっていなかった）見事なはげ頭であった。顔は真ん丸で極めて血色が良く、頬と唇とが赤かった。シムズは岩場に足をかけたところでふたたびバランスを崩し、危うく海に転落しそうになった。われらがビーグル号の料理人は、自身たいへんな美食家で、その舌を歓《よろこ》ばせる珍味には――真偽はしらず――いささか常軌を逸したほどの執着をみせるという話だった。

また今回の上陸には、シムズとは別にもう一人、赤毛の小男の水兵ビリー――あの〝荒涼とした村〟出身の若者――が従者として参加することになった。

荷揚げが終わり、小艇がビーグル号に戻る段になって、さらにもう一つ、ちょっとした騒ぎが持ち上がった。わたしたちを送って来た艦長フィッツロイが急に、一緒に島に残ると言い出したのだ。その場に居合わせた者にとって、これはまったく予期せぬ、ひじょうな驚きであった。艦長はビーグル号の乗員に対してなにより規律を要求する人物であった。と同時に彼が自分自身に対してもっとも厳格な審判者であることを、誰ひとり知らぬ者はなかった。その彼が自ら船を離れ、予定外の行動に出るとは、それこそ誰ひとり予想することは不可能であっただろう。

フィッツロイは、周囲の驚きをまるで意に介さぬ様子で、さっさと小艇から降りてしまった。艦長世話係の少年ヘリアーが慌てた様子で後に続いて上陸した。

フィッツロイは岩場に立つと、小艇を見下ろし、副官ウィッカムに向かって言った。

「私が留守の間、艦の面倒は任せたよ」

呆気にとられていたウィッカムは、それで我にかえったらしい。いかなる場合も艦長の言葉は絶対であった。副官は背筋を伸ばし、敬礼姿勢で艦長の命令を繰り返した。

「はっ。艦長がお留守の間、ビーグル号を安全に、かつ規律をもって運航するよう、全力を尽くす次第であります」

うむ、とフィッツロイが頷き、副官に敬礼を返した。

岩場につながれていたロープが解かれ、小艇が沖合に停泊したビーグル号に向かって動き出す。

「では艦長、一週間後にお迎えに参ります」

ウィッカムが最後にそう言う声が聞こえた。

わたしたちは、小艇が青い波間に遠ざかるさまをじっと見ていた。波は高かったが、空はどこまでも青く晴れ渡っていた。

第三章　招かれざる客

小艇を見送った後、わたしたちは早速テントの設営にとりかかった。ところがすぐに、わたしたちの上陸地点が、テントの設営にはひどく不向きな場所であることが判明した。熱せられたフライパンのごとき岩場は問題外として、少し陸に入った砂地にテントを張ろうとしたのだが、そこにはすでに先客がいた。先客とは無数の〝黄褐色の小鬼たち《リクイグアナ》〟のことで、彼らはなにを好きこのんでか、この海岸近くの不毛の砂地こそが格好のすみかと考えているらしい。わたしたちはこの砂地のどこにも、イグアナどもの巣穴のない場所を見つけることができなかった。歩くたびに彼らの掘った穴に足をつっこまないことはなく、一度などは穴に足を取られたシムズがはでに転んで、あやうく骨を折るところであった。一方、巣穴を壊されたイグアナは、そのたびに「まったく信じられぬ」といった眼差《まなざ》しでわたしたちを振り返り、またせっせと穴を掘りはじめる……。

わたしたちは仕方なく、荷物をかついで別の場所に移動することとなった。

海岸沿いに島を移動したわたしたちは、岬をまわったところで意外な光景に出くわした。無人だとばかり思っていたこの島に、数人の男たちの姿を認めたのだ。

男たちの正体はすぐに知れた。

彼らもまた、航海の途中、この島に立ち寄った船乗りたちであった。服装から判断すれば、アメリカの捕鯨船の船員であろう。

わたしたちの一行が近づくのを待って、互いに挨拶が交わされた。彼らははじめ、わたしたち一行の奇妙なとりあわせ（宣教師、画家、コック、三人のインディアン他）を胡散《うさん》くさそうにじろじろと眺めていたが、英国軍艦の乗員であることを聞くと途端に丁寧な態度となり、さらに艦長フィツロイ――イギリスの名門貴族にして海軍大佐――を紹介された時の、彼らのうろたえぶりはほとんど気の毒なくらいであった。

「なにしろわしらの国には、貴族ちゅうものがありませんから、さて、どうやって挨拶したらエエのやら……」

「鯨捕りの方々よ」

とフィツロイは、口ごもるばかりの相手に、持ち前の威厳のある口調で言った。「あなた方こそ名にし負うナンタケット（アメリカの有名な捕鯨基地）出身の者、アメリカの誇り、比類なき冒険者、海の怪物《リヴァイアサン》に立ち向かう真の勇者ではありませんか。なにを卑屈になることがありましょう。

わたしたちのことは気になさらず、ご自分の仕事にお戻りください」

「そうは言うても、なあ……」

捕鯨船の乗員たちは互いに顔を見合わせていたが、やがて「では、まあそういうことで」と口の中でぼそぼそと唱え、自分たちの仕事の続きに戻っていった。

ここで言う〝彼らの仕事〟とは、つまりゾウガメの捕獲であった。

群島の名前の由来が、巨大なゾウガメにあることは先に述べたとおりである。実際、彼らが群れ暮らしているさまは、まさに〝ガラパゴス〟の島々でしか見ることのできない一大奇観であった。

いったい実物を見ない人々に、あの巨人国的で珍奇な風景をうまく伝えることができるだろうか？　わたしにはどうも自信がない。たとえば島をはじめて訪れた者は誰しも、無人のはずの島のあちらこちらに幾筋もの、よく踏みならされた道を見つけて奇異の感にうたれるであろう。それこそが、ゾウガメたちの通った跡——〝カメの道〟と呼ばれるものなのだ。なにしろあの島のカメたちときたら、甲羅の幅、長さは、大きなものでは優に四フィートを超え、その重さとくるや、地面から持ち上げるのに大の男が六人から八人も必要なほどである。寿命は、一説には四百年を超えるという。そんな途方もない生き物が、島のあらゆるところに出没し、草を食《は》み、縄張りを争い、あるいは誰の目をはばかることなく交尾しているのだ。ゾウガメたちこそが、まさにこの群島の主《あるじ》であった。

捕鯨船の乗員たちは群島の偉大な主、ゾウガメを捕獲し、生きたまま船に持ち帰ろうとしていた。なんのために？　無論、食糧としてである。生きたまま船に運ばれたゾウガメは、そのまま船倉や時には甲板に放たれ、船と共に航海を続けることになる。食料も水も与えないでも、ゾウガメは数カ月は生きていた。ゾウガメ一匹から二百ポンド以上の肉と脂《あぶら》が取れた。肉の味は牛肉に似て美味。太平洋を行く船乗りたちにとって、巨大なゾウガメはまさにい、い、い、生きた保存食であった。鯨捕りや海賊たちがしばしばこの群島に立ち寄り、大量のゾウガメを捕獲していくことは、船乗りの間では以前から広く知られた事実であった。ビーグル号がこの群島を訪れた当時も、太平洋を行く船の多くがこれらの島々で、食糧となるゾウガメをせっせと補給していた。そのせいか、最近では以前ほど姿を見なくなったようにも聞くが、当時はあの小さな島一つにさえ驚くほどたくさんのゾウガメがいたし、その数はナンタケットの捕鯨船の船員たちがいくら船に持ち帰ろうと、少しでも減るだろうとはとても思えなかったものだ。

フィツロイの指示によって、わたしたちは全員で彼らの手伝いをすることになった。捕鯨船の船員たちと最初に仲良くなったのは、やはり陽気なジェイミー坊やであった。アメリカの鯨捕りの連中は、ジェイミーのたくみな英語に感心し、またきちんとなでつけた髪の毛や、ぴかぴかの靴をからかって笑った。赤毛の水兵ビリーもすぐにアメリカ人の鯨捕りたちと仲良くなり、少しして陰気な宣教師マシューズや、いささか変わり者の料理人シムズまでが、彼らにしては珍しく気の置けない冗談をかわしては、屈託のない笑い声をあげていた。一方で鯨捕りたちは、いかにも貴族然としたフィツロイやキングには近寄りがたかったらしく、最後まで遠巻きにしている様子であった。

こんなこともあった。捕らえたカメを縛るのを手伝っていた時のことだが、一人の鯨捕りがわたしに向かって小声でそっと尋ねてきた。

「さっきお前さん方の船長さんが言っていたのは、ありゃなんのことかね？　ほれ、リヴァイアとかなんとか言うとっただろう」

「ああ。リヴァイアサンなら、ほら、確かヨナ書に出てくる……」とわたしは聖書の該当の箇所を諳《そら》んじた。「〝さてエホバすでに巨《リヴァイアサン》いなる魚を備へおきてヨナを呑ましめ給へり〟……つまり鯨のことだね」

「へえ」と鯨捕りは急に拍子抜けした顔になった。「じゃあなにかい、ただ鯨と言えばいいのをわざわざリヴァイアサンと？　やれやれ、持ってまわった言い方をするのは、学のある人の悪い癖じゃな。わしはまたてっきり、抹香鯨《マッコウクジラ》の一種かと思うたよ」

彼がそう言ってあまりにまじめな顔で首を振るので、わたしはついふきだしてしまった。

捕鯨船の船員たちが必要な数のゾウガメをほぼ集め終えた頃、ささいな、しかしあとから考えればその後を象徴するような、奇妙な事件が起こった。

「なんだこりゃあ！」

と捕鯨船の若い船員の一人が急に頓狂な声をあげ、見れば彼は自分が捕らえたゾウガメの甲羅を指さして叫んでいるのであった。近くにいたわたしはさっそく近寄って、彼の指さす部分をのぞき込んだ。なにやら古い刻み目らしきものが見えた。

「こりゃあきっと、なにか文字だぜ」

どれどれ、といくぶん年配の船員が――どうやら彼が仲間うちで唯一文字を読める存在らしかった――身をのりだして甲羅の刻み目を指で追った。

「メメント……なんだ？」

「おや、ラテン語ですね」後ろからのぞいたマシューズがもったいぶった口調で言った。

「なんだ、ラテン語かい。ほれみろ、どうりでおれにゃ読めねえはずだ」はじめの若い男が勝ち誇った様子で言った。「で、神父さん、なんて書いてあるんだい？」

「そう、ここには〝メメント・モリ〟と刻まれてあります」

「で、どういう意味なんでえ？」

「ええ、それがその……」とマシューズは急に口ごもり、代わってキングがにやにやと笑いながら口を挟んだ。

「せっかくだ。教えてやんなよ神父さん。それとも知らないのかい？」

「つまりですね」マシューズがやけになったように言った。「これは〝汝《なんじ》、汝の死を忘るるなかれ〟というラテン語の諺《ことわざ》でして……」

言葉の皮肉な意味が、不意に船乗り全員の頭を打った。……荒れ狂う海……巨大な鯨に立ち向かう危険な仕事……ひどい嵐……崩れ落ちる巨大な氷塊……原因不明の熱病……船の上の不可避の事故……最後に来る永遠の闇……。そういったことを、その場に居合わせた誰もが、とっさに思い浮かべたのはまず間違いあるまい。

「ちぇっ、縁起でもねえ」

鯨捕りの男は小さく舌打ちをして、カメを結わえていた紐を解いた。

「どこにでも行きやがれ！」

彼はそう言ってゾウガメを思い切り蹴飛ばした。バビロンの捕囚は礼も言わず、のんびりと歩み去った。若い鯨捕りがあとで片足をひきずっていたところを見ると、自らの死はともかく、甲羅の堅さのことをすっかり忘れていたらしかった。

この不愉快な挿話のせいで、残りの作業は黙々と進み、捕鯨船の船員たちは最後に田舎者らしい挨拶をして、積み込んだゾウガメの重さに危うく沈みそうに見えるボートへと次々に乗り込んでいった。

最後の一人が別れを告げた後、彼はボートに乗ろうとして、急に思い出したように戻ってきた。男はしばらくためらっていたが、思い切った様子でフィツロイに言った。

「どうしようかと思ったんだが、お前さん方がここで何日か過ごすと聞いて、それでやっぱり言っておいた方が良いと思ってね……。三年ほど前のことになるが、捕鯨船――アメリカのじゃねえよ、スペインの奴らの船だ――の銛打《もりう》ちの一人が、この島で船長を殺してそのまま島の奥に逃げたらしい。逃げた銛打ちは、なんでも見あげるような大男で、元は信心深い奴だったそうだ……。なに、原因といっちゃあつまらねえ、ささいなことを船長に注意されて、それでついかっとなって相手に銛を打ち込んじまったっちゅう話だ。それ以来、この島じゃ気味の悪い大男が出るとか出ねえとか……。いや、おれたちもよそで聞いた話で詳しいことは知らねえんだ。しかしまあ、どんな奴だろうとも、こんな島じゃとても一人で長くは生きていけないだろうから、とっくに海に飛び込んだか、さもなきゃ自分で自分の喉をかっ切るかして、死んだに決まってらあな……。まっ、そんな話があるってこった。気をつけても罰は当たるめえよ」

フィツロイがさらに詳しく尋ねようとすると、彼は慌てて手を振って遮った。

「だめだめ、これ以上はおれらも知らねえんだ。それじゃまあ、潮が満ちている間に――潮の流れの具合がエエうちにちゅうことだが——船に帰るとするよ。なにしろ、うちの船長ときたら、悪魔の親玉みてえにおっかねえ人なんでね……」

わたしたちはそこからほど近い草地（と呼べるほど草は生えてはいなかったが）にテントを張ることにした。鯨捕りたちがいなくなった後、ゾウガメたちはわたしたちをきっぱりと無視することにしたらしく、一方無粋なアメリカ人が残した最後の言葉はわたしたちの脳裏をけっして去らなかった。全員なんとなしに辺りを警戒する気味で、さっきまでの浮かれた気分はすでにどこかに失われてしまっていた。そのせいで、わたしはしばらくの間、陽気な雰囲気が失われたもう一つの理由に気づかなかった。最初に異変に気づいたのはダーウィンであった。

「そうだ、ジェイミーは？　ジェイミー坊やはどこに行ったんだろう？」

そう言われてはじめて、わたしはさっきから少年の陽気な声が聞こえないことに気がついた。

「まさか、攫《さら》われたんじゃないでしょうね」マシューーズが青白い顔に小さな目を激しく瞬かせた。

「ほら、さっきの人たちが、この島にはスペイン人の人殺しが潜んでいると言っていた。もしかするとジェイミーは、その大男に……」

「やれやれ。それじゃあ、もう生きちゃいないだろうな」キングが肩をすくめた。

「食われたかな」料理人のシムズが残念そうに首を振った。

「大変だ！」赤毛のビリーがせかせかと走り回りながら叫んだ。

「みんな、なにを馬鹿なことを言っている！」フィツロイが厳しい口調で皆をたしなめた。

「なるほどジェイミーは、全員が平等に行うべき上陸作戦をみずから免れた。その罰は後で考える。……ヘリアー、ジェイミーには後でわたしの元に来るように伝えたまえ」

フィツロイは小柄な秘書を振り返り、用件を書き留めさせた。

「しかし艦長」とキングが、今度はいくらかまじめな調子で言った。「肝心の、そのジェイミーの姿が見えないようなんですがね。……さてはあの小僧、本当に逃げたな」

「ともかく、手分けして捜してみましょう」ダーウィンがようやく建設的な意見を出し、それぞれ動きはじめたところで、岩場の向こうの離れた場所に当のジェイミーがひょっこりと顔を出した。

「ジェイミー！」

各人さまざまな思いを込めた声でそう叫び、しかしその中にある共通の感情——安堵——が交じっているのは間違いなかった。

ジェイミー坊やは岩の上を飛ぶように走って来た。

「ジェイミー、くつを履きなさい！　くつを履くんだ」ダーウィンが叫んだ。

ダーウィンの声に、ジェイミーははっとした様子で立ちどまり、その場で慌てて靴を履きはじめた。少年は、足に履くべき靴を、首からぶらさげていたのだ。彼が靴を履く間、ぼかんと立って待っているわたしたちは、互いに顔を見合わせて苦笑するしかなかった。

〝フエゴ時代〟、ずっと裸足《はだし》で暮らしていたジェイミーは、イギリスで出会った靴をたいそう気に入り、いつも自分でぴかぴかに磨きあげて身につけるようになった。それは良いのだが、どうやら彼にはそれが足を守るものだということが理解できないらしく、靴が傷つきそうな場所では逆に靴をぬいで、大事に首からぶらさげて持つ癖があった（これはジェイミーに限らず、たとえばわたしはアルゼンチンで出会ったインディアンが藪《やぶ》のなかを馬で通り抜けるさい、ズボンを高くたくしあげるのを見た。彼は自分の頑丈な足の皮膚より、ズボンの布の方が藪でいたみやすいと考えたのだ）。

ジェイミーが鼻の頭にうっすらと汗を浮かべて走りこんでくると、皆は口々に声をかけた。

「ジェイミー、いったいどこに行っていたんだ。心配したぞ」

「よく無事だったたな」

「駄目じゃないか。第一、こんなところで靴は汚れないよ」

「食われずに帰ってきたな」

「エライ、エライ」

「さっそく作業を割り当てよう」

ジェイミーは皆の声を遮るように両手を上げた。

「それどころじゃないです。ぼくは見つけたんです！」

「なにを見つけたんだね、ジェイミー？」

「船長の死体」

とジェイミーはいささか得意そうに鼻をこすって繰り返した。「ほら、さっき鯨捕りの人たちが言っていた、大男の銛打ちに殺された船長、スペインの捕鯨船の船長の死体を、ぼくは見つけました」

わたしたちは無言で顔を見合わせた。

結局、フィツロイ、キング、ダーウィン、わたしの四人が、確認に赴くことになった。

案内のジェイミーを先頭に、一行は熔岩の凸凹の激しい原を越えて、すこぶる難渋な歩行のすえに、海からすこし離れた場所に口をひらく火口の一つにたどり着いた。

火口をとり巻くように盛りあがった熔岩の丘をのぼると、火口の底には塩湖《サリナ》が見えた。湖はまったくの円形で、あざやかな緑の多肉植物で縁取られていた。水は三、四インチの深さに過ぎず、美しく結晶した白い塩の層の上に薄く留まっていた。光景は絵のように美しく、また珍しかった。どうやらジェイミーは、この美しさに誘われて一人ふらふらと出歩いたものらしい。

「こっちです、こっち……早く」

息を切らした大人たちをしりめに、ジェイミーはどんどんと先に進んでいく。やがて少年が指さす場所を見て、わたしたちは息を呑んだ。

きらきらと陽光を反射する塩の湖のほとりに、一体分のほぼ完全な人骨が横たわっていた。湖の強い塩分のせいで鳥たちの襲撃をまぬがれたのだろう、なかば風化した服装は、なるほど死者が生前は捕鯨船の船長身分であったことを示しており、しかもその髑髏《どくろ》の右眼には銛先とおぼしき錆びた金属が深々と突き刺さっていた。

わたしたちはしばらく声もなく白骨化した男の姿を見つめていた。耳にするものといえば、遠く波の音が聞こえるばかりである。この静かな場所でスペイン人の大男、名うての銛打ちが、激情にまかせて己が船の船長を殺したのだ。

――メメント・モリ。

汝、汝の死を忘るるなかれ。

甲羅にそう刻みつけたゾウガメが、いまもこの島のどこかを歩いている……。

いささか感傷的ともいえる夢想にひたっていたわたしたちは、ジェイミーがあげた叫び声に、はっとわれに返った。

「ほら、ここ！　これを見て」

ジェイミーが次に指さしたのは……。

わたしたちは今度こそ、現実に返らなければならなかった。なんとも気味の悪い、まるで悪夢のような現実。湖の脇に広がるわずかな砂地に、大きな足跡が点々とつながっていた。むろんわたしたち誰のものでもない。足跡はやがて、跡を残さぬ黒い岩の上で消えていた。

しゃがみこんで調べていたダーウィンが、顔をあげて言った。

「まだ真新しい。まるで、ほんのさっき誰かがここを歩いたような……」

「そんな馬鹿な！」キングが叫んだ。「それじゃあ、この足跡は——この馬鹿でかい足の持ち主は、まだ生きているのだと？　鯨捕りのアメリカ人《ヤンキー》どもが話していた、例の人殺しのスペイン人の銛打ちが、さっきまでここにいたと言うのか？」

「さあ、そこまではわたしにも分かりませんが……」

「分からない？　しかし、いま『足跡がまだ真新しい』と言ったじゃないか」

わたしはふと、背後に視線を感じた気がして辺りを見まわした。こうしている間も、誰かが岩の陰からわたしたちを見張っているのではないか？　そんな気味の悪さが背筋を寒くさせた。

「ここは一旦引き上げるとしよう」フィツロイがなお沈着さを失わぬ声で退却をつげた。

「チャールズの判断が正しいかどうかはまだ分からない。もしかすると、塩湖が足跡を新しくみせているだけかもしれない」

フィツロイはちらりとダーウィンを振り返ったが、ダーウィンは無言で首を振った。

「あるいは誰か別の人物の足跡かもね」

キングはそう言ったが、発言は口にした当人があまり信じていない様子であった。

その夜、夕食を待つあいだ、わたしたちはこの島に潜む謎の殺人者について話し合った。まずキングが代表して、ジェイミーが見つけた船長の白骨死体、さらに不可解な足跡について報告した。続いて、それぞれに意見が述べられたのだが、議論が始まってすぐに、わたしは自分が奇妙な気分にとらわれているのを知った。昼間、塩湖のほとりにおいては、あれほど生々しく感じられた殺人者の存在が、しかしこうして話してみると、不思議なことになにか非現実的な、あたかも御伽噺《おとぎばなし》の登場人物めいたものに思われてきたのだ。……いや、わたしだけではあるまい、訝しげな顔つきから判断すると、他の者たちも同じ考えを抱いているらしかった。ひとつには、昼間のように目の前にあからさまな死――銛が突き刺さった白骨死体――を見ていないせいであろう。あるいは傍らに明々と焚かれた炎のせいなのか、シムズが用意する夕食——肉の煮える美味しそうな匂いがさっきから辺りに漂っていた——のせいだったのか、原因は分からない。ともかく……。

「事件は三年も前のことだというんでしょう」しばらくしてキングが投げ出すように言った。「だったら、昼間見つけたのはやはり古い足跡か、さもなければ誰か別の人物がつけたものにきまってますよ」

キングの口調には普段どおりの皮肉な調子が聞かれた。昼間の弱気は嘘のようにどこかに消えていた。

「右に同じ意見だな」わたしはすぐにキングに同調した。「いかに屈強な銛打ちとはいえ、こんな島で、たった一人で、三年もの間隠れて生きていけるとは、とうてい思えない」

「しかし、あの足跡はまだ新しいものでした。それにひじょうに大きかった」ダーウィンが慎重に反論した。

「砂の上についた足跡はどれも大きく見えますからね」キングがにやりと笑って言った。「それにあの湖はやけに塩辛そうだった。塩の加減で砂が硬くなって、それで足跡が実際より新しく見えたんじゃないですか？　私の想像じゃ、あれはカメを捕りに来たどこかの鯨捕りが、死体を見つけて怖くなって逃げていった、その時の足跡ですよ」

「万が一、殺人者がまだ生きていたとしても」わたしは思いついて言った。「彼がわれわれを害する理由はなに一つない。むしろ彼は、この島から助け出してくれる船を待っているんじゃないだろうか？」

それまで黙っていたマシューーズが不意に口を開いた。「……しかし、その方は人を殺したんでしょう」

「やれやれ、神父さん。いままでなにを聞いていたんです」キングが呆れた様子で言った。「そうですよ。スペイン人の大男が、つまらないことを言う船長を銛でぶすりと刺し殺した。それで、いまもこの島のどこかにいるかもしれないと、そう話していたんです。ね、怖いでしょ」

「キングさん、あなたは人間にとってなにが本当に怖いのか少しも分かっていない」マシューズは相手を哀れむように首を振った。「その人は他人を、その手にかけて殺した。激情かられに返った時、罪が彼の魂を激しく苛《さいな》んだことでしょう。ええ、そうですとも！　人間にとっては罪が、罪こそが一番恐ろしい災《わざわ》いなのです。……あなた方は昼間真新しい足跡を見つけたと言った。だとすれば、それこそ殺人を犯した者の魂が救いを求めてさまよい歩いている証拠ではありませんか？　彼の魂を救うことができるのは主なる神だけなのです。さあ、皆で彼の魂のために祈りましょう。……主よ、罪深き子羊の魂をどうぞ救いたまえ。エイメン」

マシューズは陶然とした顔で天に向かって祈り始めた。キングはわたしに向かって肩をすくめ、指でこめかみの辺りを軽く叩いてみせた。

フィツロイが最後に口を開き、その日の結論を述べた。

「真相は分からない。ともかく、しばらくは各人が十分に警戒し、もしなにかあったらすぐ私に知らせるように。……では夕食にしよう」

その言葉を待っていたように、シムズがビリーに手伝わせて大鍋を運んできた。

「今日手に入った新鮮な亀を使った特製のスープです。存分にお召し上がりください」

シムズは細い眼を自慢げにいっそう細めて、その日の献立を紹介した。スープからは良い匂いのする湯気が立ちのぼり、わたしはたちまち内なる食欲を自覚せざるをえなかった。各人にスープ皿とパン、それにワインが配られたところで、フィツロイが立ちあがった。

「謎のドン・カルロス氏に！」

フィツロイはまじめくさった顔でそう言うと、きょとんとした顔の列席者にグラスを上げてみせた。

謹厳《きんげん》なフィツロイは一方で、イギリス人特有の、ある種の悪戯っぽいユーモア感覚を発揮することがあった。〝ドン・カルロス〟といういかにもスペイン風の名は、一つには島に潜む謎のスペイン人銛打ち氏を指したものであろう。ところでこの名前にはもう一つ、いささか別の事情がこめられている。他の者たちが呆気にとられている中、事情を知るわたしは一人、思わずうふっと声に出して笑った……。妙な気配に気づいたのは、その時だ。誰かがじっとわたしを注視している気がした。わたしは顔をあげて辺りを見回した。気配はすぐに消え、結局誰の視線だったのかは分からなかった。

そんなささいな気掛かりを忘れさせるほどに、シムズが腕をふるったスープは美味であった。わたしはその後もさまざまな場所でさまざまな亀料理を食する機会があったが、あれほど見事なスープにはついに出会わずじまいである。通常の船の上での食事が、樽詰めの塩漬け肉をゆがいたものと黴《かび》くさい堅パン、飲み物としてはラム酒の水割り《グロッグ》ばかりであったといえば、この夜の夕食《ディナー》がいかに特別なものであったか、理解していただけるであろう。

お代わりを頼みにシムズに近寄ったわたしはふと、スープが入った大鍋にどこかで見覚えがあるような気がした。

「この鍋は……？」

「おお、アールさん。よく気づいてくださいました」シムズが嬉しそうに手を叩いて言った。

「この鍋は例のカメの甲羅で作ったものです。ほら……」

と彼が指さす辺りに目を凝らせば、焦げた鍋底になにやら刻み目らしきものが残っている。

まさか、とわたしは、まだ半信半疑のまま、顔をあげた。

「そうですよ。昼間のあのカメ。アメリカの鯨捕りが折角捕まえたのに、放してしまった。……わたしが後で捕まえ直したんです。なに、甲羅にちょっとした傷があるだけで、いたって健康なやつでしたよ。ハハハ」シムズは太った魔女のごとき姿で、湯気の立つ鍋をかきまぜて笑い「自身の甲羅で煮ると、カメの肉は一段とよい味が出るようです。アルゼンチンの牛追い人《ガウチヨ》たちが牛の肉を皮付きで火であぶる焼き肉料理《カルネ・コン・クエロ》、あの原理と同じですね……そういえば、アルマジロの甲羅焼きも美味しかった。……ふむ、この方法はどうも有効らしいぞ。他の料理法とは鹿と羊くらい味に違いが出る。……さあ、どうぞ。どしどしお食べください。……やれやれ、鹿と羊の違いとはね」

シムズは満足げに首を振り、彼の勧めを断るには、わたしはあまりにも空腹であった。古《いにしえ》の賢人が残した〝死の格言〟は、かくてわたしたちの腹の中に収まることになった。十九世紀に生きるわたしたちの胃袋は、ラテン語の格言を賞味するには、あまりにも健全でありすぎたのだ。

皆がスープを賞味している間もシムズは忙しく働き続け、彼が次に出してきたのは、これまたみごとに調理された焼き肉料理《ステーキ》であった。

「これはまた大変に美味しい！」マシューーズが一口かじった後で声をあげた。「南米から運んできた塩漬け牛肉とも思えないが……これはなんの肉料理なのだろう？」

おお、それなら、とシムズが一つ手を打ち、急拵《きゅうごしら》えの料理場に姿を消した。わたしは給仕をしているビリーがにやにやと笑っているのに気づいて、なんだか嫌な予感がした。

やがてシムズがその手に持ち帰ったものを見て、急に全員が食べるのを止めた。料理人の手には、昼間砂地で見た、あの黄褐色の大きなトカゲ《リクイグアナ》の、肉をそがれた後の、哀れな姿がぶら下がっていたのだ。マシューズが青い顔で立ち上がり、金切り声をあげた。

「悪魔め！　自分一人が悪徳にふけるだけならともかく、神に仕える身のこのわたしに、いったいなんてものを食べさせるんだ。……畜生、まるで主を裏切ったあの男《ユダ》になったような気分だ。悪党、ろくでなし、背徳者！　哀れな小鬼どもを食うことより、自分が悪魔に食われる時のことを考えるがいい！」

マシューズは聖職者らしからぬ言葉で料理人を罵倒《ばとう》し、そのまま口元を押さえて闇の中へと走り去った。シムズはきょとんとした顔で宣教師の後ろを見送った。振り返り、誰もそれ以上焼き肉に手を出さないのに気づくと、彼は不思議そうに尋ねた。

「とびきり美味しい食材を見つけた、と思ったんですがね」

「そう、結構美味し……かった、よ」ダーウィンが料理人を慰めるように言った。「ただし、そう思うのは、あらゆる先入的偏見を超越した胃袋の持ち主に限られるだろうね」

晩餐はそれでお開きとなった。

「霧がでてきましたね」キングが辺りを見回し、フィツロイに声をかけた。

「この辺りには冷たい海流が流れ込んでいる。その影響で夜は霧が発生しやすいのだ」フィツロイはなぜかひどくぼんやりした口調で答えた。「〝この霧こそが、一年を通じてほとんど雨の降らないガラパゴス諸島の生き物たちを養っている〟……チャールズがこの間、私にそう教えてくれたよ」

「ええ。そうでしょうね、もちろん」キングは少々困惑した様子で相槌を打った。「しかし艦長、そんなことはともかく、われらが神父さんがあれきりまだ帰って来ませんが、大丈夫ですかね」

「マシューズ？　また彼か……」フィツロイは眉をひそめ、首を振った。「ジェイミー、すまないが、行って神父さんの様子を見てきてくれないか」

ジェイミー坊やは、フィツロイが命じ終わる前にもう走りだしていた。

少年はしばらくして帰ってきた。

「神父さん、向こうにいました」彼は海に近い岩場の方向を指し示した。「『たいへん気分が悪いのでもう少し風に当たっている』と言っていました」

「放っておきましょう」

キングはそう言うと、早々と自分の寝袋にもぐりこんでしまった。

籤《くじ》で夜番が決められ——ヨークミンスターが籤に当たった——わたしたちもそれぞれに寝仕度に入った。わたしは、横になった後も、妙な胸騒ぎがしてなかなか寝付かれなかった。夜になってまた硫黄の匂いが強くなった。夜啼《な》く鳥たちが棲《す》まない島の夜は、すべての生き物が死に絶えたように静かであった。ただ時折、トカゲたちのたてるシューシューという音だけが闇のなかに聞こえるばかりである。わたしは、いつしかうとうとと眠り込んでいたらしく、浅い夢のなかで、その気味の悪い音をずっと聞いていたような気がする。

こうして上陸一日目が終わった。

翌朝になって、マシューズが死体で発見された。

第四章　姿なき殺人者

翌朝はシムズの声で目が覚めた。

「みなさん。ちょっと……起きてください」

目を開けると、テントの入り口に料理人の色白の丸顔が覗いて見えた。

「なんだ、もう朝食の用意ができたのかい？　随分と早いな」わたしは眠い眼をこすりながら言った。

「すぐに行く。準備をしておいてくれ」テントの奥から、すでに目覚めていたらしいフィッツロイのきびきびした声が聞こえた。

「やれやれ、朝からトカゲの肉は勘弁してほしいな」キングが寝返りを打って言った。

「朝は美味しい紅茶が飲みたいですね」とダーウィン。

「はい。トカゲ肉なし、紅茶と……いえ……それがその……」

「おや、まだなにかあるのか？」

「実は、さっき向こうの岩場に行ったところ……というのも、みなさんの朝食用の卵を探しに行ったのですが……なんでも、ええ、イグアナの卵がたいへん美味ということでして、前から楽しみにしていたのです……」

「トカゲの卵もなしだ」フィツロイがきっぱりと言った。

「それが、まことに残念ながら卵は見つかりませんでして……」シムズは困った顔になって言った。

「その代わり神父さんを見つけたのです……」

「だったら、朝食は〃神父焼き〃にするが良いさ」

「はい……いいえ」シムズは慌てて手を振り「それが……神父さんは……どうも具合が良くないようで……」

「腹でもこわしたんだろう」キングがあくびをしながら言った。「だから昨日、カメの肉は消化に悪いからよくかんで食べるよう言ったんだ。それとも食いすぎかな？　放っておけばいいさ。そのうち治る」

「いいえ、それがその……神父さんは……どうやら死んでいるみたいなんです」

「死んでいる？」

「本当かい？」

「わたしの眼に間違いがなければ」シムズは困ったように答えた。「ドア釘なみに死んでい《デッド・アズ・ドア》まし《ネイル》た」

「行こう！」

フィツロイがそう言ってテントから飛び出し、わたしたちは慌てて後に続いた。

頭上にはまったくの青空が広がり、外の気温は早くも不快なまでに高くなっている。

「あそこです。あの岩場に生えている木の向こう側……」

シムズが指し示したのは、正確には〝木〟ではなく、巨大なウチワサボテンであった。フィツロイを先頭に、わたしたちは無言のまま小走りにその場所へと駆け寄った。

赤道直下の強烈な朝の陽光を正面から浴びながら、マシューズはサボテンの刺《とげ》のない幹に真っすぐに背をもたせかけて座っていた。ちょっと見ただけでは、宣教師は死んでいるとは思えなかった。彼は目さえ開いていた。ウチワサボテンを数匹の巨大なトカゲ（陸に棲む黄褐色の方）が取り囲み、根元に陣取った見慣れぬ先客を不思議そうに眺めている……。

マシューズの顔が、生きた人間ならばけっしてありえない、奇妙な赤紫色に変わっていた。彼の首に一本の細い紐が巻きつき、きつく食い入っているのが、はっきりと見てとれた。

ダーウィンがマシューズの首筋に手を触れた。彼はすぐにわたしたちを振り返り、首を振った。

フィツロイが手を伸ばし、死者の開いたままの目を閉じてやった。

さっそく上陸者全員が集められ、緊急の会議がひらかれることになった。

宣教師の不可解な死が告げられると、各人はそれぞれに異なる反応を示した。インディアンの少女フェギアはしくしくと泣きはじめ、ヨークミンスターはいつにもましてむっつりと黙り込んだ。艦長世話係の少年ヘリアーは呆然とした様子となり、ジェイミー坊やは炎天下にがたがたと震えだした。ビリーは落ち着かない様子できょろきょろと辺りを見回している。比較的冷静であったのが、実際に死体を見ているシムズ、キング、ダーウィン、フィツロイ、それにわたしといったところであった。

「昨夜マシューズが天に召された」フィツロイは慎重に、改めてそう事実を告げた。「ビーグル号が戻ってくるまで、この島で彼の遺体を維持しておくことは難しい。遺体はこの島に埋葬する。本日は彼の埋葬と葬儀を執り行う。全員が作業に参加するよう。……マシューズの魂に平安あれ。生前神に仕えた彼の魂が、いまは神とともにありますように。エイメン」

「エイメン」

全員が声を合わせて十字を切った。わたしは、この島に心ならずも残ることになったマシューズが、今夜はイグアナたちをあまり毛嫌いしないよう、心の中で祈った。

短い黙禱《もくとう》の後、フィツロイがもう一度口を開いた。

「なお、マシューズの死に関していささか不審な点が見られる。それをこれから全員で検討したい。詳しい死因等について、チャールズから説明がある」

フィツロイはそう言って、ダーウィンに場を譲った。

ダーウィンには医学の心得がある。彼は若い頃医者になるべくエジンバラ大学で三年間医学を学び、志なかばで突然ケンブリッジの神学部に転部したという経歴の持ち主だ。「子供の患者が苦手なのです」あるときダーウィンは、なぜ医学部を辞めたのかと尋ねたわたしにこう答えた。

「いえ、子供が嫌いなわけではありません。ですが、ほら、外科医学の場合、身体にメスを入れるでしょう。子供はひどく痛がって泣くんです。あの声が、わたしにはどうしても耐えられなかったのです」ダーウィンはそう言って、あたかも自分の身体にメスを入れられたように、痛そうに顔をしかめた（当時のイギリスの外科手術では麻酔薬が用いられなかった）。

しかし……考えてみれば、そのときわたしが聞きたかったのは、どうもそんなことではなかった気がする。わたしはむしろ〝医学部を途中で辞め、神学を修めたダーウィンが、なぜ博物学者としてビーグル号に乗り組むことになったのか？〟そう尋ねたはずなのだ。彼と話していると、話題が妙にずれてしまうことが多かった。詳しいことはわたしも知らない。なにしろダーウィンは、子供の泣き声に耳をふさぐよりは、〝知りたいこと〟にあふれたこの世界を見る方を選んだのだ。

「マシューズの死因は、紐で喉を絞められたことによる窒息死でした」ダーウィンは言った。「これがその紐です」

彼が手に掲げてみせたのは、どこにでもありそうな革紐であった。

「この紐が、ウチワサボテンの幹とマシューズの喉を一緒に絞め上げて結果として彼を死に至らしめたのです。……なおこの紐は、彼が座っていたのとは反対側の、幹の裏側で結ばれていました」

「紐が、幹の反対側で結ばれていた、ですって！」青い顔をしたヘリアーが、女のようにかん高い声をあげた。「それじゃあ神父さんは、誰かに首を絞められて殺されたというのですか！」

「それはまだなんともいえない」ダーウィンは艦長世話係の少年をなだめて言った。「仮にマシューズが殺されたのなら、誰に、どうやって、という問題が残ることになる」

「誰に、って……。例のスペイン人の大男に決まっているじゃないですか」ヘリアーが吐き捨てるように言った言葉を、ダーウィンは無視して先を続けた。

「それから、さっき艦長は〝昨夜マシューズが死んだ〟とおっしゃいましたが、あれは正確ではありません。死体の硬直具合からすると、彼が死んだのはもっと後、おそらくわれわれが発見した直前、少なくとも朝日がさした後だと思われます」

「ソレ、間違イネ！」

発言者は、驚いたことにヨークミンスターであった。このフエゴ・インディアンの若者は、あまり英語が堪能でないこともあって、これまではこうした集まりの席では、ほとんど口をきいたことがなかったのだ。

「オレ、昨夜見張リ番。夜ト朝、両方見テイタ……オレ、見テイナイ。人イナイ……」

ヨークミンスターは、もどかしげに手をうち振り、興奮した様子でなにかを主張した。

「すると君は、〝昨夜見張りに立っている間、マシューズが死んでいた場所に近づいた者はいなかった〟と、そう言うのかい？」

フエゴ育ちの若者はようやく満足げに頷いた。わたしたちは互いに顔を見合わせた。昨夜の見張りがヨークミンスターである以上、彼の発言を一概に馬鹿ばかしいと笑い飛ばすわけにはいかなかった。彼らフエゴ人の視力の良さには、ビーグル号の航海中、これまでも何度も驚かされてきた。たとえば物見に慣れた水兵たちがまだなにも見ない先から、彼らはしばしば遠方を指さし「オレ船見ル（Me See Ship）」と周囲に告げた。そして、その場合はかならず、しばらくして船影が洋上遥かに見えてくるのだ。彼らの視力は、艦内のいかなるイギリス人水兵に比べても格段に優れていた。

「しかし本当かね？」キングが唇を歪めて言った。「近づいた者がいないのなら、マシューズは自分で自分の首に紐を結んで死んだことになる。ところが、紐の結び目は幹の裏側にあったんだろう？　あの幹は充分に太いから、裏側にまで手は回らない。しかも紐はきつく喉に食い込んでいた。……なんだか妙な話じゃないか」

「確かに」とフィッツロイが眉にしわをよせて言った。「一般的に〝なにかがある〟のを見つけるのは比較的容易だが、逆に〝なにもなかった〟ことを証明するのはひじょうに困難だ」

「それに昨夜はあの霧でしたしね」

二人の疑念に対し、ヨークミンスターは憤然とした様子で立ち上がった。

「オレ、嘘イワナイ。霧薄イ、人動ク、オレ必ズ見ル。……朝、太陽吹ク、霧ニゲル。オレ、モット見ル」

どうやら〝昨夜の霧は視界を遮るほどのものではなく〟、しかも〝霧は曙光《しょこう》とともに吹き払われた〟と言っているらしい。

せっかくのヨークミンスターの発言ではあったが、わたしはやはり首を捻るしかなかった。誰も近づいた者はいない？　しかしマシューズは紐で首を絞められて死んでいたのだ。相手に近づかずにいったいどうやって……。不意にあることに思い当たった。

「そうか、あれなら近づかなくても首に紐を巻きつけることができる！」

わたしは思わず大声を上げたものの、フィツロイの厳しい非難の視線に気づいて慌てて口を閉じた。わたしは改めて発言の許可を求めた。

「わたしはマシューズがどうやって殺されたのか分かった気がする。……そう、やはり彼は殺されたのだ」

そういって聴衆を見回した瞬間、わたしは自分がいささか得意に感じたことを白状しなければなるまい。

「まず分かっている事実をもう一度整理してみよう」わたしは咳払いをして続けた。「一つ。マシューズは革紐で首を絞められて死んでいた。二つ。彼が死んだのは明け方から朝にかけてである。三つ。その一方で、昨夜の勤勉なる見張り当番ヨークミンスターは、その時間、死んだ宣教師に近づいた人物はいなかったと証言している。……以上、一見矛盾したこの状況は、しかし相手に近づくことなく首に紐を巻きつける方法の存在によって解決される」

「まさか、紐がひとりでに飛んできて神父さんを殺したって言うんじゃないでしょうね？」

「ところが、ある意味ではそうなのだ」わたしは発言途中の無礼な質問者（やはりキングだった）を真っすぐに見据えて言った。「飛んできた紐がマシューズの首に巻きつき、彼を殺した……。〝飛ぶ紐〟。ほら、こう言えばもう分かるはずだ。わたしたちは、先日後にしたばかりの、あの忌まわしい南米大陸で〝飛ぶ紐〟をさんざん見てきたではないか。そう、わたしは南米の牛追い人《ガウチョ》たちが使っていた投げ縄《ラゾ》のことを言っているのだ。彼らは相当に離れた場所から——時には全速力で疾駆《かけ》る馬の上から——輪にした縄を投げつけ、狙った牛や馬の首に驚くほどの正確さで曳きかけることができた。投げ縄。あれを使えば、マシューズに近づくことなく、たとえばどこか木の陰から紐を飛ばして、彼の首を絞め上げることができたはずだ。これが一見不可解に見えるこの事件の真相だよ」

わたしはそう一気にまくし立てて言葉を切った。ところが、いくら待っても称賛の言葉が返ってこない。不思議に思っていると、ダーウィンが困ったような顔で口を開いた。

「アールさん、いまのはなかなか面白いご意見でしたが……」

「間違っているというのかね」

「いえ、間違っているというわけではありません、もちろん。……ですが、なんというか……この場合に限っては不可能なんです」

「不可能？　どこが不可能なんだね」わたしは憮然として尋ねた。

「ええ。なにしろあの投げ縄というやつは、対象がまず輪に一度すっぽりと通るものでないと駄目です。こうして……」とダーウィンは手にした紐で実際に輪をつくって自分の手を通してみせた。「しかる後にはじめて輪を絞ることができるのです」ダーウィンは輪を絞った。

「ところが、あのウチワサボテンときたら」と彼が指さしたものを見て、わたしは思わず唸り声をあげた。

「ご覧の通り、あの植物は幹の上部で広く枝を張り、しかも刺のある葉を一杯に広げているので、これをくぐらせるためには相当に巨大な輪が必要になります。それほど大きな輪を自在に扱うのは、いくら投げ縄の達人でも不可能でしょう。それに……」

「オレ、輪見ナイ。大キナ輪、モット見ル。隠レタ人イナイ!」

ヨークミンスターがダーウィンに代わってきっぱりと言い放ったのは……いまさら解説するまでもあるまい、彼は自分の目の前で巨大な輪が振り回されるといった、ある意味でひどく目立つ試みを見逃すはずはないと断言しているのだ。なるほど、近くには身を隠すための場所などどこにも存在しない。意気揚々と乗り出したわたしの船は、かくてたちまち座礁してしまった様子であった。

「それに、見つかった紐は首に巻きついていた短いものだけで、投げ縄に使ったという、残りの長い部分も辺りには見当たらなかったようですしね」キングがよそを向いたまま付け加えた言葉が、とどめをさした。

「しかし、それじゃあ……ふむ、他になにか分かったことはないのかい?」わたしは首を捻り、最後は気まずい思いで口を閉じた。

「いまのキング士官候補の発言にも関係があるのですが」とダーウィンが発言を続けた。

「おそらく紐の結び目が、この事件を解く手掛かりになると思われます」

「紐の結び目？」

「紐を解く時に気がついたのですが、あの紐は一種独特の結び方で縛られていました」

「へえ、さすがは〝われらが知りたがり屋〟だ。妙なことに気がつくな。で、どんな結び方だったんだい？」

「それがいわゆる〝船員結び〟というやつなのです。この紐の結び方は船乗り以外にはまず使用されていません。というのも、これは元々帆をマストに結わえつける際に用いる、極めて特殊な結び方でして、特徴としては……」

「ちょっと待ってくれ」キングが声をあげた。「いま〝船員結び〟と言ったのかい？」

「ええ」とダーウィンは興奮した様子で、頬を上気させて言った。「これはじつに特殊な結び方で、わたし自身、ビーグル号で教わるまでは全然知らなかったやり方です。この結び方ができる人間となると、相当に限定されてくるはずです」

キングはちらりとフィツロイを振り返り、呆れた様子で首を振った。

「やれやれ、それじゃあ紐にはきっとタールが塗ってあったんだろうね」

「タール？　いいえ、普通の革紐でした。タールどころか、真新しい、まだ鞣《なめ》されてもいない……。しかし、それがなにか？」ダーウィンはきょとんとした顔で尋ね返した。

「いいか、チャールズ」フィッツロイが言った。「これがどこか陸の上で起こった事件なら、船員結びはなるほど犯人を捜す重大な手掛かりになるだろう。しかし、われわれが現在いるこの島は、一番近い岸からでも五百マイル以上離れた場所だ。ここに来る人間となると、これはもう、船に長く乗ってきた人間以外にはありえない。その間には、誰だって船員結びの一つくらいは覚えるだろう……。つまり、いま君が手掛かりとして持ち出した船員結びは、実際にはこの島にいる誰もが――おそらくは死んだ当のマシューズを含めて――可能な結び方なのだ。君は〝この島にいる誰かが紐を結んだ〟と、当たり前のことを言っているだけだ。キングが言ったタール云々というのもそういうことだよ（当時船で使用する器具の多くには、海水による浸食と腐敗を避けるためのタールが塗られていた）」

「なるほど……」と、わたしに続き、今度はダーウィンが黙り込む番であった。

「この事件には不思議なことがもう一つある」フィッツロイが、ダーウィンに代わって続けた。「マシューズの死体には、いわゆる抵抗の跡が見られなかった。具体的には、彼の喉にいささかのかき傷も見えなかったのだ。わたしもこれまでに幾人か首を絞められて殺された者の死体を見てきた。その場合、死体の喉には一様に自分の爪でかきむしったような痕が残るものだ。もし彼が殺されたのだとして、首を絞められながらなぜ少しも抵抗しなかったのか？

わたしにはそれがどうも不思議でならない……」


マシューズの埋葬は、予定どおり、その日のうちに行われた。

海の見える小高い丘に深く穴が掘られ、残念ながら棺をつくる木材は島では手に入らなかったので、遺体はそのまま穴に納められることになった。

作業は全員が参加して行われた。わたしたちは交替で穴を掘った。赤道直下の強烈な日差しの中、乾燥したかたい地面に墓穴を掘るのは、慣れないせいもあって、かなりきつい労働であった。焦げた地表は、正午の太陽に熱せられてストーヴから受けるような重苦しい蒸し暑さがあった。灌木からは悪臭がでるかとさえ思われた。炎熱は耐え難く、汗は浮かぶそばから蒸発して、あとに白い塩の筋を残した。ビリーは終始ぶつぶつとぼやき続けた（「こんなことなら故郷の村にいた方がましだった！」）。料理人のシムズに至っては暑さのせいで途中ほとんど気を失ったようになり、何度か自分が掘ったばかりの墓穴に転がり落ちた。彼は作業の間中、口の中でずっとルカ福音書の一節を唱え続けていた。

「どうかラザロを遣《つかは》して、その指先に水を浸し、わが舌を冷やし給へ。われはこの炎の中で苦しみ悶《もだ》えるなり。どうか……わが舌を……」

薄く土がかぶせられた後、異郷の地で不可解な死を遂げた若き宣教師の魂のために祈りが捧げられた。葬儀の参列者としては、わたしたちの他には、物珍しげに集まってきたイグアナたち、通りがかりの数匹のゾウガメ、あとは地味な色の小鳥《マネシツグミ》たちといったところであった。墓の上には船から持参した貴重な木材を使って十字架がたてられた。新しい十字架に手を触れながら、ジェイミー坊やが小さく呟いた。

「……右の頬を打たれたら左の頬を差し出せ」

フエゴの少年は、ようやく震えはおさまったものの、まだぼんやりとした様子でわたしたちを振り返った。

「神父様は、ぼくたちにそう教えてくれました。だから、抵抗もせずに殺されるにまかせたのでしょうか？」

少年の真摯な問いかけに、不謹慎にもキングがふきだした。彼はなんとか笑いをこらえながら言った。「いや、すまないなジェイミー。しかし、そればかりはとんでもない思い違いだぜ。われらが亡くなった神父様は、なるほど口は達者だったが、実際には自分で自分の荷物を持つのもいや、指先をちょっと傷つけただけで大騒ぎしているようなお方だったんだ。殺されると分かれば、鶏みたいに大騒ぎしたに決まっているさ」

「それじゃあ、神父様は……なぜ死んだのでしょう？」

「やっぱり自殺じゃないか。方法は俺にも分からないがね」

「自殺デスッテ？」フェギア・バスケットがキングを振り返り、不思議そうに尋ねた。「ドウシテ、ソウ思ウノデス？」

「どうしてって……」キングは一瞬鼻白んだ様子となり、ぐるりと参列者の顔を見回した。「最近マシューズの様子がおかしかったのは、みな気づいていたはずだぜ。ぼんやりしていたかと思うと、急に怒り出したり、ばか陽気になったり……。奴《やっこ》さん、若い連中の間じゃ随分と評判が悪かった。今回の上陸だって、なんのために希望したのか分かったものか。もしかすると、もともとこの島で自殺するつもりだったのかもしれない。そうだったとしても、俺は少しも驚かないね。だいたい、奴が今回のビーグル号の航海に参加した目的と、その惨々たる結果を考えれば……」

キングはそう言いかけて、はっとしたように口を噤《つぐ》んだ。

誰もが、せっかく忘れかけていたフエゴでの不快な出来事を思い出したのは間違いなく、気まずい沈黙がその場に流れた。

「ちぇっ、なんて忌ま忌ましい島なんだ！」雰囲気を変えようとしたのだろう、艦長世話係のヘリアーが天を仰いで言った。「〝魔法にかかった島〟だかなんだか知らないが、葬儀の場で、死者に供える花さえ手に入らないなんて。せめて花でもあれば、死者も少しは慰められるだろうに！」

「知ってるかい」キングがまた、にやりと笑って言った。「花ってやつは、要するに植物が種《たね》を作るために発達させた器官らしいぜ。精子をばらまき、精子を受け取る。つまりわれわれは植物の性器を眺めて喜んでいるんだ。奇麗だ、心が和む、なんぞと言ってね。ねえ、そうでしょダーウィンさん。確か先日、若い連中相手に船の上でそんなふうに説明していましたよね？」

「もちろん、それはそうなのですが」ダーウィンは顔を赤らめて答えた。「しかし、わたしはそんなつもりで……」

「キング士官候補！」一人黙禱《もくとう》を続けていたフィツロイが突然口を開いた。「場所柄をわきまえ、口を慎《つつし》みたまえ」

凛としたその声に、妙な具合になりかけていた場には、ふたたび葬儀にふさわしい厳粛な空気が取り戻された。

フィツロイは、上陸作業をわけへだてなく全員に課し、また小艇で河を遡《さかのぼ》る際にはみずからも艇の曳き手として加わるなど、極めて民主的《デモクラティック》な艦長である。が、船というものは本来、いかい絶対的な階級社会であり、艦長が一度口を開けばその権威は絶大であった。

キングはたちまち鞠躬如《きっきゅうじょ》として、その後はずっとおかしなほど口を閉ざしていた。

わたしがキングに呼び止められたのは、この葬儀の後のことである。彼は辺りを見回し、声を潜めて、妙なことを尋ねた。

「ドン・カルロスというのは誰なんです？」

「ドン・カルロス？」わたしは一瞬なんのことか分からず、おうむ返しに聞いた。

「ほら、昨夜夕食を始めるさいに艦長が言った『謎のドン・カルロス氏に！』という、例のあれですよ。はじめはこの島に潜むスペイン人のことかとも思いましたが、あの時アールさんは一人で笑っていた。艦長は誰か別の者を指して言ったんですね？」

「ああ、あれなら……」とわたしは頷いて言った。どうやら昨夜わたしに注がれていた視線の主は、キングであったらしい。「しかし、他人の冗談《ジョーク》を解説するのは、いかにも野暮だ。気が進まないな。ここはひとつ、君が直接艦長に尋ねたらどうかね？」

「それができるなら苦労はしませんよ」キングは珍しく情けない顔になった。

「やれやれ、君もその顔がいつもできれば人間関係ももっとうまくいくだろうに。……いいだろう、しかし全然たいした話じゃないよ」

と、その時わたしがキング士官候補に話して聞かせたのは、ダーウィンが南米大陸を馬で横断した際に経験した皮肉な出来事であった。

ダーウィンはビーグル号が南米大陸沿岸の測量調査を行っている間、博物学者としての任務を果たすべく、しばしば一人で船を降り、次の停泊港で再び乗船するということを繰り返した。彼はそのたびに——無数の博物標本とともに——珍しい、ときにはちょっと信じられぬような突飛な挿話《エピソード》を船に持ち帰った。彼はそういった数々の話を夜毎のフィツロイとの議論の際に披露し、議論にはときどきわたしも参加（？）していたから、ある種の冗談は、われわれ三人以外の背景を知らない者には通じないことがある。〝ドン・カルロス〟を巡る滑稽な挿話もその一つであった。

スペインから独立後、現在もそうだが、南米の国の中には政情が安定せず、旅行者にとってはひどく危険な地域がある。このためダーウィンは、事前に政府あるいは軍の有力者から通行証明書を貰うことにしていた。ところが、ある時どこでどう間違ったのかダーウィンが苦労の末に手に入れた証明書には、黒々とした太字でこう記されていたというのだ。

高名なる大学者《ドクトーレ》、ドン・カルロス閣下に敬意を表して

ダーウィンもさすがに唖然としたらしい。が、改めて証明書を手に入れようとすれば、再び気の遠くなるような手続きが必要となる。ダーウィンは意を決して、その旅行中〝ドン・カルロス閣下〟になりおおすことにして出発した。彼は実際、いくどか盗賊や歩哨《ほしょう》（彼らは

武器や権威を持つ分、ときとして盗賊より危険であった）に足をとめられた。きな臭い顔をした男たちは、しかしダーウィンの差し出す証明書を見るやいなや、急に態度を豹変させ「あなたが、あの高名な大学者の……」とやりだしたというのだ。ダーウィンが、どこからどう見てもれっきとしたイギリス人にしか見えないにもかかわらず、である。お陰でダーウィンは無事に調査を済ませ、ビーグル号に合流することができた。

困ったような顔のダーウィンからこの話を聞いた時は、わたしのみならず、さすがに謹厳なフィツロイさえ声をあげて笑ったものだ。

「……艦長はおそらく、昨日鯨捕りたちから正体不明のスペイン人のことを聞いて、この話を思い出したんだろう。だから夕食時にああした冗談を言った。それだけのことだよ」

「すると、〝ドン・カルロス〟というのは、チャールズのことなんですか？」

「それと、この島に潜む謎のスペイン人をかけて言ったのだろうが……ふむ、すると〝ドン・カルロス〟こそは、マシューーズ殺しの犯人ということになる」

わたしは自分でそう言って、なんだか妙な気がした。本当にこの島のどこかに、一時の憤怒にかられて人を殺したスペイン人の大男が潜んでいるのだろうか？

わたしはもはや自分が、その空想を信じていないことに気がついた。それよりはさっきキングが披露した意見——マシューーズ自殺説——の方がよほど信じられる気がした。

一方のキングはといえば、どうしたことか自分の考えにすっかり没頭していて、目の前のわたしの姿さえ目に入らぬ様子であった。

「妙だな?……しかし、まさか……」

キングはそう呟くと、思案顔のまま、ぷいとどこかに立ち去ってしまった。

第五章　エデン

ダーウィンを捜していたわたしは、彼がまたウチワサボテンの下にもぐりこんでいるところを見つけた。隣には、いつものようにジェイミー坊やが膝を抱えて座っていた。フエゴ出身のインディアンの少年は、ダーウィンを〝先生《ティーチャー》〟と呼び、いつも子犬のように後をついてまわっては、彼の話す言葉に眼を輝かせて聞き入っていたのだ。

もっとも、その時わたしがサボテンの下に見つけたのは、彼らだけではなかった。二人は、たくさんの灰色の気味の悪い大トカゲ――イグアナ――たちと、わずかな木陰を仲良く共有していた。

どうしたものかと思案していると、ダーウィンの方から声をかけてきた。

「どうぞこちらへ。そんなところに立っていると日射病になりますよ」

恐る恐る近づくと、ダーウィンはサボテンの葉をちぎっては、一部を自分の口にほうり込み、残りを周りにいるイグアナたちに分け与えていた。

「アールさんもお一ついかがです？」

ダーウィンはそう言って、わたしにサボテンの葉を差し出した。思わず受け取ってしまったわたしは、ダーウィンがにこにこと笑いながら見ているので、仕方なく一口かじってみせた。口の中に、青臭い水けがじわりと広がった。

「彼らはこれが大好物でしてね」ダーウィンは満足げに頷き、目を細めて言った。〝彼ら〟というのは、恐ろしいことに、彼の手からじかにサボテンの葉をかじっているイグアナたちのことらしい。

「彼らだけではありません。この島の連中はみんなサボテンの恩恵を受けているのです」

ダーウィンが唇をつぼめて一、二度高く口笛を吹くと、どこからかたちまち幾羽かの愛らしい小鳥が現れた。小鳥たちはそのままダーウィンが手にした水差しの縁に翼を休め、ひじょうに静かに水を飲みはじめた。

「驚いたな。まるで聖フランチェスコ（中世キリスト教世界における聖者。野の小鳥や獣たちに福音を説いた）だ」わたしは首を振り、小鳥たちを驚かさないよう気をつけながら、声を潜めて尋ねた。「なにか特別なやり方があるのかい？」

「特別なのはわたしではなくて、この島の動物たちの方です。彼らはみな人間を少しも恐れません。それどころか、ほら……」

　と彼が指さしたものを見て、わたしは奇異の感に打たれた。ダーウィンが投げ与えたサボテンの葉の一切れを、群れの中でもひときわ大きな一匹のイグアナがちょうど、その見るも恐ろしい口にくわえるところであった。そのさまはあたかも獰猛な猟犬が主人から久しぶりに投げ与えられた肉塊に食らいつくかに見えた。ところが、その同じサボテンの葉を反対側から一羽の小鳥が平気な顔でついばんでいるのだ。小鳥は、大トカゲを少しも恐れる様子がない。サボテンの葉が小さくなると、小鳥はイグアナの背にとびうつり、のんびりと羽繕《はづくろ》いをはじめた。

「これは、またどうしたことだ！」わたしは目の前の光景が信じられない思いで、ダーウィンを振り返った。

「本当は不思議でもなんでもないのです」とダーウィンが種明《たねあ》かしをしてくれた。「この島に棲む二種類の大トカゲ《イグアナ》は――彼らは〝ウミ〟と〝リク〟に分けられるのですが――、いずれも植物だけを食べる種《しゅ》なのです。だから小鳥《フィンチ》たちも、イグアナを少しも恐れる必要がないのですよ」

「草食？　この気味の悪い連中がかい？」わたしは納得できずに口を開いた。「本当かね？　だったらこいつらは、なぜこんなに恐ろしい姿をしていなくっちゃならないんだ」

「恐ろしい姿？　彼らが、ですか？」ダーウィンはぽかんとした顔でわたしを見た。「しかし、アールさん。彼らは……いや、なかなかどうして可愛げがあるとは思いませんか？　わたしはむしろ、イグアナたちがイグアナであるくらい人間も人間であったなら、われわれももう少し見ごたえがあるだろうと思っているのですがね。たとえば、ほらあそこでも……」

　ダーウィンが指さしたのは、遠からぬ場所をゆったりと歩み去るゾウガメの姿であった。見れば、その巨大な甲羅のうえにキイロムシクイが止まり、小鳥はいそがしく甲羅をついばんでいる。

「キイロムシクイは、ああしてゾウガメの甲羅についた虫をとってやっているのです。虫は小鳥の餌になりますし、ゾウガメもおかげで甲羅を清潔に保っていられるというわけです」

　ダーウィンはまた、今度は遠く海上の一角を見るようわたしを促した。目を凝らすと、島に棲むたくさんのカツオドリが海面上のある一カ所へと飛び集まっていた。鳥たちはやおら羽をたたむと、中空から次々に落下しはじめた。カツオドリはそうして、まるで礫《つぶて》のように海面へと墜落し、紺碧色に凪《な》いだ海はたちまちその一角だけが激しく雨が降ったようにきらめいた。

「彼らは空を飛ぶのみならず、海に潜り、しかも水のなかを泳いで魚を追うことができるのです！」ダーウィンは感動した様子で深いため息をついて言った。「彼らにとっての翼は、空を飛ぶための道具であり、同時に水中での舵の役割を果たしている。……やれやれ、いったい誰がそんなことを思いつくでしょう？　まったくのところ、毎日が驚異と賛嘆の連続ですよ」

わたしにとってはむしろ、ダーウィンがいまだにそんなささいなことに驚くことができることの方が驚きだった。わたしたちは、これまでの航海のなかで、じつに多様な、イギリスにいてはおよそ想像さえできない、奇妙な動物や植物、自然一般を目にしてきた。それはたとえば、堅い甲羅をもつ哺乳動物のアルマジロや、すさまじい匂いを放つスカンク（わたしたちは海上三マイルの船の上にいてさえ岸辺のスカンクの放った悪臭にハンカチで鼻を覆わなければならなかった）、ある種の甲虫を宿命的に呼びよせるスッポンタケ、口腔内で卵をかえすカエル（この役割はオスに限られる）、また翼を帆の代わりに用いて陸の上を舟のように疾駆《かけ》る巨大なダチョウ、といったものたちである。わたしも、絵描きのはしくれである以上、目に見えるものには人並み以上に関心がある。航海のはじめの頃は、珍しい動物や植物、また人々の奇妙なくらしの様子といった未知のものを目にするたびにひじょうな驚きを感じ、またそれらをせっせと絵に描きとめもした。しかし、航海も四年目となれば、いいかげん〝未知なるもの〟にも飽きてくる。わたしは最近では少々変わったものに出くわすくらいでは、驚くということがなくなっていた。ましてカツオドリ程度では、目を向けることさえちょっと信じられない思いであった。

「この群島のフィンチたちときたら、まったく興味深い存在でしてね」とダーウィンがまた口を開いた。「注目すべきは、なんといっても彼らの嘴《くちばし》の形です。そう、アールさんには無理を言って、さんざん描いてもらったからご存じですよね？　ガラパゴス諸島に棲息するフィンチたちの嘴は、観察すればするほどに、じつに多様な形をしています。それだけではありません。彼らの嘴の形の違いは、どうやら彼らの多様な食性のありかたと結びついているらしいのです。たとえば、彼らのうちで嘴のもっとも太い種類は、もっぱら固い殻をもった木の実を、そのペンチのような嘴で割って食べる。一方で、もっと細長い嘴をもつフィンチがいて、彼らはその細い嘴を器用に、まるで中国人が竹のハシを用いるように使って、地面にばらまかれた小さな木の実をついばんでいるのです。その他にもサボテンの刺を利用して幹のなかに潜む虫を釣りだす種類がいると思えば、同じ嘴を、こちらはストローのように用いて他の動物の血液を啜《すす》るフィンチがいる……」

「他の動物の血を？　まさか？」わたしは驚いて尋ねた。

「ところが、ええ、この島のフィンチのなかには、驚くべきことに、他の動物の血を餌にしている種類がいるのです。ちょうど南米大陸のある種のコウモリたちがそうしているように。なぜ彼らが吸血の習性を身につけたのか？　そのこと自体、じつに興味ぶかい謎ですが、それはともかく」とダーウィンは軽く手を振り、早口に先を続けた。「問題は嘴です。彼らの嘴の形の多様さときたら、実際に観察するまでは、とても信じられないほどでした。そのうえ嘴の形の違いは、彼らの多様な食性――固い木の実を割る、地面に落ちた小さな実をついばむ、サボテンの刺をあやつる、血を啜る――と、ぴったりと、密接に結びついているのです。これはいったいなにを意味しているのでしょうか？　わたしは、もしかすると、これこそが生物の神秘中の神秘を解く鍵なのではないかと思っているのです……」

とダーウィンはいつものように眼をきらきらと輝かせて〝嘴〟について話し続け、これまたいつものことながら、話しているうちにすっかり興奮してきた様子であった。

「ちょっと待ってくれ」わたしはとめどないダーウィンの言葉の奔流を、やっとのことでおしとどめた。「フィンチの、この小鳥たちの、小さな嘴の、そのまたわずかな形の違いが、なんだって〝生物の神秘中の神秘を解く鍵〟なんてことになるんだ？　君にはこれまでも、さんざんなぞなぞを聞かされたが、こんどのやつばかりはお手上げだ。さっぱりわけが分からない。それともこれは、たんなる冗談なのかい？」

「冗談なんかじゃありませんよ、もちろん」ダーウィンはもどかしげに言葉を継いだ。「いいですかアールさん、フィンチたちにとっては、嘴の形のほんのささいな、ごくわずかな違いが、生死の分かれ目なのです。そして、彼らの小さな嘴の形に多様さをもたらした秘密こそが、この地上にあらゆる生物種を生みだし、また滅ぼして来た理由に違いありません。ああ、その秘密さえ分かれば！　そのときこそ、なぜ世界中にこれほど多様な生物が存在し、彼らがなぜかくもあらゆる場所に棲んでいるのか？　その神秘が解かれるはずなのです！」

ダーウィンは、うっとりとした様子で視線を宙に泳がせた。片方の手ではさっきからイグアナの頭を撫でている。大トカゲは犬のように目を細め、されるがままである。

いつのまにか、すっかりダーウィンのペースに乗せられていたわたしは、ようやく自分がなぜ彼を捜していたのかを思い出して、小さく首を振った。

「やれやれ、チャールズ。君の話を聞いていると、なんだか小鳥たちの嘴の謎こそが身近な問題であって、今朝のマシューズの一件などまるで遠い出来事だったような気がするよ。フィンチやイグアナもいいが、目のまえの現実――われらが宣教師はなぜ死んだのか？――こちらの謎にもまじめに取り組んでみてはどうかね？」

「もちろん今朝の出来事は、わたしたちの目のまえで起こった不可解な、そして早急に解き明かさなければならない問題です」ダーウィンはさっと顔を赤らめて言った。「しかし……もしかするとわたしたちは、そもそもこの場所に来るべきではなかったのかもしれません……。わたしには、この島がまるで有史以前のあの場所、〝エデン〟のように思える……。それなのに……わたしたちは、この島になにか取り返しのつかないものを持ち込んでしまったのではないでしょうか……」

「われわれがこの島に持ち込んだもののことはともかく」わたしはきっぱりとそう言って、話題を変えた。「じつは死んだマシューズのことで少し気になることがあるんだ。君なら事情を知っているんじゃないかと思ってね」わたしは辺りを見回し、少し声を潜めた。「悪霊というのはなんのことだね？」

「悪霊？　なんの話です？」ダーウィンはぱちぱちと目を瞬かせた。

「それがわたしにももう一つよく分からないんだ……」と、わたしはダーウィンに次のような事情を話して聞かせた。

「一昨日──というとつまり、この島に来る前の晩のことだが──眠れなくて甲板に出たわたしは、そこで妙な会話の断片を耳にしたのだ。別に盗み聞きをするつもりはなかったのだが、あの夜も昨夜のように深い霧がでていた。だから近づくまでお互いに姿が見えず、気がついた時には会話の様子がなんだかおかしな具合で、こちらの存在を知らせるのが憚《はばか》られた。それで、聞くとはなしに聞いてしまったのだよ。低い声で話している一人は、間違いなく宣教師のマシューズだった。彼は早口に、まるで相手をおどすような口調で話していた。その時彼は『わたしは知っている。……あなたがチリの港でひそかに積み入れた……悪霊……どうするつもりなんです』と、そんなことを言っていた。わたしは気づかれないようにそっとその場を離れ、それきり忘れていたのだが、さっきふと思い出してね。こんな事件が起こっただけに、マシューズの言葉がどうも気になってきたのだよ」

「待ってください。謎の言葉はともかく、マシューズ氏が話していた相手は誰だったのです？」

「うん。霧の中で背中をちらりと見ただけだから、はっきりしたことは言えないのだが……どうやらキング士官候補だったようだ」

それまで黙って膝をかかえてすわっていたジェイミー坊やが、突然振り返って頓狂《とんきょう》な声をあげた。

「それじゃ、キングさんが殺したんだ！」

しーっ、とダーウィンとわたしは二人掛かりでジェイミーの口を押さえた。

「ジェイミー、めったなことを言うんじゃないよ」ダーウィンが厳しい声で少年をたしなめた。

「そうとも、これは今回の事件とは、多分なんの関係もない。ただちょっと気になったから尋ねただけのことなのだ」わたしはジェイミーにそう言い置いて、改めてダーウィンを振り返った。「船がチリに停泊していた間、君とキングはいっしょに上陸して、長く行動をともにしていた。だから、悪霊とやらについてもなにか知っているんじゃないかと思ってね」

「悪霊ねえ……」ダーウィンは首を捻り、顔をあげて言った。「しかし、アールさん、気になるのならなぜキング氏本人に尋ねないのです？」

「いや、尋ねようとは思ったのだが……」とわたしは、さっきのキングとの会見の模様をダーウィンに話して聞かせた。

「キングは、例のドン・カルロスの話を聞くと、なにやら人が変わった様子で立ち去り、とてもこちらから質問する雰囲気ではなかったのだ。まったく、この島に来てからというもの、みんなどうかしてしまったとしか思えない。やれやれ、〝魔法にかかった島〟とはよく言ったものだよ」

それからわたしたちが二人で謎の言葉に頭を捻っていると、急にジェイミーが低く舌打ちをして立ち上がった。

「どうしたんだ？」

少年の視線を追うと、岩陰から現れた人影がこちらに近づいてくるところであった。陽炎《かげろう》に揺らめく固い岩場をしっかりした足取りで歩んでくるのは、フエゴ・インディアンの若者、ヨークミンスターであった。

「ちぇっ。先生、ぼくはこれで失礼します」ジェイミーはそう言うがはやいか、もうどこかに走り去ってしまった。呆気にとられていると、ダーウィンが小声で説明してくれた。

「最近ジェイミーは、ヨークミンスターのことが苦手のようでしてね。彼とは極力顔を合わさないようにしているのです」

ヨークミンスターは、サボテンの下にわたしたちを見つけると、足早に近づいてきた。

「ふぇぎあヲ見マセンデシタカ？」

わたしたちが首を振ると、彼は同じ文型《センテンス》で、もう一度尋ねた。

「きんぐサンヲ見マセンデシタカ？」

わたしたちは同じく首を振った。ヨークミンスターは怒ったように口を尖らせた。どうやらヨークミンスターは、キングが彼の許婚《いいなずけ》であるフェギアに、いまこの瞬間にもちょっかいを出しているのではないかと疑っているらしい。

わたしはこの嫉妬深いインディアンの青年のことが気の毒になって声をかけた。

「君がもし、キング氏がフェギアになにかするんじゃないかと疑っているのなら、その心配にはおよばないよ。彼は、なるほどあのとおりの皮肉屋のいたずら好きだが、なかなかどうして繊細な、内に傷つきやすい少年を棲まわせた人物だからね」

ヨークミンスターはしばらくわたしの言葉をかみしめていたが、表情をかえずに尋ねた。

「きんぐサン、ソノ少年ヲ、イツ食ベマシタカ？」

「いや、そういう意味ではなくて……。彼はイギリス人だ。君たちとは違って人は食べない（フエゴ・インディアンには、かつて食人の習慣があったことが記録されている）。……困ったな」

わたしたちは顔を見合わせ、苦笑するしかなかった。

ヨークミンスターが立ち去った後、ダーウィンとわたしは古代ギリシアの悲劇作家の喜劇的とも言える最期についてしばらく話し合い——「家に潰されて死ぬであろう」という神託を受けたアイスキュロスは、以来、戸外で暮らしていた。ある日、一羽の鷲が彼の禿げ頭を岩と思い違えて、捕まえてきた亀をその上に落とした。〝亀の家（＝甲羅）〟に潰されて、偉大な悲劇作家は死んだ——、気がつくと日が西の海に沈もうとしていた。

イグアナたちは、いつのまにか姿を消していた。

わたしたちは図《はか》らずもすっかり長居をしてしまったその場所を立ち上がり、この島で一番大きなゾウガメを捕まえて舞い立つ猛禽《もうきん》類はこの世に存在するや否やについてなおも議論を続けながら宿営地に向かって歩き出した……。

それに気がついたのは、わたしの方が先であった。

「ほら、チャールズ。君の友人たちがあそこに……」

わたしは冗談めかしてそう言うと、ダーウィンに前方の岩場を指さした。

茜色の空を黒く染め、たくさんの小鳥たちが次々に岩陰へと舞い降りるところであった。

そうして群れ集まった小鳥たちは、窪みに嘴をつけ、まるでそれがストローででもあるかのように、巧みに水を飲みはじめた。

――妙なことに気づいたのは、その時である。

小鳥たちが水を飲むたびに、その嘴が、頭が、羽が、禍々《まがまが》しい赤い色に染まっていくのだ。

なにかが不意にわたしの頭を打った。わたしはダーウィンを振り返り、次の瞬間わたしたちは岩場に向かって駆けだしていた。

岩陰に、小柄な人影がうつ伏せに倒れていた。

倒れていたのは、フェギア・バスケット――フエゴ・インディアンの、あの可憐な少女であった。

第六章　反乱

血溜まりに浸《つ》かったフェギアの顔の半分が、べっとりと赤く染まっていた。

ダーウィンが少女を抱き起こすと、黒い髪の間からは新たにまた、なま温かい血がたらたらとしたたり落ちた。

わたしは、彼女の薄い胸がかすかに上下しているのに気がついた。

「よかった！　フェギアは息をしている」わたしは思わず安堵の声をあげた。

「しかし、大変な出血です」ダーウィンは少女の脈をとって顔をしかめた。「早く手当てをしなくては……。急ぎましょう！」

ダーウィンは少女を背中にかつぎあげた。

「アールさんは先に行ってください。治療の準備をお願いします。わたしの医療鞄、布と、それからお湯をたくさん……」

わたしはみなまで聞かずに走りだした。

宿営地に駆けこむと、水兵のビリーがテントの陰からひょいと顔をだした。

「おや、アールさん。そんなに息を切らして、いったいどうしました？」

わたしはすぐには返事ができなかった。それどころか、急に走ったせいで（船の上でわたしが走ることなどありえなかった）、息さえろくにできないありさまであった。

ビリーは、わたしの様子には頓着せず、いつもののんびりした調子で口を開いた。

「ところでシムズの奴を見ませんでしたか？　あ奴め、昼間神父さんのために墓掘りをした後で、〝水を飲みに行く〟と言ってふらふらと姿を消したきりでしてね。しょっちゅう水を飲みたがるのは奴の悪い癖でさあ。なに、誰にだって妙な癖の二つや三つ、いや四つ、五つくらいあるもんです。奴がどんな癖を持っていようがかまやしませんが、そろそろ夕食の準備をしなくちゃならないというのに、シムズめ、まだ帰ってきやしねえ。あんまり遅いもんで、ヨークミンスターの野郎がろくでもない料理を作りはじめてしまって……おや？」

薄暮に眼を凝らしたビリーは、わたしの両手が血に染まっていることに気づいて、不意に飛び上がった。

「ま、ま、ま、まさか、アールさん。シムズを殺《や》っちまったんですかい。昨日、奴が大トカゲの肉を食わせたからといって、そりゃあんまりだ……」

「違うよ、ビリー」わたしは渇いたのどにつばを飲み込み、ようやくものが言えた。「これはフェギアの血だ」

「じゃあ、あの女を殺したんで？」

「そうじゃなくて……彼女は……落ちてきた空に頭を打たれて……いや、降ってきたのは亀かもしれないが……」

「なにを言っているんです！」背後にダーウィンの朗《ろう》とした声が聞こえた。わたしは全力で駆けてきたつもりが、フェギアを背負ったダーウィンにもう追いつかれてしまったらしい。

「彼女を打ったのは空でも亀でもありません。おそらく、投げ球《ボラス》です」

「ボラス？」

「ええ。しかし、それは後で。いまはフェギアの手当てが先です。……寝台《ベッド》の準備を！」

ダーウィンの指示で、ビリーが慌てて姿を消した。

わたしはその場にへたりこみ、おのれの無能ぶりに改めて呪いの言葉を呟いた。


先にテントに戻っていたジェイミーが呼ばれ、ダーウィンの手伝いを命じられた。この騒ぎに他の者も順々に集まり、わたしたちはテントの入り口付近にかたまって、息をつめて治療の様子を眺めることになった。

ダーウィンはてきぱきと作業をすすめ（傷口の確認、消毒、縫合《ほうごう》）、その間にもフェギアの傷口からは大量の血が流れ出て、見ているだけですっかり気分が悪くなったほどだ。

治療が終わる頃になって、どこか脇のあたりからキングがひょいと顔を出した。

「なにがあったんです？」

キングは小声で尋ねた。わたしが事情を説明してやると、彼はちょっと驚いたような顔になった。

「フェギアが……おかしいな？　それじゃあ、なんだって……」

彼は口のなかでぶつぶつと唱えていたが、その時はあえて問い返すことはしなかった。

ダーウィンの懸命、迅速な手当てのかいあって、どうやらフェギアは一命を取り留めたらしかった。

手当てを終えると、ダーウィンはフェギアの看護をひとまずジェイミー坊やに任せ、何が起きたのか報告するので全員を外に集めるよう、フィツロイに申し出た。

その頃には辺りはもうすっかり暗くなり、日が落ちてからはまた霧が漂いだしていた。

集まった顔触れを見まわして、フィツロイは眉をひそめた。

「料理人《コック》のシムズの顔が見えないが、彼はどこにいる？　わたしは、全員を集めるよう命じたはずだ」

艦長は、水兵のビリーに向かって厳しい声で言った。

「はっ。シムズの奴はまだ戻っていないであります」

フィッツロイは無言のままビリーを見た。その冷ややかな青灰色の眼に、小男の水兵はたわいもなく震えあがった。

「すぐに捜してまいります！」

「いや、いい。戻ってくるのを待つとしよう」

その間、わたしは焚火《たきび》の周りに集まった者たちを順番に観察した。

ちらちらと揺らめく炎に照らしだされたのは、フィッツロイ、ヘリアー、ヨークミンスター、ビリー、キング、ダーウィン、それにわたしの七人の男たちの顔である。皆それぞれに、そわそわと落ち着かない様子であった。艦長のフィッツロイはいつにもましてぴりぴりと神経質に頬をひくつかせ、艦長世話係の少年ヘリアーは暗闇を恐れてしょっちゅう背後を振り返っている。許婚を襲われたフエゴ・インディアンの青年ヨークミンスターはすさまじい表情でじっと炎を見つめ、赤毛の水兵ビリーは、なんとか艦長の厳しい視線を逃れようと小柄な体をいっそう小さくしていた。遅れて現れたキングはなぜか口元ににやにやと無意味な笑みを浮かべ（それが彼の緊張した時の癖であることは後で知った）、一方ダーウィンはなにか気になることがあるらしく、手当てを終えてからはずっとうわの空の様子であった。かく言うわたしも、疲労と自己嫌悪のためにひどい顔をしているはずである。

フィツロイはふむと小さく咳払いをして、状況を説明するよう求めた。ダーウィンは依然としてなにかに気をとられている様子なので、わたしがその任を引き受けた。わたしは見たままを話した。

血色の空を黒く群れをなして飛ぶ小鳥たち……血溜まりに顔を横に向け、うつ伏せに倒れたフェギア……彼女の頭の傷口からはまだ生温かい血が流れ出しており……血溜まりには小鳥たちが群がり、嘴や頭を赤く染めている……。

「いま思えば、あの小鳥たちは、他の動物の血液を餌にしている〝吸血フィンチ〟だったのでしょう。ええ、チャールズが教えてくれたとおり、小鳥たちは嘴をまるでストローのように上手に使って、血を啜っていました」

説明をさえぎって低い唸り声があがり、振り返るとヨークミンスターが凄まじい形相《ぎょうそう》で立ちあがっていた。

「あーるサン、ふぃんちハドウデモイイ。誰ガふぇぎあヲ傷ツケマシタカ？」

ヨークミンスターは凶暴な目つきで辺りを見回し、もしわたしが誰かを指し示せば、そのままその者の喉笛に食らいつきそうな勢いであった。

「それは分からない。が、少なくとも、いまここにいる者ではないはずだ」

わたしの言葉にインディアンの青年は不満げに唸り声をあげ、その場にもう一度、腰をおろした。

「……例のスペイン人に決まっていますよ」ヘリアーが震える声で発言した。「船長を殺して逃げたという、銛打ちの大男。……やっぱり奴は、この島のどこかに隠れていて、僕たちを狙っているんです」

生白い顔をした艦長世話係の少年はそう言って、また恐ろしげに背後の闇を振り返った。

臆病なヘリアーの空想を馬鹿ばかしいと笑い飛ばす者は、もはや誰もいなかった。それまでわたしたちは、マシューズの死を不可解に感じながらも、心のどこかで彼の死は当然の結果だと――役立たずのあの宣教師はなんらかの方法で自殺したのだと――無理にでも思おうとしていたのだ。

しかし、今度は話が違う。

うつ伏せに倒れていたフェギアは頭を後ろから殴られている。そもそも彼女には自殺すべき理由などなにもない。彼女を襲った現実の〝何者か〟が存在しなければならなかった。

船長を銛で突き殺して逃亡した謎のスペイン人。

彼はいまでもこの島のどこかに潜み、わたしたちを狙っているのだろうか？　しかし、なんのために……？

その瞬間、焚火がぱちりと大きな音を立ててはじけ、ヘリアーが悲鳴をあげて、わたしの腕にしがみついてきた。

　ダーウィンが唐突に口を開いた。

「キングさん、あなたはシムズと一緒じゃなかったのですか？」

「私がなんだって料理人ふぜいと一緒に行動しなくちゃならないんだ？」

「わたしたちが戻った時、この宿営地には、あなたとシムズの二人がまだ戻っていませんでした。それでわたしは、てっきりあなたたちが一緒にいると思っていたのです。……ところが、あなたはシムズと一緒に戻ったのではなかった。あなたは誰といたのです？　あるいは、どこにいて、なにをしていたのです？」

「なんだっていいじゃないか。それより腹がへってきた。そろそろ飯にしないか」

「答えるんだ、キング」フィツロイが鋭く言った。

　キングは眉をひそめて艦長を振り返り、はじめて事態の深刻さに気づいたらしかった。

「これは尋問ですか？」

「そう取ってもらってもかまわない。改めて聞く。キング士官候補、君はこの宿営地に皆より遅く、一人で戻ってきた。それまで、どこで、なにをしていた？　誰といたんだ？」

　これは正式な応答命令であった。となれば、もはや沈黙を守ることは何人《なんぴと》にも許されてはいなかった。

「はっ、お答えします」キングは背筋を伸ばして、上官に向き直った。「私は、本日夕刻より、島の北々東の海岸で、ずっと海を眺めておりました。報告終わり」

「海を眺めていた？」

「そうであります」

フィツロイの眉間に一瞬険しい色が浮かんだ。キングの報告はいかにも不自然であった。夕暮れの浜辺にたたずみ、一人でずっと海を眺めていたという彼の報告を、その場に居合わせた誰一人として信じる者はいなかった。フィツロイは、ダーウィンに質問を続けるよう促した。

「キングさん、あなたは今回のフェギアが襲撃された件についてどうお考えですか？」

「どうって……。そうだな、あれだけの血が流れて生きているなんて、女って奴はつくづくしぶとい生き物だと思うね」

ヨークミンスターが低く唸ってキングに飛びかかりそうになり、わたしとヘリアーが慌てて二人掛かりで押さえつけた。ダーウィンは振り返りもせず、また言葉を続けた。

「ところでわたしは、フェギアの手当てをしている間に、二つの不可解な事実に気づきました。一つは、わたしの薬箱の中から、いつのまにか、ある種の薬品が失われていたことです」

注目の中、しかしキングは無言で肩をすくめただけであった。

「もう一つは、このメモです」

ダーウィンはそう言って、一枚の汚れた、小さな紙切れを取りだした。キングは目の前に差しだされた紙片に目を細め、それに気づいた瞬間、今度はあっと声をあげた。

「このメモを、わたしはさっき、フェギアの握り締めた手の中から見つけました」

ダーウィンは紙片を、今度は皆に見えるように、明かりの方に向けた。

紙片には走り書きの文字が記されている。ダーウィンはそれを声に出して読んだ。

愛《いと》しい人よ、今宵あなたをお待ちしております
日暮れ時、私があなたに初めて話しかけた、あの場所で

ダーウィンがキングに質問した。

「これはあなたが書いた文字に間違いありませんね」

それから一騒ぎがあった。

ヨークミンスターがわたしたちの手を振りきってキングに飛びかかり、それを全員が寄ってたかって引き離したのだが、いちど火のついたインディアンの青年は誰彼の見境なく手を

振りまわし、足をばたつかせ、おまけに噛みつきさえしたものだから、しまいには全員で押さえ込んだ上に、彼の手足をきつく革紐で縛りあげなければならない始末であった。

ヨークミンスターは身動きがとれなくなった後も、獣のように低く唸り続けた。

わたしたちは顔の汗を拭って、また元の位置に戻った。

「やれやれ、これだから野蛮人はやっかいなんだ。これなら、堅苦しいイギリス風の〝法と秩序〟の方がまだましだ」キングは騒ぎの中でぶつけたらしく、顎のあたりを痛そうにさすりながら、顔をしかめてぼやいた。

「それでは、その〝法と秩序〟にかけて質問を続けます」ダーウィンが、さっきと同じ調子に戻ってキングに尋ねた。「このメモは、キングさん、あなたが書かれたものですね」

キングは辺りを見まわし、しかめた顔のままで頷いた。「その字なら、ああ、間違いない。私が書いたものだ」

「どんな目的で書かれたのか、お話しいただけますか」

「なに、ほんの冗談だよ、冗談」キングはそう言ってわざとらしく笑い、一瞬眼を宙に泳がせた。

「えー……そう、ちょっとした冗談を思いついて、それを彼女に教えてやろうと思ったんだ」

「どんな冗談です？」

「これが傑作中の傑作でね」キングは肩をそびやかし、すぐに下ろして、小さく首を振った。「本当は秘密にしておきたいところだが、しかたがない、皆に披露しよう。準備はいいかい？　これは、われらがご先祖さまアダムが、はじめての女性、つまりイヴに出会った時に口にした言葉だ。その時アダムはイヴに近づいてこう言ったとさ……」

とキングはまじめくさった顔で、次のような文句を口にした。

Madam I'm Adam.（奥様、私がアダムです）（一種の回文である）

誰も笑わなかった。

「キング士官候補」とフィツロイが顔をこわばらせて口を開いた。「ダーウィン氏の質問にまじめに答えたまえ」

「まじめもなにも、だからこれは冗談なんですよ」キングは肩をすくめて言った。「ほんの冗談。全部が冗談なんです。冗談をまじめにとられちゃあ仕方がない。……だいたい、そんなメモを見て、一人でのこのこ出掛けていくなんて、あの女、頭がどうかしているんじゃないですか。ぶん殴られて、むしろ調子が元に戻ったかもしれませんよ。ははは」

キングの乾いた笑い声を遮るように、フィツロイの声高な命令が響きわたった。

「ビリー水兵。キング士官候補を拘束したまえ。これは艦長命令だ」

ビリーはその場に飛び上がった。小柄な水兵は、長身のフィツロイとキングのあいだに立って、二人の顔をかわるがわる見あげた。

「なにをしている。さっさとせんか！」

フィツロイの癇性《かんしょう》などなり声で、ビリーは恐る恐るキングに近づいた。水兵は、青くひきつった相手の顔を見ないようにしながら、キングの両腕を背後ですばやく縛りあげ、その間中「勘弁してくださいよ。これも艦長さんのご命令なんでね。あたしだって好きこのんなことをするわけじゃないんです。どうぞあたしをお恨みにならないように……」と囁き続けていた。キングはこの屈辱に、終始こわばった笑みをうかべ、無言のままであった。

他の者も凍りついたようにその場を動けず、ましてキングに代わって問い返すことは――艦長命令に理由を問い返すことは、それだけで〝反逆罪〟に相当したから――そもそもありえぬ事態であった。

わたしは隣にいたダーウィンの耳元でそっと尋ねた。

「君は本当はどう考えているんだ？　キングはフェギアをそのメモで呼びだしたのか？　彼女を殴り倒したのは、本当にキングなのか？」

「いまはまだなんとも言えません」ダーウィンは首を振った。「ただ、もう一つ気になることがあります。フェギアを抱きあげた際に気がついたのですが、彼女の体に隠れるようにして、そこにひどく場違いなものが落ちていたのです」

「場違いなもの、というと？」

「ええ。二つの拳《こぶし》大の石球……紐の両端に結ばれている……」

「南米の牛追いたちが使っていた〝投げ球〟のことかい？　しかし、なんだってこの島にそんなものが……？」

わたしは、そう言えばダーウィンがさっきもそんなことを言っていた――「彼女を打ったのは……おそらく投げ球《ボラス》です」――のを思い出した。

そもそもボラスというのは、南米の牛飼《ガウチョ》いたちに特徴的な道具で、彼らが牛を追う際に、投げ縄《ラゾ》とともに、仕事上必要欠くべからざる品である。彼らは走る馬の上から、回転をつけたボラスを狙う牛に向かって投げつける。すると、紐はみごと牛の前足にからまり、牛たちから自由を奪うのだ。アルゼンチンに上陸した際、ダーウィンとキングは二人で、このボラスの投げ方をガウチョたちから教わったそうだ。もっとも、ダーウィンが試みたところ、紐は彼の乗っていた馬の足にからまって、乗り手ともどもその場に倒れてしまい、ガウチョたちからは「ボラスを使って自分の乗った馬を生け捕りにした奴ははじめてだ」とさんざん笑われたらしい。一方キングは、地元のガウチョたちを感心させるほどの上達ぶりだったと、これは本人から聞いた話である。

……そう考えてきて、わたしはあることに思い当たった。

もしフェギアを襲った凶器がボラスであれば、キングにはそのことができた。逆に言えば、この島でボラスを扱える人間はキングしかいないのではあるまいか……？

わたしが早口にその考えを告げると、ダーウィンは困ったように言った。

「あれが凶器とは、まだ決まったわけじゃありませんよ」

「事件現場に落ちていたんだろう？」

「それはそうなのですが……」

「ビリー！」

わたしは、ダーウィンの煮え切らない態度がもどかしく、キングを縛り終えたばかりの水兵を呼んだ。「悪いが、フェギアが倒れていた場所までひとっ走りしてくれないか。場所は……そう、わたしたちが上陸したあの海岸だ。そこにボラスが落ちているはずだ」

「へっ、ボラス？　あの女が襲われた海岸に行くですって？　あたしがこれから？　一人でですかい？」ビリーは辺りを見回し、ひきつった笑みを浮かべて、改めてわたしを見た。

「もうお日さまもお隠れになったことですし、いまじゃほら、例のいやな霧まででてきた。

捜し物があるなら、明日になさってはいかがです？」

「……わたしが一緒に行こう」

ダーウィンが思案顔で低くつぶやき、ビリーは情けない顔で首を振った。

二人がボラスを捜しに行っている間に、わたしは自分の推理を皆に告げた。

——フェギアを襲った凶器がボラスであったと仮定する。一方、この島でボラスを扱える人間はキングだけである。したがって、この場合フェギアを襲ったのはキングである。

わたしが、この決定的ともいえる三段論法を開陳する間、拘束を受けた当のキングは、怒りのためか、屈辱のためか、はたまた後悔のためか、蒼白となった顔で奇妙な沈黙を守り続けていた。

わたしが推理を述べおえた後、待つほどもなく、霧のなかから提燈《ランタン》をさげたダーウィンが姿を現し、あとに続くビリーは、恐怖のために顔がいつもより細長く見えたが、その震える手には拳大の石球が二つ、しっかりと握り締められていた。

ビリーから石球を受けとったフィツロイは、それを明かりにかざして皆に示した。石球はやはり、黒い紐の両端にしっかりと結ばれていた。……ボラスに間違いない。

フィツロイの隣に立っていたわたしは、彼が手にした一つの石球表面に、血でかたまった数本の黒い髪の毛が付着しているのを発見した。

「フェギアの髪だ！　彼女はやはりこのボラスで打ち倒されたんだ！」

わたしの指摘に、皆がさっとキングを振り返った。

「どうなんだ、キング士官候補」フィツロイがキングの正面に歩みより、硬い声で尋ねた。

「アール氏の推理によれば、もしボラスがフェギアを襲った凶器であるならば、必然的に貴殿が犯人であるということになる。それについてなにか弁明することはあるかね。あるいは先ほどの破廉恥《はれんち》なメモに関してはどうだ？」

後ろ手に縛られたキングは、下を向いてじっと艦長の言葉を聞いていたが、不意に視線をあげ、相手の顔を正面から見据えた。

それからキングは、これまで誰もやったことのない、そしてこれからもけっして起こりえないであろうことを、あえて行った。

キングは朱色の形のよい唇を歪め、皮肉な口調でこう言ったのだ。

「あなたに私を裁く権利が、いや、われらがビーグル号を指揮する資格が、本当におありなのですか？　えっ、艦長さんよ」

それは、秩序への公然たる反乱であった。

第七章　フィッロイの失敗

一八三三年一月十九日――

フィッロイ指揮のもと、三人のフエゴ人、ダーウィン、それにわたしを含むビーグル号の乗員二十八人の一隊が、四艘のボートに乗ってフエゴ島に上陸した。ヨークミンスター、ジェイミー、フェギアの三人にとっては、じつに三年ぶりの帰郷であった……。

ビーグル号は三年前の第一回航海に際して、はじめてフエゴの地を訪れた。当時すでに艦長の任にあったフィッロイは、フエゴ人たちの野獣と見まがう悲惨な生活を目にして、たちまち深い憐憫《れんびん》を覚えた。と同時に彼は、フエゴの住民に教育を施し、さらには宗教的感化を与えることこそが、英国貴族として果たすべき崇高な義務《ノブレス・オブリージ》だと考えた。

フィッロイは、手始めに三人のフエゴ・インディアンを船に乗せ、イギリスに連れて帰ることにした。そして、祖国に帰るとすぐ、彼は自らの費用で三人に教育をうけさせ、また宗教を教え込んだ。

フィツロイの試みは驚くほどの成功をみた。半裸のまま、野蛮な生活をおくっていた三人のフエゴ人たちは、イギリスでたちまち人間としての振る舞い《エチケット》（シャツを着て、食事の際はナイフ、フォークを用いる）を身につけ、言葉を覚え（程度の違いはあったが）、さらに英国国教会において洗礼を受け〝よきキリスト教徒〞と認められるまでになったのだ。文明の栄光に浴した野蛮人の噂はやがてイギリス中にひろまった。多くの慈善家たちが面会を求めてやってきた。彼らはみな、フェギアの愛らしさに目を細め、ジェイミーの利発さに感心し、さらにはヨークミンスターの無骨な素朴さに好意をもった。

そして、あの日が来た。フィツロイが世界の最果てから連れ帰った三人の野蛮人は、イギリスの国王夫妻に面会を許され、しかも直接言葉を賜《たまわ》る栄誉をえたのだ。誰もがフィツロイの行為を称賛した。そして彼の次の計画――〝三人のフエゴ人を故郷に戻し、彼らを文明の礎《いしずえ》とすること〞――に賛意を示した。そのために多くの寄付金が集められ、また全国からフエゴ人たちへの贈り物が寄せられた。最後に同行する宣教師が任命された。

三人のフエゴ・インディアンを故郷に送り戻すことは、このたびのビーグル号航海の主要な目的の一つであった。

その日、ティエラ・デル・フエゴの空はそれまでの悪天候が嘘のように晴れ渡り、きらきら光る雪原と森林の清純な世界に照っていた。わたしたちのボートが海岸に近づくと、ふいに森の中からホーイ、ホーイ、とまるで猿たちが呼び交わすような声が聞こえてきた。やがて、どこからともなく一隊の独木舟《カヌー》が姿を現した。黒い縮れた髪に、銅のような赤い肌の男たち。

それが、フエゴ人であった。凍てつくような寒冷な気候にもかかわらず、彼らはわずかに肩のあたりをアザラシの毛皮で覆っただけであった。

独木舟の男たちは、わたしたちのボートに近づくと、身振りをもってある方向に進むよう促した。わたしたちはフエゴ人たちの独木舟に取り囲まれるようにして進み、一行はやがて小ぎれいな入り江へと入っていった。

ボートを降りて周囲を見回すと、そこは花の咲いた気持ちのよい草原が背後の森林まで続く、たいへん美しい場所であった。遠巻きにしているフエゴの男たちは、わたしたちに対してしきりに歯を剝き出しては顔を突き出し、わたしはひじょうに恐ろしく感じたものだが、どうやらそれが彼らにとっては友好を示す表情であるらしかった。

フィツロイは慎重な検討の末、この場所に新しい定住地――〝文明と宗教の砦〟――をつくることを決めた。

わたしたちは早速作業を開始した。それはまったく奇妙で愉快な眺めだったに違いない。百人かそこらの半裸のフエゴ人が遠巻きにして、その地にはじめての建築物（といっても、簡単な小屋にすぎなかったが）が建てられるのをいっしんに見つめていた。

わたしたちはそこに三軒の小屋を建てた。一軒は教会として、一軒は宣教師とジェイミーのために、そして一軒はヨークミンスターとフェギアのためにである。別の水兵たちは野菜畑を耕し、種をまく仕事を行った。

その間、フエゴ人たちはきわめて友好的であった。彼らは、はじめこそ遠巻きにしていたものの、やがてわたしたちの仕事のまねを始め、終わりの頃にはまがりなりにも〝共同作業〟と呼べるまでになっていた。

夜は皆が一緒に焚火のまわりに座ったが、わたしたちはひどい寒さに震え、フエゴ人たちは火の熱さに汗を流していた。

五日の後、小屋と野菜畑が完成するまでの間、文明からの訪問者と野蛮人との関係はずっと良好であった。わたしたちはフエゴ人たちにイギリスから持参した贈り物を与え——彼らはどんなささいなものでもひじょうに喜んで受け取った——、一方フエゴ人たちはわたしたちに土地の食べ物（きのこや貝類）を持ってきた。

宣教師のマシューズもまた、自分の仕事場を得たことですっかり張り切っているように見えた。航海中、まったく何もしようとはしなかった彼の変身ぶりは、わたしたちがひそかに顔を見交わし、苦笑したほどである。フィツロイは、宣教師に託した人や物をしばらく彼らだけにして様子を見ることに決め、その間他の者は海峡の西側の探索に出発した。

わたしたちを見送るマシューズの顔は、傲慢《ごうまん》ともいえるほどの自信にあふれていた。目的はすでになかば達成されたと思われた。

……だが、結果は予期せぬものとなった。

数日後、わたしたちが戻ってみると、様子が一変していた。小屋は壊され、畑は踏み荒らされていた。定住地そのものが、もはや跡形もなくなってしまっていた。

宣教師のマシューズはほとんど錯乱した様子でわたしたちを出迎えた。フィツロイが彼に「なにがあったのか？」と何度尋ねても、彼は「とてもこの地には留まれない。ここは悪霊が支配する土地だ」というばかりで、さっぱり要領を得なかった。

イギリスから連れ帰った三人のフエゴ人たちもまた、彼らの持ち物をすべて失っていた。「ここに留まるか？」というフィツロイの問いかけに対し、彼らは一様に無言で首を横に振った。

フィツロイは全員をボートに乗せ、ビーグル号に戻った。

いったいあの時、あの場所でなにが起こったのか？

その後も当事者――三人のフエゴ人、なによりマシューズは、フエゴでの出来事について頑なに口を閉ざし、一切は謎のままであった……。

「あなたは野蛮人どもへの伝道にみごとに失敗した」

キングは興奮に頬をそめ、フィツロイを正面から見据えて、噛みつくように言った。

「それだけではない。たとえば補助の測量船購入の件はどうです？　あなたは測量がうまくいかないからといって、海軍本部の許可を待たずに測量船をもう一隻別に購入した。だが、あなたは無論そんなことをすべきではなかった。そもそも指示されていない測量にいったいどんな意味があるのです？　事後報告を受けた海軍本部は、案の定すぐに文書をよこした。〝許可なく遂行された行為に費用は支払われない〟と。あなたの判断は結局、水兵の解雇と船の売却という余分な仕事を私たちにもたらしただけだった……」

矢継ぎ早に言葉を発するキングの様子は、しかしどこか歯止めの外れた箱車が勢いをつけながら坂道を転がり落ちていくさまを思わせた。彼はさらに言った。

「あなたはまた、南米を出航する直前になって船に奇妙な機械を取りつけさせた。そのためにわれわれはあの土地で一週間近い時間を無駄にしなければならなかった。あれはいったいなんです？　気圧計《バロメーター》？　天気予報《フォーキャスト》？　その後もあなたはあの箱にかかりきりになっているが、結局はあなたお得意の骨相学と同じで、なんの役にも立っていない。海軍はあなたのガラクタに金を払うはずがない。あなたはこの件でも失敗したんだ。

いや、そんなことはどうでもいい！　あなたの最大の失敗、私がどうしても許すことができないのは、あなたがリオで下した決断なのだ。かの地に停泊中、四人の乗員が調査名目でビーグル号を離れた。しかし、あなたはそもそも彼らの調査を許してはいけなかった。……私は知っているのですよ。彼らがあなたに示した計画は無謀で、しかも無意味だった。それなのにあなたは、彼らの出発を許した。なぜか？　それは計画を言い出したのがウィリアム・マスターズ、あなたの親友の息子、あの世間知らずのお坊ちゃんだったからだ。

あれは実際は調査なんてものじゃなかった、彼はただ珍しい山猫《ピューマ》狩りを強く望んでいただけだった。ウィルは……マスターズは、船の生活に退屈していた。あなたはそれを知っていて押し切られてしまったんだ。その結果はどうです。ウィリアム・マスターズがピューマを追ってむちゃな行程を強いたおかげで、船に戻った時には四人全員がひどい熱病に罹《かか》っていた。彼らは高熱を発してのたうちまわり、彼らの中で唯一、そこにいるジェイミー坊やだけがようやく回復したものの、残る三人の乗員は間もなく死んだ。……そうだ！　あれはあなたの責任だ。彼らはあなたが殺したんだ！」

「違う、わたしは……」

フィツロイはなにごとか力無く呟いたが、キングは耳を貸そうとはせず、いっそう声を張りあげた。

「なるほど、あなたはかつては決断力に富む、有能な艦長だった。それは私も認めます。しかし、いまはもうそうではない。そのことを、あなたは認めるべきだ。いえ、これは私だけの意見ではありません。船の皆がそう思っているんです。嘘だと思うなら、若い連中の誰でもいいからつかまえて聞いてご覧なさい。彼らは皆、あなたの苦虫をかみつぶしたような苦悩の顔に、いいかげんうんざりしています。心当たりはありませんか？　あなたは最近、甲板で若い連中の姿をあまり見かけないはずだ。それもそのはず、連中は暗い顔で甲板をうろつくあなたを見かけるやいなや、さっさと物陰に姿を隠して、あなたの目に触れないようにしているんですからね。……いや、もしかするとあなたはあのことを、もうご自分でも気づいているのかもしれない。あなたがチリの港バルパライソで辞意を表明したのは、そのためではなかったのですか？　あなたはあの時一度は船を降りた。ところが副官のウィッカムら馬鹿者たちが懸命に引き留めると、あなたはまたのこのこと船に戻ってきた。……あなたは、あのまま辞めるべきだったんだ！

そしてあなたはいま、私を拘束させた。しかし、あなたは本当はそんなことをすべきではなかった。あなたにはもはや、われらがビーグル号を指揮する資格はない。秩序を乱しているのは、私ではなくあなただ。なぜならあなたはすでに狂っているのだから！」

キングは吐き捨てるようにそう言うと、ぎらぎらとした眼でまっすぐにフィツロイを睨みつけた。

いったいなにが起こったのか？

わたしたちは皆、あまりに予想外の出来事に口もきけないでいた。

艦長に向かって――船の絶対的権威にして、神聖な秩序、最高司令官、絶対不可侵の専制者、船そのものに対して反逆を企てる？　しかしそれは、そんなことは、こうして起こるまでは誰ひとりとして想像することもなかった、まったく有り得べからざる事態であった。

〝何人《なんぴと》であろうと、艦長に刃向かってはならない〟。それは船乗りにとっての第一戒律であり、あえて罪を犯す者は死罪を含む厳しい処罰を覚悟しなければならなかった。わたしたちは振り返って、艦長フィツロイの顔を見た。彼の言葉を待った。

ところが艦長は、どうしたことか青い顔で黙り込み、キングへの処分を発表しようとはしなかった。様子がおかしかった。フィツロイは、眼球が飛び出るのではないかと思うほど目をいっぱいに見開き、その口元がまるで別の生き物のように痙攣《けいれん》していた……。

フィツロイの身に、なにか明らかに異常な事態が生じていた。

「艦長……？」ヘリアーが上官の腕に軽くふれて声をかけた。

フィツロイはゆっくりと、自分の世話係である少年の方を振り向いた。ぼんやりとした彼の視線は、目の前の相手を突きぬけて、どこか地の果てあたりで焦点を結んでいた。

「狂っている……わたしはやはり狂っているのか……？」

わたしたちは無言で顔を見合わせた。

気がつくと、周囲にたち込めた霧がまた一段と濃さを増していた。

フィツロイの呟きはすべてを覆い隠す白い闇のなかに虚しく吸いこまれ、後にはかすかな木霊《こだま》のようなものが残された。

わたしにはまだ、それがなにを意味するのか知る由もなかった。


闇の一角に霧が集まり、見るまに人の形となった。

白い影が口をきいた。

「先生……どこです？」

わたしはほっと胸を撫でおろした。ジェイミー坊やの声であった。

「ここだ。焚火のそばにいるよ」ダーウィンが答えると、両手で霧をかき分けるようにしてフエゴ人の少年が姿を現した。

「ここでしたか。なんだか急に霧が濃くなって……。おや、どうしたんです、皆さんお通夜のように黙りこんで？」

「うん」とダーウィンは曖昧に答えて、苦笑した。「ところで、フェギアの様子はどうだい？」

「それなんですが……先生、ちょっと来てもらえませんか」

「どうかしたのか？　まさか……」ダーウィンは顔色を変えて立ちあがった。

「ええ」とジェイミー坊やは平気な顔で言った。「フェギアが目を開けました」

ダーウィンを先頭に、わたしたちは急いでフェギアが寝ているテントへと向かった。

この時点でヨークミンスターは手足を解放されたが、キングはまだ後ろ手に縛られたままだった。キングをつないだ紐の端を水兵のビリーが持ち、呆然とした様子のフィツロイは世話係のヘリアーに支えられての移動となった。

頭に白い包帯を巻かれ、寝台《ベッド》に横たわったインディアンの少女は、普段よりもひとまわり小さく、また華奢に見えた。彼女は寝台をとりかこんだ者たちの顔をぼんやりと見まわし、何度か瞬《まばた》きをした。ダーウィンは少女の目のまえで軽く手をふり、腕をとって脈をはかった。

それから顔をのぞき込んで、囁くように話しかけた。

「さあ、もう大丈夫だよ。……わたしが誰か分かるね」

少女は軽く頷いた。

息を詰めて見つめていたわたしたちは、一様に安堵の息をはいた。ヨークミンスターがするすると寝台の脇に近づき、押し殺した声で尋ねた。

「ふぇぎあ、何ガアッタ？　襲ッタノ誰ヨ？」

「それは後にしよう。彼女に喋らせちゃいけない。いまはまだ休ませなくては……」

「だーうぃんサンノ指示受ケナイ。ふぇぎあ、オレト結婚スル。だーうぃんサン、関係ナイ」

ヨークミンスターは、さっきの興奮がまたぶりかえしたらしく、大声で怒鳴った。続いて、病人の安静を守ろうとするダーウィンとフエゴの若者との間にちょっとした揉みあいが生じ、ふとその背後で細い声が聞こえた。

「……分カラナイ」

二人が動きを止め、声の主を振り返った。フェギアは顔を上に向けたまま、また小さく呟いた。

「分カラナイノ……何ガアッタノカ」

「ふぇぎあハ、きんぐサンニ呼ビ出サレタヨ！　ふぇぎあヲ襲ッタノモ、きんぐサンニ決マッテイル」

「違ウ！　きんぐサンジャナイ」フェギアは意外なほどはっきりした口調で、いきり立つ許婚の言葉を否定した。「きんぐサンナラ、近ヅイテ来レバ、スグニ分カル。デモ、ワタシ分カラナカッタ。……気ガツイタラ、誰カガ後ロニイタ……振リ返ル前ニ、何モ分カラナクナッタ」

「すぐに分かるだって？」わたしは思わず口を出してしまった。「しかし、もしキング氏がそっと近づいたのなら、君が分からなくて当然だろう？　それに……」

「アールさん！」とダーウィンが声をあげて、わたしをたしなめた。

フェギアが顔を横に向けて、わたしを見た。

「スグニ分カリマスヨ。足音ガ、スルカラ……」

ああ、とわたしは頷いた。わたしはフエゴ人特有の、あの感覚の鋭さを失念していた。彼らの視覚、聴覚は、われわれイギリス人に比べてひじょうに優れている。そのことで船の上ではさんざん驚かされてきたはずだった。なるほど、フェギアもフエゴの一員である。彼女が、背後から近づいてくるキングの足音を聞き漏らすはずはあるまい……。とそう考えて、わたしは彼女の言っている本当の意味に気づいて、ぞっとなった。

「するとなにかい、フェギア……君は近づいてくる者の足音を全然聞かなかったと言うのか？」

「アールさん！　フェギアはまだ……。彼女を休ませてやってください！」

ダーウィンがふたたび制止にかかったが、わたしはそれどころではなく、かまわず質問を続けた。

「君が気づいた時には、すでに誰かが背後に立っていた。そして君は、振り返る前に殴られたと言うのか？」

フェギアはゆっくりと頷いた。彼女はまたわたしたちから視線をそらし、独り言のようにあとを続けた。

「ワタシニハ、足音ガ全然聞コエマセンデシタ。……デモ、ソンナコトハアリエナイ……ダカラ、ワタシハ何ガアッタカ分カラナイ……」

その瞬間、わたしの背後で、今度はヘリアーが悲鳴をあげた。

「誰か！　艦長が……」

振り返ると、フィツロイがまるでひどい熱病に罹ったように激しく身を震わせていた。顔から血の気が失せ、もはやヘリアーの支えなしでは立ってさえいられない様子であった。

フィツロイは、がちがちと打ち合わされる歯の間で、低く、呻《うめ》くように、同じ言葉を繰り返していた。

「あいつだ……あいつが来た……あいつがこの島にまでやってきたんだ……」

フィツロイは、わたしたちが手をさし伸べるまもなく、その場に昏倒した。

第八章　理由

その夜、焚火のまわりに集まったわたしたちは、結局一睡もせぬままに朝を迎えた。ほとんど無言のままに暗い時間だけが過ぎ、やがて待ちわびた朝日が東の空に顔をだすと、気がついた時には霧はすでに嘘のように消えうせていた。

頭上には雲ひとつない、まばゆいばかりの青空がひろがっている。

わたしは朝の光に目を細め、その場所に集まった者たちの顔を順番に眺めた。ダーウィン、ビリー、ヨークミンスター、ジェイミー……。誰もが寝不足の腫れぼったい眼をしていた。そこに混乱と不安、あるいは疑惑や恐怖といった色を読みとることはさほど困難な作業ではなかった。だが同時に、当然誰の頭にも浮かんでいるであろう疑問――

なにが起こっているのか？

これからどうなるのか？

なにをなすべきなのか？

　これらの問いに対しては、皆、亀のように首をすくめて辺りをうかがうだけであった。「皆さん」とダーウィンがようやく口を開いた。「夜が明けたいま、こうしていても仕方がありません。わたしたちはなにか行動を始めるべきです」

　ダーウィンの言葉はなるほどもっともではあったが、残念ながら肝心な点が抜け落ちていた。なにか行動を始める？　この未曽有《みぞう》の事態に対して、いったいなにができるというのか？

　わたしたちは、命令に従って行動する生活にあまりにも慣れていた。問題は、この場に命令を下す人間がいないことであった。

　全員が、言いあわせたように、背後のテントを振り返った。そこに命令を下すはずの者、艦長フィツロイが引きこもっていた。不可解な言葉を口走って昏倒したビーグル号の若き艦長は、その後すぐに意識を取り戻しはしたものの、目を虚ろに開いているばかりで、わたしたちの問いかけにはまったく答えようとしなかった。わたしたちは彼をテントに連れていって、寝台《ベッド》にねかせ、いまは世話係のヘリアーがつき添っていた。

　一方、艦長不在の場合に指揮をとるはずの士官候補キングは〝反逆罪〟のかどで、いまも別のテントに拘束されたままであった。彼は、艦長が倒れて以降、ひどく取り乱した様子で、こちらも当面使いものになりそうにない。

残るは、ダーウィン（博物学者）、わたし（画家）、ビリー（水兵）と、あとは二人のフエゴ人（乗客身分）がいるばかりである。ダーウィンは全員の顔を見まわして、ふたたび口を開いた。

「この中ではアールさん、あなたが最年長だ。今後はあなたが指揮をとってください」

「わたしが？　冗談じゃない。わたしはたんなる画家だよ。それよりチャールズ、君が指揮をとりたまえ」

「わたしだってたんなる博物学者ですよ」ダーウィンは苦笑して言った。「それじゃあ、ここはひとつ民主的にやるとしましょう」

「うひゃあ、民主的ですかい。よわったな」ビリーがなにを勘違いしたのか、顔を赤らめた。

「提案があります」ダーウィンが続けた。「まずは手分けして、不在者を捜してはいかがでしょうか？」

「不在者？」

「われらが料理人シムズですよ。彼はとうとう一晩中帰ってきませんでした」

わたしははっとなった。そうだ、わたしはシムズのことをすっかり忘れていた。彼はこの島の恐ろしい夜を、どこで、またいったいなんのために、一人で過ごしたのだろう？

「と決まれば、早いところ捜しましょうや」ビリーが立ち上がって言った。「なにしろ奴が帰って来ないことには、ろくなメシにありつけそうにないですからね」

わたしたちは、二人ずつ二手に分かれて島の探索にあたることにした。〝民主的〟に籤《くじ》が引かれ、ダーウィンとヨークミンスターは島の奥を、わたしとビリーは海岸沿いをまわることに、ジェイミー坊やは居残りとなった。出発に際して、それぞれに銃が渡された。

「なにかあったら空に向けて銃を撃って合図をします。二発続けて銃声が聞こえたら、全員が音の聞こえた場所に集まることにしましょう」

わたしは、もう一度銃に弾がこめてあるのを確認して、ビリーとともに海岸に向かって出発した。

道中、ビリーの愚痴をさんざんに聞かされるはめになったことは、改めて言うまでもあるまい。曰く、「こんな情けないことになるなら、故郷の村にいた方がよほどましでしたよ」。あるいは「村にいればこんな恐ろしい目に遭うことはなかったし、第一朝メシを食いっぱぐれることもなかった」。また「いま頃故郷の連中は、きっとうまいことをやっているに違いない」……。わたしは、さすがにうんざりしてきたので、彼にシムズの仲間うちでの評判を尋ねてみた。ビリーはきょとんとした顔で答えた。

「奴の評判ですかい？　そりゃあまあ、ご存じのとおりだいぶん変わってはいますがね――晩メシにトカゲ料理を出すなんざ、普通の奴にできた仕業《しわざ》じゃありませんや――、仲間うちでの評判は上々ですよ。なにしろ奴のつくるメシは絶品でさあ。そういや、南米に上陸した時も、奴にはいろいろと珍しいものを食わせてもらいました……」ビリーはうっとりした顔つきになり、指を折って続けた。「まず、ワニの尾っぽ肉の炙《あぶ》り焼きでしょ、それからアルマジロの甲羅焼き……ハチドリの串焼きウィスキー・フランベなんていう洒落たものも食わせてもらった。あとは野生の七面鳥と椰子《やし》の若芽の胡椒《こしょう》ソース煮込みと……それから、ほら、なんといってもリオで一緒に食ったあの猿料理はこたえられませんでしたな」

「いや、わたしは……」

「おや、アールさんはお食べにならなかったんで？　それはもったいないことをしました。煮込みにすればガチョウの風味、こんがり焼くと手を引きつらせた子供のミイラみたいになって、なんとも言えぬ香ばしい風味がしましたのに」

ひひひ、と笑ったビリーはよだれを啜りあげ、と急にわれに返った様子で肩をすくめた。

「本当のことを言やあ、あたしが今回の上陸にお供したのだって、シムズのつくるメシに釣られてついてきたようなものです。〝この悪魔の島で、奴め、いったいなにを食わしてくれるのだろう？〟と楽しみにしていたんです。それというのに……。やれやれ、奴がいなくなっちまったら、誰がメシをつくるんですかね」

「しかしビリー、上陸地での食事当番はそもそも交替制じゃないか」

「なあに、シムズがいる限り、奴が他の者に手出しなんかさせるものですか」

「じゃあ、君はこれまで料理をしたことがないのか？」

「あたしが料理？　まさか」ビリーは驚いたように言った。「あたしのつくったものなんざ、不味《まず》くってとても食えたものじゃありません。それだって、ヨークミンスターの野郎のつくる料理ほどじゃありませんがね。いやはや、昨日は驚いたのなんのって！　アールさんはご覧にならなかった？　そりゃあ幸運でしたな。あの野蛮人がつくったメシときたら、見ただけで悪霊だって逃げ出したでしょうよ」

わたしはなにか言おうとして、諦めて首を振った。ともかくいまは、一刻も早くシムズを捜し出すことしか考えないことにした。

ところが、昨日フェギアが倒れていた場所から始め、島を空しく半周ほどした頃になって、ビリーが妙なことを言い出した。

「ところで、あたしたちはなにをしているんですかね？」

「なに？　決まっているじゃないか、シムズを捜しに来たんだ」

「ははあ、やっぱりそうでしたか」ビリーは少し思案している様子であったが「あたしには良く分からないんですが、それならなんだって一人ずつになって手分けして島を捜さないんです？　その方が手っ取り早いと思うんですがね。それとも、やっぱりこれが民主的ってやつなんですかい？」

「妙なことを言うね」わたしは普段の彼の小心ぶりを思い出して、訝しい思いで尋ねた。「この島のどこかに血に飢えた殺人鬼が潜んでいるかもしれないんだ。一人ずつじゃ危険だよ。それとも君は、この島のスペイン人の銛打ちが怖くないのかね？」

「ははあ。スペイン人の、銛打ち野郎、ね」ビリーは何かを思い出すように眉をひそめ、はたと額を打った。「そうでした。なあに、怖いに決まってまさあ」

小柄な水兵はそう言って、うひゃうひゃと笑った。わたしはなんだか彼に馬鹿にされているような、嫌な気分になった。

少ししてビリーはまた口を開いた。

「シムズを捜している、とおっしゃいましたね？」

「ああ」わたしはぶっきらぼうに答えた。

「だったらこんな場所をうろついているのは全然無駄じゃないですかね？　こんなことなら、あたしの故郷にいてもおんなじことでさあ。そりゃあまあ、これも民主的っていうんなら仕方ありませんが……」

「全然無駄？　どういう意味だ」暑さと空腹にうんざりしはじめていたわたしは、今度こそ気色《けしき》ばんで振り返った。「さては、誰も見ていないからといって、任務を放棄しようというのか？　いやビリー、そんなことはとても、名誉ある英国の軍艦乗りのすることとは思えないね」

「へっ」ビリーは一瞬きょとんとして、首を捻った。「任務を放棄だなんてとんでもない。するってえと、アールさんは本気でこっちにシムズがいるとお考えだったんで？　こりゃあ、また……」

「どういうことなんだ。なにを言っている？　それとも君はまさか、シムズがどこにいるか知っているとでも言うのか」

「ええ」と赤毛の小男は平気な顔で頷いた。

わたしはすっかり混乱してしまった。

「待てよビリー。なぜ君がシムズの居場所を知っている？　知っているなら、いままでなんで黙っていたんだ？　彼はいまどこにいるんだ？」

「黙っていたなんて、人聞きの悪いことをおっしゃる。昨夜あたしは、少なくともアールさんにはちゃんと言いましたぜ。『奴は昼間、水を飲みに行くと言って出掛けたきり、まだ帰ってこない』と」

わたしはぽかんと口を開けて、相手の顔を眺めた。そういえば、昨夜宿営地に駆けこんだわたしに、ビリーは確かそんなことを言っていた。その後の混乱のために、そのことをすっかり失念していたのだ。しかし水？　飲料水ならば、船から持参したものがテントにあるはずだ。シムズは水を求めていったいどこに行ったというのか？

この問いには、ビリーがあっさりと答えてくれた。「こんな島にはたいてい一つや二つ、真水の泉がわき出ているものです。ほら、この島のばかでかいカメどもだって、水くらいは飲まなくちゃ生きてはいないでしょうが。つまり〝カメの泉〟ってやつでさあ」

「どこにあるんだ、そのカメの泉とやらは？」

「はっきりとしたことは、あたしにも分かりませんが」と水兵は振り返って、背後を指し示した。「たいてい、あの辺りじゃないかと……」

その瞬間、島の空に銃声が二発続けて鳴り響いた。

銃声は、ビリーが指し示した、まさにその辺りから聞こえていた。


シムズの死体はカメの泉にうつ伏せに浮いているところを発見された。

ダーウィンの話によれば、彼とヨークミンスターが発見した時、シムズはすでに――死んだ料理人自身の言葉を借りれば――〝ドア釘なみに死んでいた〟そうだ。水に浸っていたシムズの太った体は嘘のように重く、銃声を聞いて駆けつけたわたしたちは、全員でよってたかってなお死体を泉から引きあげるのにひどく苦労しなければならなかった。泉に水を飲みにきた巨大なゾウガメたちは物憂げに顔をあげ、大事な泉の水を汚す闖入者《ちんにゅうしゃ》の姿を迷惑そうに眺めていた。

宿営地に戻ったわたしたちは、ヨークミンスターが調理したひどい味の料理——炭と見まがうばかりに焦げた肉片、塩辛いだけのスープ。なるほど、これなら悪魔だって逃げだすだろう——を前に、自分たちの置かれた状況を話しあうことになった。

「要点を整理しましょう」ダーウィンが皿を脇に押しやって言った。「この島に上陸して以来、つぎつぎに起こった不可解な悲劇。それらはみな、そろいもそろってまるで魔法にでもかかったような不思議な点があります」

ダーウィンの言葉に皆が無言で頷いた。

「まず最初に、われらがビーグル号の宣教師マシューズがなんとも不可解な死を遂げました。彼は革紐で喉を絞められて死んでいた。ところが、その夜の見張りに立ったヨークミンスターは、マシューズが死んだ場所には一晩中誰も近づかなかったと証言している。それではマシューズはなんらかの方法で自ら縊《くび》れ死んだのでしょうか？　その場合、彼が自殺しなければならない理由はなにか？　そもそもマシューズはなぜあの場所に一晩中留まっていたのか？　これが一つめの事件の謎です」ダーウィンはそう言って人差し指を立てた。

「次にフェギアが襲われた事件。これにも良く分からない点があります。そもそも、彼女はなぜあんな場所に一人で出掛けたのか……」

「その謎ならもう分かっているじゃないか」わたしが途中で口を挟んだ。「彼女はキングのメモに呼び出されたんだ。他はともかく、フェギアの件はキングがやったんだよ。現場に落ちていた投げ球《ボラス》がなによりの証拠だ。彼がなぜそんなことをしでかしたのか？　理由は、キングが落ち着いたら、後で本人に聞いてみれば分かることだ」

「しかしアールさん」ダーウィンは困ったように言った。「わたしは逆に、あのボラスが凶器であったことこそ、むしろキング氏が犯人ではないことを示していると思うのです」

「なに？　なんだって」わたしは自分の耳を疑った。「チャールズ、君はなにを言っているんだ。凶器がボラスだったことが、キングが犯人ではない証拠？　しかし、この島でボラスを巧みに操ることができるのは、彼しかいないじゃないか」

「ええ、わたしもはじめはそう思いました。〝キング氏はなぜこんなことをしたのだろう？〟と。……しかしアールさん、昨夜フェギアがこう証言したのをあなたもお聞きになったはずです。『気がつくと、誰かが背後に立っていた』と。もしキング氏がボラスを使ってフェギアを襲ったのなら、彼は標的にそんなに近寄る必要はない。なにしろ彼はボラス投げの名手なのですからね」

「近寄る必要がない？　ふむ……なるほど、そう言えばそうだが……」わたしはまた別のことに思い当たった。「それなら犯人はなぜボラスを使わなくちゃならなかったんだ？」

この質問に対し、ダーウィンは肩をすくめてみせただけであった。

「そして、第三の事件が起こりました」とダーウィンは三本目の指を立てて言った。「シムズはなぜ死ななければならなかったのか？　死体の様子から、見つけた時、彼は死後すでに半日以上経っていると思われました。死体には、泉に落ちる際に岩にぶつかってできたらしい幾つかのすり傷のほかは、これといって大きな外傷はありません。死因はまず溺死と思われます。するとわれらが料理人は昨日、それもまだ日のあるうちに溺れ死んだことになる。ところで、この宿営地からあの泉までは二マイル近い道のりがあります。しかも、ずっと上りですから、太鼓腹をしたシムズの足では相当の時間がかかったことでしょう。逆算すると、彼はフェギアとほぼ同じ頃に襲われたことになる。これはいったいなにを意味しているのでしょう？　それに、そもそもシムズは、なんのために二マイルも離れた泉に行かなければならなかったのでしょうか？」

「シムズは水を飲みにいったんだよ」わたしはビリーの発言を思い出して、ダーウィンの問いに答えた。

「しかし水なら、ここにも船から持ってきた分があります」

「シムズは、彼自身、ひじょうな美食家だった」わたしは今度は自信をもって断じた。「彼は、船から持ってきた古いものではなく、新鮮な水を飲みたかった。それで泉を探しに出掛けて……」

「足を滑らせて泉に落ちたのだと？」

「何者かに突き落とされたんだ」わたしは呆れて言った。「いいかいチャールズ、もしこの島にきてシムズ一人が死んだのなら、それは事故ということもあるだろう。しかし、まずマシューズが死に、次にフェギアが襲われ、しかる後にまたシムズが死んだのだ。これはもはや偶然の事故とは考えられない。もしこれが偶然というなら、太陽が毎日東の空から昇るのだって偶然ということになる」

この意見に今度は、ダーウィンを除く全員が、きっぱりと頷くのが分かった。わたしは勢いを得て先を続けた。

「ところでチャールズ、君はわたしたちになにか隠しているんじゃないか？」

「わたしが？　隠している？　どういうことです」ダーウィンは目を丸くして聞き返した。

「いや、もしわたしの思い過ごしだったら許してほしいのだが……。シムズの死体を泉から引きあげた時、君はなにか妙な顔をしていなかったか？　君はあの時シムズの死体になにかおかしな点があることに気がついた。それなのに、そのことをわたしたちに隠している。違うかね？」

「ああ、それなら」とダーウィンは頷いた。「外傷の確認のために、死体を調べたときのことですね。……ええ、思い出しました。確かに、わたしはあの時ちょっと妙な気がしました。というのもボタンが……」

「ボタン？　ジェイミーがどうかしたのか？」

「いえ、彼ではなく、本物のボタンのことです。死体のシャツの袖口のボタンが一つ、半分に欠けていました」

「墓掘り作業中にどこかに引っかけたんだろう」

「作業後、わたしがシムズを最後に見かけた時には、彼の袖のボタンは欠けていませんでした」

　ダーウィンは思案顔で言ったが、わたしにはそれが取りたてて気にするほどのことには思えなかった。

「君が妙な気がしたというのはそれだけなのか？」

「もう一つあります」ダーウィンは眉をひそめたまま口をひらいた。「死体は、半日以上水に浸っていたわりには、思ったほどふやけていない気がしました」

「なんだって！」わたしはダーウィンが示した新たな証拠にとびついた。「だったら、それこそがシムズが誰かに殺されたというあきらかな証拠じゃないか。そうだ、シムズはもしかすると別の場所で殺されて、後であの泉に投げこまれたのかもしれない」

「それはありえないですね」ダーウィンが首を振った。「死んだシムズの体を泉までかついで行ったとすれば、何人かが共謀しているか、さもなければ犯人はよほどの大男ということになります。……思い出してください、わたしたちは彼の死体を泉から引きあげるのにひどく苦労をしたのです」

「しかし……そうだ。〝ドン・カルロス〟、彼なら可能だ！」わたしは思いついて叫んだ。

「そうとも！　アメリカ人の鯨捕りたちは『この島で逃げたスペイン人の銛打ちは、かなりの大男だった』と言っていたじゃないか。この島に潜むスペイン人、そいつが犯人ならいくつかの謎が解ける。宣教師のマシューズは、死んだ前の晩、『激情に駆られて人を殺した奴の魂を救いたい』と言っていた。二人は一晩中話し込んでいて、結局マシューズは奴に殺されてしまったのかもしれない。それならば、マシューズがなぜあんな場所に朝まで留まっていたのかの説明がつく。フェギアの事件においても、奴が岩場に身を潜めていて、近づいてきたフェギアを殴りつけたとしたらどうだろう？　さらに第三の事件では、奴はシムズをどこか別の場所で殺して、泉に投げ込んだとしたら？　奴にならそれができた。奴こそが一連の事件の犯人と、これで決まったようなものだ」

「なるほど、アールさんのおっしゃるとおり、彼にならそれができたかもしれない」

「やっぱり！」

「さあ、そこでまた分からなくなるのです」ダーウィンは困ったように天を仰いだ。「彼には機会があった。幾つかの謎は依然として謎のままですが、それも誰よりこの島に詳しい者なら、なにかわたしたちには思いもかけない手があるのかもしれない。……しかし、人を殺すのには機会だけでは不充分です」

「どういうことだい？」

「人を殺すには理由が必要なのです」


「人を殺すには、それなりの理由が必要です」ダーウィンはもう一度ゆっくりと言った。「人がなにかの行動に向かうためには、相応の理由を必要とします。もちろん他の動物と同じく、生命や種《しゅ》を維持するための欲求――食欲、睡眠欲、あるいは性欲――といったことが根源的な理由となるでしょう。さらにわれわれ人間においてはそれだけでなく、多分に社会的な慣習によってもさまざまな行動がひきおこされます。〝亀のスープは喜んで賞味する〟のに、〝トカゲの肉を出されたことが分かると途端に仰天する〟といったことがそうですね。しかし、いずれにせよ行動には相応の理由が先だってなくてはならない。まして〝誰かを殺す〟という究極の行動に人間を駆りたてるには、相当に強い理由が必要です……。

といって、わが国イギリスにおいて殺人は、残念ながら珍しい行為ではありません。たとえばわたしたちは、秘めたる憎悪、一時の激情、金銭欲、嫉妬、怨恨、痴情、政治的見解の相違、その他さまざまな妄執によって、しばしば殺人が行われることを知っています。

しかしこの島は？　この島に果たしてそんな理由があるでしょうか？　アールさんもご覧になったはずです、この島では野生の小鳥たちは人間を少しも恐れず、わたしが手にもった水差しから直接水を飲み、小鳥たちが大トカゲと仲良く共存している。この島はまるで、聖書に描かれた有史以前のあの場所――エデンの園《その》のような場所です。この島に人を殺すに足る、いったいどんな理由があるというのでしょう？　わたしたちはこの島にいったいなにを持ち込んだというのでしょうか？」ダーウィンは残念そうに首を振り、また言葉を続けた。

「人はなんの理由もなく他人を殺せるものではありません。われわれヨーロッパ人の目には恐るべき習慣に映る食人種の野蛮人たちにしても」とダーウィンがそう言った時、彼を除く全員が反射的にヨークミンスターとジェイミー坊やに視線を走らせた。「……彼らはなにも理由なく他の部族を殺すわけではありません。彼らが人を殺す――そして食べる――のは、彼らにとってしかるべき理由があるからそうするのです。ここでもやはり行動には先だって理由が存在している。彼らの食人行為とわたしたちイギリス人の殺人のいずれが非合理であるか、誰に言うことができるでしょう？　もちろん、神の御前にあっては、食人はむろん許されるべき行為ではないでしょうが……」

「しかし、スペイン人の銛打ちはどうだろう？」わたしはいささかしびれを切らして口を挟んだ。「チャールズ、君も見ただろう。眼窩《がんか》に銛を深く打ち込まれ、塩湖のほとりに無残にころがっていた船長の髑髏《どくろ》を。奴はささいな侮辱が原因で、こともあろうに自分の船の船長を殺したんだ。人間のなかには理由もなく他人を殺す、野獣のような奴もいるんじゃないかな」

「野の獣たちはけっして理由なく殺したりはしませんよ」ダーウィンはわたしの言葉を訂正した。「それを言うならむしろ、人間だけが必要以上のものを、必要以上に残酷なやり方で殺すことができるのです。もし野の獣たちが人間が戦争中に行った残虐行為を知ったら、彼らはきっと呆れはてて口もきけないでしょう」

「動物が口をきいたという話は、もともとあまり聞かないがね」わたしは、山猫《ピューマ》や鱶《ふか》に襲われた連中の無残な死体を思い出して、肩をすくめた。

「そうですね。口をきく、言葉を話すというのは、人間に限られた能力です」ダーウィンは、わたしの発言にこめられた皮肉にはまるで気づかぬ様子で先を続けた。「言葉を話す人間は、おかげで野獣たちにはない狂気——必要以上の残虐さ——を身につけました。しかしその一方で、同時に人間は、どんな場合も殺さない力を得た……」

「君がいつも進化と言っているやつだね？　しかし、いまの君の説明じゃ、理由さえあれば人間はなんでもできることになる。果たしてそれで、野獣より人間の方が優れて進歩した、崇高《すうこう》な存在だと言えるのかね？」

「ああ、アールさん、それは違う。それは大いなる誤解です！」ダーウィンは珍しく大きな声で叫んだ。「進化《エボリューション》は進歩《プログレス》とは全然別ものです。なるほどわたしたち人間の能力――言葉を話し、火を使い、文明を築くといったことは、きわめて独自なものです。しかしそれは、ちょうど鳥が自由に空を飛ぶのと同じ意味において独自なことにすぎない。それ以上でも、それ以下でもないのです。生存それ自身には、本来的に高等も下等もありません。人間は鳥のように空を飛ぶことができない。原生動物やプラナリアのように、体を二つに裂かれて、それぞれが個体として生きていけるわけでもない。人間の能力が彼らのそれより優れているとは、あるいは劣っているとは、けっして言うことはできないのです。いかなる生き物も、彼らなりに充分に進化しているのであって、そこにはどんな差異も存在しない。わたしたちは、すぐにそのことを忘れて、容易に原因と結果を取り違えてしまう……。

　わたしは南米において、三種類の不思議な鳥たちに出会いました。ペンギン、ダチョウ、マヌケガモ。彼らは、それぞれ翼をヒレとして、帆として、また櫂《かい》として用いている。翼をいかに飛ぶために用いてはいないのです。これはいったいなにを意味しているのでしょう？　もしかすると鳥たちの翼は、飛ぶための道具として進化したのではなく、たまたま飛ぶことに適していただけなのではないでしょうか？　もちろんすべては、いまはまだ仮説にすぎません。しかしそれは、大いなる仮説です。もし存在がそれ自身、無限の可能性を秘めているのだとしたら……適応が〝偶然と時間の相互作用の帰結〟、ただそれだけを意味しているのなら……もしそうなら、世界の意味は一変します。主体は、生存の側にではなく、むしろ変化の側に存することになる……。変異は辺境で起こり、突然種《しゅ》の姿を変えてしまう……ちょうど一見なんでもないごく些細なひらめきが、不可解な謎に対して一気に真相をもたらすように……。そして、もしそのことが証明されるなら、その時こそ〝エデン〟とこの島とが一つになる。止まった時間がふたたび流れはじめるのです」

　ダーウィンはそう言って、うっとりとした様子で虚空を眺めている。彼がいったいなにを言い出したのか、なにを眺めているのか、わたしにはもちろんさっぱり分からなかった。

「話を戻そうじゃないか」わたしが皆を代表して言った。

「話を戻す？」ダーウィンはぽかんとした顔で尋ねた。

「この島がエデンかどうかはともかく――わたしにはアダムとイヴがこの薄気味悪い大トカゲたちに囲まれて生活していたとは思えないがね――〝人を殺すのには理由がいる〟、君はさっきそう話していたのだよ」わたしは発言を続けた。「なるほど普通の人間にとっては、確かに君の言うとおりかもしれない。人を殺すのには理由がいる。……しかしチャールズ、君は大事なことを忘れていないか？　つまり、いまわれわれを狙っている男は狂人かもしれないという可能性だ。狂人には人を殺す理由はいらない。いや、百歩譲って、少なくともわれわれがそうと納得できる理由は必要ではない。たとえば、そうだな、奴は自分がこの島の王になったつもりでいて、この島に来る人間はすべて敵だと考えているとしたらどうだろう？　もしかすると奴は、この島に留まる人間を皆殺しにしようと企んでいるのかもしれない。そうだとしたら……」

わたしが折角調子よく話しはじめたその時、またしても邪魔が入った。テントの一つからひょいとヘリアーのなま白い顔が突き出され、甲高い声でこう叫んだのだ。

「アールさん、ダーウィンさん、すぐに来てください。艦長がお呼びです！」

第九章　失われたもの

テントに入るなり、異様な声が正面からわたしたちを打ちすえた。

「秩序が失われた……すっかり失われてしまったのだ！」

フィツロイの声の響きには、なにかわたしをびっくりさせるようなものがあった。ビーグル号の艦長が日頃から酒をたしなまないことをわたしは知っていたが、そうでなかったらきっと、彼は酒を飲んでいるのだと考えたことだろう。

明るい外の陽光に慣れたわたしははじめ、ほのぐらいテントの中があまり良く見えなかった。目が慣れてくると、フィツロイが艦長の制服のまま、寝台《ベッド》の上に仰向けに横たわっているのが分かった。彼は目を大きく開いて、天井を見あげていた。ヘリアーがおろおろとした様子で、わたしたちにそっと耳打ちをした。

「艦長は、さっきからずっとあの調子なのです。……一度わたしに『チャールズとアールさんを呼べ！』とお命じになったきり、あとは『秩序が失われた』とおっしゃるばかりで、それがどういうことなのか、わたしにはなにも話してくれません」

日頃からフィツロイへの崇拝の念を隠そうとしない若い世話係は、そう言って悲しそうに首を振った。ダーウィンとわたしは目配《めくば》せをかわし、ヘリアーにはしばらくテントから出ているよう言いつけて、艦長が横たわる寝台に近づいた。

「秩序が失われた……これまで築きあげてきたものは……すべて無駄だったのだ……」

フィツロイがきれぎれに呟く声が聞こえた。視線は天井に向けられたままだ。

「秩序は失われていません」ダーウィンが穏やかな声で話しかけた。「昨夜のキング士官候補の言動は、まったくもってあるまじき行為でした。部下である彼が、こともあろうに艦長のあなたに対して、あのような口をきくなんてことはむろんあってはならない。……昨夜、キング氏はきっとどうかしていたのです。暑さにあたったのか、さもなければ興奮にわれを失っていたのでしょう。なるほど南米でわたしたちは、彼が口にしたような、いくつかの不幸な出来事を経験しました。が、いずれも不運で、不可避な事故です。けっして艦長の責任ではありません。それはビーグル号の誰もが知っていることです」

「そうですとも」とわたしが後を続けた。「あれがあなたの責任だと考えている者など、船には一人もいませんよ。昨夜キングは、直前にあなたに拘束を命じられたことで、頭に血がのぼってあんなことを言っただけです。艦長であるあなたの権威が、あるいはビーグル号の船の秩序が、揺らいでなどいるものですか。……キングもいま頃はすっかり反省しているはずです。今回のあるまじき言動に対して、艦長がどんな厳罰をお命じになっても、彼は今度はきっと、一言の文句も言わずに、粛々《しゅくしゅく》と服しますよ」

フィツロイがゆっくりと首をまわし、ダーウィンとわたしの顔とをかわるがわる、不思議そうに眺めた。

「君たちは……なにを言っているのだ……？」

「わたしたちはいま、船の秩序について話し合っていたのです」ダーウィンは、医療関係者が具合の悪い人間に対して示す、あの辛抱強さをもって繰り返した。「わたしたちの考えによれば、昨夜のことは、ほんのささいな、なにより馬鹿げた突発事故であって、船の秩序とはなんの関係もありません。少なくとも……」

「君たちは誤解しているのだ」フィツロイは苛立たしげに手を振った。

「誤解、とおっしゃいますと？」

「私は、船の秩序などという、ちっぽけなもののことを考えていたのではない……そうではない。私はこの世界の――神の秩序のことを憂《うれ》えているのだ」フィツロイはそう言って、かすかに首を振った。

「船は、神の世界の小さな似姿にすぎない。神の秩序が保たれている限り、船の秩序が乱されることはけっしてない。逆に、神の世界の秩序なしには、船の秩序もまた存在するはずはないのだ。キングが企てた秩序への反乱は、そのこと自体は、なるほどささいなことかもしれない。しかし——ちょうど空から降りそそぐ雨粒の一滴一滴に太陽が映しだされるように——巨大な変化は小さなことの中にこそ顕れるものなのだ。私には分かる。いまや神の世界から秩序が失われてしまおうとしていることが。そう、私には分かる。それがどれほど恐ろしいことなのか。そして……私には分かる。神の世界から秩序を奪いさろうとしているのは、チャールズ、君なのだということがね」

フィツロイはそう言うとゆっくりと顔を巡らして、虚ろな眼差しでダーウィンを見た。

「ビーグル号での連夜にわたる議論のなかで、私は君の言葉を理解した」とビーグル号の艦長は、ダーウィンに向かって、奇妙に平板な口調で話しはじめた（彼は、ふだんの寡黙な人物とはまるで別人のように言葉数が多かった。そしてそれは、長い間彼の内に蓄えられてきた言葉が、あたかも堰を切って一気にあふれ出したかに見えた）。

「いまこの瞬間、この世界で私が、私だけが、君の言葉を理解する唯一の存在なのだ。その私が言う。君の言葉は恐ろしい。君の言葉は、聖書の告げる世界が、あるいは神の創造が、間違っているかもしれないとほのめかす。……しかし、いいかチャールズ、そんなことがどうしてありえるだろう？　君はもう知っているはずではないか？　海の上では人間などというものが、いかにちっぽけな存在なのかを。絶海の荒涼たる孤独が心臓を凍《い》てつかせる時、また嵐の海で船が木の葉のように波にもてあそばれ、山よりも高い波がつぎつぎに船に襲いかかる時、あるいは夜の海のいくら眼を凝らしても果てることのない闇の中で、ただ神への信仰だけが、秩序への信頼だけが心を慰めてくれることを。ところが君の言葉は、私の信仰を、神への信頼を、足元から揺り動かそうとする。……いや違う……そうじゃない！」彼は、急に寝台の上に身を起こし、激しく首を振って叫ぶように言った。

「私の信仰が、神への信頼がどうして、君がたわむれに発した言葉で揺らいだりするものか！　私の信仰をおびやかしたのは、本当は私たちがチリに上陸したさいに経験した、あの恐ろしい地震なのだ」

フィツロイはそう言うと、また寝台に倒れ込み、シーツにくるまって小さく身を震わせた。

「あれは恐ろしい体験だった。きわめて幼い少年時代から、動かないことの手本と考えられていた大地が、まるで薄皮のように脚下で激しく動揺した。そして人間の労力の成果が一瞬にして倒潰《とうかい》するのを、私はこの目で見た。まったく、どの国の繁栄も、あの地震の一揺れだけで充分に破壊できる。私はあのとき――大地がまた時折思い出したように激しく揺れるなか――廃墟となった街の中心に立ちつくし、ある光景を幻視《み》た。それは、イギリスの地下であの恐ろしい力が働くさまであった。わが祖国が、見るかげもなく完全に変化してゆく、その様子であった。高楼が、稠密《ちゅうみつ》な都市が、大工場が、美しい公私の建築物が、私の目の前でがらがらと音を立てて崩れていった……。私は、その後イギリスでなにが起きるかを幻視《み》た。わが国は即時に破産し、あらゆる文書、記録、勘定などは、揺れ動く大地とともに無に帰した。政府は租税の徴収もできず、その権威も保てず、あらゆる場所で暴力と略奪の手が制御すべからざるものとして続いた。大都市では飢餓が起こり、疫病と死が手をとりあって姿を現した……。それまで揺るぎなきものに感じていたすべてのもの、神への信頼、即ち人間が己を誇りとする力が、まったく無力であることが感ぜられた。世界が強固なものではないという不安と恐怖が私を襲った……」彼はふいに両手で顔を覆って、呻くように言った。

「……私は……恐ろしいのだよ」

「いつかイギリスを襲うかもしれない地震が、ですか？」

「違う、違う！　そんなものはどうでも良い！」フィツロイは顔を覆ったまま、首を振った。

「私は、本当はこんなことを議論するために、君たちを呼んだわけではないのだ」

ビーグル号の若き艦長は、一瞬、指の間から盗み見るようにわたしたちに視線を走らせた。

そして、ほとんど聞こえないような声でこう尋ねた。

「私は……狂っているのだろうか？」

——ビーグル号は呪われた船だ。

顔をあげたフィツロイは、どこか脇の方に視線を据えたまま、そんなふうに話しはじめた。

「君たちも知ってのとおり、私の前任のビーグル号の艦長ストークス氏は、七年前、第一回航海途中のある夜に、銃弾を自らのこめかみに撃ち込んで自殺を遂げられた。自殺の理由は誰にも、当時直属の部下であった私にも、まるで思いあたらなかった。いずれにせよ、彼の死によって、私はビーグル号の指揮権を引き継ぐことになった。彼が拳銃自殺を遂げたのは、いま私が使っている艦長室だ。……こう言ったからといって、そのことで私がなにか気に病んでいたと考えてもらっては困る。むしろ私は、きっかけはなんにせよ、自分が引き受けることになった責任ある職務を遂行していくだけで精一杯だった。どのみち船のスペースは限られているのだ。私は平気で前任者が使っていた机に向かって事務をとり、彼が寝起きしていた寝台で眠った。

……最近まではなにもなかったのだ。

前艦長の幽霊がはじめて現れたのは、われわれが南米での測量任務を終え、船が帰途についた頃だった。ある夜、私は一睡して、奇妙な胸苦しさにふと目を覚ました。その夜は、海の上にいるのが嘘のように静かだった。私は起きあがろうとして、その時はじめて体の自由がきかないことに気がついた。同時に私は、寝台のそばの床に誰かが横たわっている気配を感じた。——そこに彼が、ストークス氏がいた。私はなんとしても瞬《まばた》き一つできず、しかし不思議なことに、傍らの床に横たわる彼の姿をはっきりと見ていた。前艦長は、私が発見した時と同じ格好でそこに横たわっていた。彼は仰向けに倒れていた。右手には拳銃がしっかりと握られ、かっと見開かれた右目から眼球が半分ばかり飛び出していた。こめかみから流れ出る血と脳漿《のうしょう》は、いまもなお刻一刻と床に黒い染みをひろげていた……。私は彼と並んで横たわりながら、彼の姿から目をそらすことができなかった。ストークス氏がいつ消えたのか、私には分からない。気がつくと、朝の光がさしこんでいた。彼はその後もときどき私を訪れる。きまって私が一人の夜だ。前艦長は半分飛び出した眼球で私をじっと見る。この頃は口元に薄笑いを浮かべることもある……。

私がもう一つ、奇妙な視線を感じるようになったのもやはり同じ頃からだ。誰もいないはずの部屋で、私はいつも誰かにじっと観察されているのだ。いや、それだけではない……」

「気のせいですよ《ユー・ドント・マインド》。きっと疲れていらっしゃるのです」わたしは、憔悴《しょうすい》したフィツロイの様子を見かねて口をはさんだ。

途端に、予期せぬ反応が返ってきた。

「気のせい《マインド》？　そうとも、私は狂っている《アイ・ルーズ・マイ・マインド》！　そんなことは分かっているのだ！」

フィツロイは悲痛な声で叫ぶように言った。「私には狂気の血がながれている。私の母方の伯父のカスルレー卿は、名誉ある貴族院議員職にあったにもかかわらず、同性愛の噂を立てられて狂い死にした。伯父はある日、手にもった剃刀《かみそり》で自分ののどをかき切ったのだ。自殺の直前、伯父はこう言っていたそうだ。〝そこに少年がいる。炎に包まれた少年が私を呼んでいる。私は行かねばならない〟と。そして……おお、伯父の見たものが——炎に包まれた少年が、私の前についに現れたのだ！」

　フィツロイはそう言うとまた、両手の間に顔を埋めた。

「……ガラパゴスに到着する少し前の話だ」フィツロイのくぐもった声が、両手の間から聞こえた。「その夜も私は、やはり奇妙な息苦しさを覚えて目がさめた。頭がひどく痛み、意識が朦朧《もうろう》としていた。ふいに耐えられないほどの喉の渇きを覚えた私は、水を飲もうとようやくの思いで立ち上がり、水差しをとりに寝台をおりた。その時だ。部屋の一角がほのかに明るいことに気づいた。私はぼんやりとした意識のまま、引き寄せられるように明かりに近づいた。……そして、彼を見たのだ。炎に包まれた少年が立っていた。少年は、はじめ下を向いていたが、やがてゆっくりと顔をあげ、私を見た。私はとっさに悟った。少年は、ウィリアム・マスターズ、リオで熱病に罹って死んだ、私の親友の息子であると……。彼は恨めしげにじっと私を見つめ、ふいに姿を消した。

　気がつくと、私は暗闇のなかに一人、ぼんやりと立っていた。目のまえには、私自身の、ひどく青ざめた顔があった。私は恐ろしくなって慌てて寝台に戻った。震えがおさまらなかった。……私の番だった。私の番がついに来たのだ。私は恐ろしい。来るべくして来る狂気の時が。自分でそうと知りながら、自分の精神が徐々に狂っていくことが、たとえようもなく恐ろしいのだ……」

フィツロイはそう言って、シーツの中でがたがたと震え続けた。

わたしはダーウィンと顔を見合わせた。昨夜フィツロイがなぜあんなにも興奮し、ついには昏倒するに至ったのかを、わたしたちはようやく理解した。フィツロイは、もう長く自らの狂気の可能性に苦しんでいたのだ。彼は一人きりの闇を恐れた。狂気の証拠である少年の幻が訪れる闇を。だからこそ彼は、疲労困憊《こんぱい》の状態にありながら、深夜におよぶ議論で連日ダーウィンを引き留めた。フィツロイに突然のこの島への上陸を決意させたのも、同じ理由であったに違いない。

昨夜キングが最後に、おそらく本人はろくに考えもせず、あて推量に放った言葉、〝あなたはすでに狂っている！〟というあの言葉は、皮肉なことに、他のいかなる言葉にも況《ま》してフィツロイの急所を射抜いた。そして続けて、フェギアが〝気がついたら、誰かが後ろにいた〟と呟いた時、フィツロイは彼が――死んだウィリアム・マスターズが、この島にまで追ってきたという確信に至ったのだ……。

しばらくしてダーウィンが、それがフィツロイをなだめるのに最も有効と考えたのだろう、彼にしては珍しいほど冷静な、こう言ってよければ、そっけない声で言った。

「単なる夢ですよ、もちろん」

「夢？」フィツロイがシーツの下から顔をのぞかせた。

「そうですとも。あなたの見たものは、いずれも気鬱症《ヒポコンデリア》が人に見せる悪夢の範疇です。アールさんもさっきおっしゃいましたが、艦長はいささか疲れていらっしゃる。無理もありません、ビーグル号を一人であずかるあなたの責任は、常人には耐えられぬほど大きなものですからね。考えてもみてください、前の艦長ストークス氏はまさにその激務と心労のために自殺されたのです。巨大な責任は、必然的に人を疲れさせる。過労時に悪夢を見るのは、医学統計上よくあることです」

フィツロイは急に短く、乾いた声で笑った。「はは。そうかチャールズ。私の思ったとおりだ。君は、すべてが夢だというのだね。ああ、やはり君はたいした説明家だよ。……しかし、それではあのことはどうなるのだ？」

フィツロイは挑むような調子でダーウィンに尋ねた。「いいかいチャールズ、異変は私の眼に映るものだけではない。もっと物理的な、たとえば朝になると、前の晩私が整えたはずの私物が動かされたような形跡があるのだ。ペンや、ひげそり用の剃刀、一度などは書類のページの順番が入れ替わっていたこともある。いずれもわずかな変化だが、むろん私には分かる。君はこのことをどう説明するのかね？　君も知ってのとおり、私は眠る時はかならず船室に鍵をかけるようにしている。合鍵をもっているのは、チャールズ、君だけだ。私は君が、私に黙って私のものに触れたとは思わない」

ダーウィンは無言のまま、ゆるゆると首を振った。

「そうだろう。君はけっしてそんなことはしない人物だ」フィツロイは皮肉な口調で頷いた。「信じていたよ。ほとんど憎むほどにね」彼はまた乾いた声で笑い、先を続けた。「ペンや、剃刀や書類は、もちろん私が自分で動かしたのだ。おそらく私は、自分でも気づかないうちにあれこれ動かし、そして後でそのことを覚えていないのだろう。しかし、私？　私はそれでも〝私〟と言えるのだろうか？　私は分裂する。私が知っている〝私〟と、私が知らない〝私〟に。伯父がそうだった。彼は下町の少年を金で漁《あさ》りながら、同時に彼はそれを自分で覚えてさえいなかったのだ。私の体に流れる狂気は、そのような種類の狂気なのだ。……さあチャールズ、これでもまだ君は、私が狂っていないと言うことができるかね？」

ダーウィンをひたと見つめるフィツロイの視線には、挑戦的な調子の言葉とは裏腹に、すがるような色が浮かんでいた。

「一つだけ、可能性があります」ダーウィンが低い声で言った。

「艦長は覚えておいででしょうか、昨夜わたしが可哀想なフェギアの手当てをしている間に、二つの不可解な事実に気がついたと言ったことを。一つは、フェギアが握り締めていた、キング氏の手によると思《おぼ》しきメモの存在でした。キング氏は、メモに記されているのは自分の字だと認めました。そのことがいったいなにを意味しているのか？　わたしたちは改めて検討する必要があると思います。……しかし、わたしがいま、艦長の質問に答えて〝可能性〟と言ったのは、もう一つの事実に関係してです」

「もう一つの事実？」フィツロイは訝しげに眉をひそめた。

「ええ。あの時はその後の騒ぎに紛れてしまって、詳しく検討する機会がなかったのですが、昨夜わたしが気づいたもう一つの不可解な事実とは、わたしが所持する薬品のいくつかが無断で使用された形跡があるということでした」

「そう言えば、そんなことを言っていたな」わたしは思い出して言った。「しかし、君はふだんあの薬箱に鍵をかけていなかった」

「鍵は……ええ、まあそうです」

「だったら、腹具合の悪くなった誰かが薬をもらいに来て、ちょうど君がいなかったから黙って持っていった、というだけの話ではないのかね？」

「それにしてはおかしいのです」ダーウィンは首を振った。「ほとんどの薬が、あれこれ少しずつ減っている。まるで誰かが、薬の効果を確かめたかのように……。その一方で、わたしが薬箱に大切に保管していた収集品の一つが、根こそぎなくなっているのです。あれは、わたしが南米でひじょうな苦労のすえに手に入れた、イギリスではまだ知られていない、珍しい効果をもった品でした」ダーウィンは、いかにも悔しそうに顔をしかめた。「なくなったのは、地元のインディアンたちが〝コカノキ〟と呼ぶ南米特産の木の葉を原料にしてつくられた薬品《ドラッグ》です。彼らはこの品を主に祭礼の際に用い、薬の効果としては、まず朦朧とした酩酊《めいてい》状態、それからやがて精霊《せいれい》たちとの交歓が始まります。精霊たちは、祭りの参加者に〝世界の中心にある神秘〟をかいま見せてくれるのだそうです」

「世界の中心にある神秘？　なんだい、それは？」わたしはうっかり尋ねてしまった。

「彼らはそれを〝生まれ変わりの神秘〟と呼んでいました」ダーウィンは顔をあげ、嬉々として答えた。「たとえば、わたしが知り合いになったインディアンの一人は、祭りが続いている間に、遠く離れた場所にすむ別の部族の〝見知らぬ男〟として一生を過ごしたと語ってくれました。実際彼は、その別人の一生を、あたかも彼が本当に生きてきたかのように、細部までありありと、ことこまかに話すことができました。〝見知らぬ男〟が子供の頃に遊んだ大きな川、青年時代に仕留めた見たこともない奇妙な獣、友人たち、家族、隣の部族との激しい諍《いさか》い、やがて年老い、部族の仲間たちに惜しまれながらの死——〝闇に包まれる〟。

彼はそれだけの時間を、祭りが行われている一夜のうちに経験したと断言したのです。別のインディアンはまた、遠い昔の〝誰か〟として生きた経験をわたしに話してくれました……。彼らが祭りの間に〝生まれ変わる〟対象は、場所や時を超え、時には男女の性を交換し、さらに、彼らはしばしば他の生き物たち――鳥や獣、魚や虫にまで生まれ変わることがあるそうです。その代わり、彼らは、祭りの一夜の自分の記憶を持っていません。話を聞いて回っていたわたしに、ある老人は教え諭すようにこう言いました。『お前さんはいま、自分が生きていると思っている。だが、そう思っているお前さんは、誰かの、あるいはなにか別の生き物の生まれ変わりなのだよ』と。彼はまた『いまこの瞬間にも、どこかで祭りが行われ、誰かがお前さんに生まれ変わっているのだ』と語ってくれました……」

「よく分からないな」ダーウィンの話がまた長くなりそうだったので、わたしは急いで口を挟んだ。

「生まれ変わり？　そんな途方もない、馬鹿げたものが君のいう大事な薬の効果なのかい？　だいたい君は、その品をイギリスに持ち帰って、それで何をしようとしていたんだ」

「彼らの話が馬鹿げているとは、一概には言えないと思うのですがね」ダーウィンは、夢からさめた様子で、ちょっと肩をすくめてみせた。「ですが、ええ、実はわたしが注目したのは、神秘的なこととは別の、きわめて実際的な薬効でした。というのも、その薬を服用中、人はほとんど痛みを感じないという効果があったのです。つまり、この薬を用いれば、いまイギリスで行われている医学治療法、つまり外科手術の際にメスをいれても、子供たちに痛い思いをさせないですむ。これはまったくたいしたことです！　なにしろ子供たちの泣き声を聞かずに、必要な治療を行えるのですからね。そのためにも、わたしはなんとしてもあの薬をイギリスに持ち帰りたいと考えた。〝イギリスの医学界にぜひともこの薬を広めなくてはならない〟と。……ええ、わたしはきっとあの薬を見つけだします。取り戻してみせますとも！」

ダーウィンは決然と言い放ち、わたしは論点がまた妙な方向にずれてしまったことに呆れていたが、彼の話はフィッツロイに驚くべき変化をもたらした。

「チャールズ！」フィッツロイは、彼本来のきっぱりとした口調でダーウィンに呼びかけた。

「すると君は、私がストークス氏の幽霊を見たのは、あるいは夜のうちに自分で書類や何かを動かしながらそれを覚えていないのは、その薬品のせいかもしれないというのだね？　私が炎に包まれた少年を見たのは、その時私がい、い、い、伯父の人生を生きていたせいなのだと」

「おっしゃるとおりです。というのも、先ほどの艦長のお話は、不思議なほど、わたしが南米でインディアンたちから聞いた、祭りの際に用いる薬品の効果とよく似ていました。もし何者かが、艦長の食事か飲み物にあの薬を混ぜたのだとしたら、艦長の身の上にはおそらくさっきおっしゃったのと同様の幻覚や、あるいは記憶の混濁といった症状があらわれたでしょう。もちろん、いまのところはまだ可能性にすぎませんが……」

「そうだったのか」フィツロイは大きく息を吐いた。彼は少しのあいだ目を閉じた。そしてもう一度目を開くと、まっすぐにダーウィンに向き直った。彼の態度には、昨夜以来の混乱した様子はなく、鋼青色の眼には彼本来の落ちついた光が宿っていた。

「私はどうかしていたようだ。そう、君たちの言うように少しばかり疲れてもいたのかもしれない。私は自らの狂気を恐れた。私という世界の秩序が失われることが怖かったのだ。しかし、考えてみれば、それはむしろ神の秩序を疑うことであろう。なぜなら私の理性は、神に与えられたものなのだから。もし神が私から理性をお奪いになることがあれば、それもまた神の秩序によってなのだ。私は、そのことをすっかり忘れていたよ……。

　昨夜どうかしていたのはキング士官候補ではなく、私の方だ。彼には必要以上に厳しくしてしまったようだ。彼はまだ拘束されたままなのか？　それはすまないことをした。彼が、いやしくも誇り高きイギリス海軍士官候補のキングが、背後から人を襲ったりするはずがない。そのことを私は信じるべきだった。彼に拘束など必要ない。行って彼の拘束を解いてやってくれたまえ」

「ちょっと待ってください」わたしはことの意外な展開についていけずに声をあげた。「すると艦長は、本当にキングが潔白だとおっしゃるのですか？　たとえばチャールズがさっき口にした薬品紛失の件に関しても、キングは生まれたての赤ん坊のように無罪だと？」

「その点についてなら、むろんキングは無罪だとも」フィッツロイは、むしろ驚いたように言った。「昨夜チャールズがそのことを告げた時、キングはなにも反応を示さなかった。彼は、むしろぽかんとしていた。彼が盗んだとは思えない」

「そうですね。キング氏は、わたしがなんの話をしているのかさえ分からない様子でした」とダーウィンまでが言いだした。わたしは、いささかむきになって、反論を試みた。

「しかし、フェギアの件は？　キングでないとしたら、いったい誰が彼女を襲ったのです？」

「君たちを呼んだのは、実はそのためなのだ」とフィッツロイは、ダーウィンとわたしを等分に眺め、穏やかな口調で言った。「恥ずかしいことだが、どうやら私には休息が必要なようだ。その間、どうだろう、君たち二人で、この島に来て以来、私たちを襲ったこの不可解な事件の正体を突きとめてくれないだろうか？」

わたしは、今度こそ呆気にとられた。これはまったくフィッツロイらしからぬ提案であった。あの責任感の塊のようなビーグル号の艦長は、いったいどこへ行ってしまったのか？　わたしの驚きはそれだけではすまなかった。ダーウィンが、いささかもためらうことなくこう答えたのだ。

「分かりました。ビーグル号が戻るまで、わたしたちが探偵《ビーグル》となって、事件の真相を追求します。徹底的に。……それでよろしいですね？」

「うむ、そうしてくれたまえ」

二人はそう言うと、呆気にとられているわたしの傍らで、激しく、まるで敵同士が睨みあうように視線を交わした。先に視線を外したのは、不屈の精神力で水兵たちから恐れられるフィツロイの方であった。

「すまないが、席を外してくれないか」彼は幾分かすれた声で言った。「疲れたので、少し眠るとするよ」

フィツロイはそう言うと、わたしたちに背中を向けて寝台に横になり、肩先までシーツを引きあげた。

わたしたちは足音を忍ばせて、そっとテントを抜け出した。

背後にはもう、本当に安らかな寝息が聞こえはじめていた……。

第一〇章　遺された手記

外に出たわたしは、早速ダーウィンを問い詰めにかかった。

「どうしてあんなことを引き受けたんだ」

「あんなこと、とおっしゃいますと？」ダーウィンは足もとめずに聞き返した。細められた目がどこか遠くを眺め、彼はどうやらなにか別のことに心を奪われているらしかった。

「決まっているじゃないか。いまフィッツロイに依頼された件、事件の真相究明についてだよ。やれやれ、それにしてもチャールズ、『わたしたちが探偵《ビーグル》となって』だなんて。君はよくあんなことが言えたものだね。わたしは反対だ。なるほどフィッツロイが精神的に疲れているのは確かだろう。それにしたって、今後はやはり艦長である彼が指揮を執るべきだよ。それ以外に、われわれの置かれたこの不可解な状況を打破するすべはあるまい」

ダーウィンははじめて足をとめ、わたしの顔をまじまじとのぞき込んだ。

「では、アールさんはあのこ、、とにお気づきにならなかったのですか？」

「あのこと？　なんの話だい？」今度はわたしが尋ねる番であった。

「艦長は嘘を言っておいでです」

「嘘？　まさか？」

「嘘と言っては言いすぎになるでしょうが、少なくとも艦長はまだなにかを隠しておられる。あれで全部なものですか。神の世界の秩序が失われるですって？　それは問題であって、結論ではありません。さっき彼が語った言葉には、奇妙なほど結論が抜け落ちていました。……艦長は結論を語っていません。あの人はいったいどんな結論に達したというのでしょう？　わたしはさっきからそのことを考えていたのです」

「それならなぜ、そのことを本人に尋ねなかったんだ？」わたしは戸惑いながら聞いた。

「アールさんもあの人の気性はご存じでしょう」ダーウィンは軽く首を振った。「もし艦長が自分でなにかを隠すと決めたなら、自分からはけっして秘密を明かそうとはしませんよ。しかし一方で、艦長はなにかを隠しつつも、それが明らかにされることを望んでもいる……。おそらくどちらも本心でしょう。艦長の心は二つに引き裂かれている。その結果が、わたしたちに対する、さっきの依頼ですよ」

　わたしはすっかり考え込んでしまった。ダーウィンの言葉が正しいのなら――おそらく正しいのだろう――わたしは彼らと同じ場所にいながら、そこで交わされる言葉のなにものをも見ていなかったことになる。そもそも〝見る〟とは、〝理解する〟とは、いったいどういうことなのだろうか？

「それに」とダーウィンは振り返り、にこりと笑って言った。「どのみち徹底的に調べる他ないのです。なぜって、人間は自分自身を探究する動物ですからね。謎の扉を前にしては、そのままでいる方が難しいものですよ」

「謎ね……」わたしはやれやれとため息をついた。が、乗り掛かった船だ。こうなればダーウィンと行動をともにするしかあるまい。

「ところで、その謎の扉とやらを開くには鍵が必要のはずだ。なにか鍵になりそうなものはあるのかい」

「鍵になるかどうかは分かりませんが……」とダーウィンは上着のポケットからなにかを取り出した。

「なんだい、それは？」

「宣教師のマシューズが生前いつも携帯していた手帳ですね。彼の死体を見つけた時も、彼のポケットに入っていました」

「なるほど。そういえば見たことがある。しかし、わたしが尋ねたのはそのことじゃない。君はそれをどこで手に入れたんだ？　確かその手帳は、マシューズの死後、フィツロイが管理していたはずじゃ……」

「そうですよ。艦長のテーブルの上に置いてあったのを、さっきテントを出て来るときに持ってきたのです」ダーウィンはけろりとした顔で答えた。

わたしはしばらく、あいた口がふさがらなかった。

「しかしチャールズ、それはちょっとまずいんじゃないかな……。フィツロイはさっき、君が無断で彼の私物に触れる人物ではないとあれほど確信をもって言った。それなのに……」

「ああ、そのことなら」ダーウィンはかるく手を振ってみせた。

「アールさんもお聞きになったはずです。さっきわたしは徹底的に調べると言い、艦長はそれをお許しになった。おそらく、艦長がわざとわたしたちに背中を向けて横になったのも、シーツを肩口にまで引きあげて振り返らなかったのも、きっと後はわたしたちの自由にして良いという意思表示ですよ」

ダーウィンはそう言って、さっそく黒い革表紙のついた手帳のページを繰りはじめた。わたしはなにか間違っているような気がしたが、なにがどう間違っているのか言葉にすることができなかった。

「おや、ここに附箋《ふせん》がつけてある」

結局、ダーウィンが広げた手帳の文字を、一緒になって読むことになった……。

（マシューズの手記）

一八三二年十二月十七日　ビーグル号はサン・ディエゴ岬を急角度で巡り、ル・メール海峡に入った。ここから先がティエラ・デル・フエゴ――火の島――と呼ばれる場所だ。わたしはついに世界のさい果てにまでやって来た。そしてこの場所こそが、わたしが神の言葉を伝えるべく遣わされた場所なのだ。

十二月二十日　船が険しい岬を回るたびに現れるのは、いずれも凹凸の激しい、ごろごろとした岩の堆積であり、高い山であり、役に立たぬ森林である。人が住みうる土地としては海岸の石原に限られるであろう。イギリスの穏やかな、慈愛に満ちた風景とは、あまりにも違っている。

いまだに人間はおろか、いかなる神の被造物の姿をも見ない。本当にこの場所が、神がわたしにお与えになった土地なのか？　偉大な神の御加護があらんことを祈る。夜、また風が激しくなる。

十二月三十日　極めて悪い天候が続く。波は高く、風は渦を巻き、海流は逆流で、船を岸に近づけることができない。フィツロイ艦長は、このまま湾内に留まれば船が座礁する危険があると判断し、ビーグル号をいったん外洋に出すことを決断した。外海から見るフエゴは巨大な竜が蹲《うずくま》る姿にも似て、陸から海に向かって吹き付ける強風は、あたかも土地の邪悪な霊たちが全力を挙げて、神の言葉が上陸することを妨げているようだ。

船が流され、われわれは南緯五十七度二十三分まで漂った。終日神に祈る。

一八三三年一月十二日　年が明けても相変わらず激しい時化《しけ》が続き、上陸どころではない。神よ、どうか我に仕事を果たさせたまえ！

一月十五日　祈りの前に、ついに悪霊たちが屈服した。風が止み、ビーグル号は再び湾内へと進む事ができた。神を称《ホサナ》えよ！　そして、神の力に栄えあれ！

一月十六日　今日わたしははじめて、わたしの子羊、フエゴの住民を目にした。何人かのフエゴ人が、海に切り立った危険な崖の突端によじ登り、密林に半ば身を隠していて、われわれの船が通行すると、彼らは躍り上がって、よく響く高い声を上げた（蛮人にふさわしい挨拶と言うべきか？）。彼らはしばらく危険な崖の上を移動し、船の後を追いかけてきたが、やがて見えなくなった……。

わたしはその後しばらく呆然としていた。フエゴの住民？　しかしあれがわたしたちと同じ〃人〃なのだろうか？　わたしは初め大きな猿か、さもなければわたしがまだ知らない野獣だと思った。彼らはこの寒冷な気候にもかかわらず、わずかにぼろぼろの獣皮を肩になげかけただけで赤銅色の皮膚が全身露出するにまかせている。ちらりと見かけた顔には、なにか赤や白の筋のようなものが塗られていて人間の顔というよりは、『魔弾の射手』の劇中にでてくる悪魔のそれによく似ている。わたしは彼らに、本当に神の言葉を伝えることができるのか……？　いや、疑うのはよそう。神がこの世界をおつくりになられたからには、世界は遍《あまね》く神の光で満たされるべきなのだ。神が、わたしの献身をお求めになっておられる。わたしの信仰が試されているのだ。神が見ておられる。だとすれば、それがいかに困難に思われようとも、神の言葉が蒙昧《もうまい》な野蛮人を神の光のうちに引き上げることを、わたしの仕事がついには成就されるであろうことを、どうして疑う必要があろう。

一月十九日　わたしはついにわたしの土地、フエゴへの上陸を果たした。わたしの後には二十四人のビーグル号乗員、それにイギリスですでに神の栄光に浴した三人のフエゴ人——ヨークミンスター、ジェイミー・ボタン、フェギア・バスケット——が従っている。わたしは彼らとともに、この地に神の言葉を広めることになるのだ。

悪霊たちが嵐で汚していた世界は、神の言葉をたずさえたわたしたちの上陸とともに、たちまち浄化され、今では明るい陽光がきらきらと光る雪原と森林に映える、すっかり清純な世界となった。これこそが神のお力なのだ。わたしは早速この地を神の新しい定住地とすることを宣言した。

一月二十日　昼頃、数人のフエゴ人がわたしたちの前に姿を現した。彼らはわたしたちからさして遠からぬ場所に立ち、仲間内でなにかしきりに相談している様子であった。わたしたちが近づこうとしたところ、彼らは慌てた様子で森の中に姿を消した。

彼らの言葉は、ほとんど音節をなしているというに値しない。誰かが冗談に「まるでうがいをしているようだ」と言ったが、ヨーロッパ人ならばあれほどしゃがれた、のどにかかる、舌打ちをするような音を立てて、うがいをする者はあるまい。

一月二十一日　今日、わたしたちは住民がやや多く住む地域にやってきた。その辺りの蛮人で、いままで白人を見た者はきわめて少なかったに違いない。はじめ彼らは好意を持とうとしなかった。わたしたちが集落に歩み入る時は、彼らはみな石を手にしていた。しかしわたしたちはすぐに、彼らの首のまわりに赤いリボンを結んでやるような、つまらない贈り物をすることで彼らを喜ばせることができた。彼らは、わたしたちが差し出したボタンや髪飾り、リボンや靴下といったものを――それらがなんに用いるものかを知らないにもかかわらず――なんでも大変喜んで受け取った。わたしはすぐに、彼らが〝ヤンメルシューナー〟と繰り返すのに気がついた。「物をくれ」という意味であるらしい。彼らはどんな物に対しても、ひどく熱心にヤンメルシューナーと繰り返して言う。

わたしたちはほどなく、彼らとすっかり親しくなることができた。親しくなるのは簡単なことであった。彼らはまるで子供のように無邪気であった。

しばらくするうちに、わたしは面白いことに気がついた。彼らはひじょうにものまねがうまいのだ。きっかけはビーグル号の水兵の一人が、なんとなしに歌を歌いだしたことだった。その時、彼の周囲にいた野蛮人たちはみな、ひどく驚いてほとんど倒れたかと思われたほどだった。水兵たちがダンスのまねごとを始めたときも、彼らはこれに劣らぬ驚きをもって眺めていた。しかし彼らはすぐに一緒になって歌い、誘われるままにワルツを踊った。わたしは試みに、わたしが話しかけた語句を繰り返させてみた。するとどうだろう！　彼らはたちまち、完全に正しく繰り返すことができただけでなく、しばらくはそのいちいちの語を覚えていることができたのだ。この瞬間、ひそかに感じていた不安は消えうせ、わたしは完全な自信を取り戻した。神よ、あなたはやはり偉大だ！　この悪魔と見まがう野蛮人ですら、やはりあなたがおつくりになられた被造物であった。

いまや確信を持って言うことができる、わたしはフエゴの蛮人の間に神の言葉を広めるであろう。彼らは、もう長く神の言葉を知らずに暮らしてきたがゆえに、神の言葉に飢えているのだ。彼らはむしろ、乾いた砂が水を吸い込むように神の言葉を覚えていくに相違ない。そしてわたしが、このわたしが、彼らを野蛮の蒙昧から、はじめて神の光の中へと導きだす救い主となるのだ！　神はなんという尊い務めをわたしにお授けになったのか。わたしは神に感謝の祈りを捧げずにはいられなかった。

一月二十二日　美しい上陸地にすべての荷物が陸揚げされ、三軒の小屋の建築がはじまった。一軒は教会として、もう一軒はわたしとジェイミー坊やが住み、残りの一軒にはヨークミンスターとフェギア・バスケットの二人が、神に祝福された結婚の後、そこに住むことになっている。ビーグル号の水兵たちはまた、わたしたちのために畑を二枚耕して、種を蒔いた。フエゴ人は、すぐに彼らのまねをはじめた。文明人と野蛮人とのはじめての美しい共同作業！

夜には皆が一緒に焚き火のまわりに座った。わたしたちは皆、幸せな気分であった。ただ、フエゴ人たちがあらゆる物を欲しがり、しょっちゅうヤンメルシューナーをやるのには閉口させられる。

一月二十三日　ヨークミンスターとフェギアは、帰郷に際してイギリス中から彼らに贈られたさまざまな品物を新居に運び込むのに余念がない。フエゴの女たちは皆、フェギアに多くの注意を払い、きわめて親切だ。贈り物は、高価なティー・セットやワイングラス、バター皿、スープ用の深皿、レースの生地、上等の白麻、テーブルクロス、ナプキン、それにマホガニーの衣裳箱や化粧道具入れ、その他細々《こまごま》とした家具の類、といった品々である。

わたしはイギリス人こそが、世界中でもっとも慈悲深い民族だとあらためて確信する。文明の光を伝える贈り物が、はじめて未開の土地に運び込まれるのは、まったく彼らの慈悲心のおかげなのだ。

ジェイミー坊やは自分の国の人々を恥じている様子である。彼は、わたしにむかって自分の部族はこれとは全く違うと断言した。だが、彼らは明らかにジェイミーと同じ部族である。わたしは少年が自分の部族を恥じる気持ちを、むしろ微笑ましく思う。ひとたび文明という神の光に触れた者は、自分が同じ蒙昧のなかから出てきたとは、なかなか信じたくないものだ。しかし、ジェイミー、他のフエゴ人もすぐに神の言葉を信じるようになる。その時は君も、神の名を称えつつ、その腕にすべての同胞をしっかりと抱き締めることになるであろう。

一月二十五日　この三日間はすべて平安に過ぎた。フエゴ人たちとの関係はきわめて友好的である。そこでわたしは、ビーグル号の乗員をすべてボートに引きあげさせ、一晩様子をみることにした。やかましい水兵たちが去ると、たちまち夜の静寂が訪れた。いまではジェイミーの寝息と、時折の夜鳥の叫びが静けさを破るばかりである。おりおり遠くに聞こえる犬の吠え声は、ここが蛮人の国であることを思い起こさせる。わたしは一人、神の栄光を思う。この土地がやがて神の言葉によって耕された土地、神の小羊たちが草を食む、豊饒の土地となることを。美しい情景を思い浮かべながら眠る。

一月二十六日　一夜明けてフィツロイたちが戻ってきた。彼はすべてが平穏なのを見て、極めて喜んだ様子であった。彼はなにを心配していたのか？　わたしは神と共にある。何人《なんぴと》といえど、わたしに手だしできるはずがないのに。

ビーグル号の一行は今日、調査のために奥地へ向けて出発した。数日後、彼らが戻った時、フエゴの民の間にはすでに多くの神の言葉が広まっているであろう。彼らの驚く顔が、いまから楽しみだ。

一月二十七日　奇妙なことがあった。一人のフエゴの老人が教会を訪れて、いつもの〃ヤンメルシューナー〃をやり出した。わたしはちょうど別の用事をしていたので、彼に赤いリボンを与えて、丁寧に退出を求めた。するとその男は、間もなく大きな石を手にして戻ってきたのだ。彼は石を振り上げてわたしを脅した。彼とはこれまで機嫌よく付き合っていただけに、彼の行動はまったく理解ができない。結局、さらなる贈り物をして老人はやっと帰っていった。このことがあって以来、教会の周りからは、女、子供たちの姿がふっつりと見えなくなった。何が起こっているのか、わたしにはまるで解らない。他のイギリス人がいなくなったと知れ渡ったためだろうか？　それとも、神よ、わたしは彼に何か間違ったことをしたのでしょうか？

夜、わたしが跪《ひざまず》いて祈っていると、ヨークミンスターが来てこの土地に伝わるまじないを教えてくれた。まじないは悪霊を祓《はら》うものだという。ヨークミンスターは、悪いことはすべて悪霊がもたらすと信じている。彼はわたしにもまじないを唱えることを勧めた。わたしは無論彼の言葉を退けた。そして、偶像崇拝は悪魔の第一の誘惑だと彼を厳しく戒めた。

一月二十八日　朝、目が覚めて驚いた。教会がいつのまにか、たくさんの野蛮人に取り囲まれていたのだ。窓という窓から、彼らの恐ろしい化粧をほどこした顔が中を覗き、不意にまたかき消すように見えなくなる。

昼になってさらに人数が増える。これほどの人数が、いったいどこから集まってきたのだろう？　数が増えるにつれ、彼らは敵意の兆候を示しはじめた。もはや先日までの友好的な態度はどこにも見られない。野蛮人どもはわたしに向かって石や槍を振りあげ、威嚇の声をあげる。そして彼らは、口々にヤンメルシューナーと繰り返す。彼らの要求にはきりがない。わたしは今更ながら気づかざるをえなかった。贈り物で彼らを喜ばせることはできても、満足させることは決してできないのだ。

外の騒ぎはますます激しくなり、わたしはやむを得ず、フィツロイが念のために置いていった銃を持ち出した。もちろん、本気で撃つつもりはなかった。銃を構えてみせれば、彼らもさすがにおとなしくなるだろうと思ったのだ。わたしは銃を手に、彼らにこの場を立ち去るよう告げた……。

ところが、どうしたことだろう！　野蛮人どもは銃を見ても、一向にひるむ様子がない。わたしが銃をあげて、狙う動作をしても、彼らはただにたにたと笑うだけであった。そこでわたしは、一人の蛮人のすぐ傍らで銃を二回発射した。その男は二回とも驚いた様子であったが、やがて注意深く、また素早く自分の頭を撫でた。それから仲間の者と話しはじめた。逃げようとする様子は少しも見えない。

わたしは愕然とした。彼らには、銃が、この武器がどれほどおそるべきものかが、少しも理解できないのだ。わたしは銃を構えた自分の姿がいかに滑稽であるかを悟った。いくら銃で狙う動作をしても、彼ら蛮人には弓矢や槍で武装したものよりも、またそれどころか投石を持ったものよりも劣って見えるに違いない。わたしは銃を使うことを断念せざるをえなかった。もしわたしが銃を使い、それで彼らの一人が倒れたとしても、他の連中はそれがわたしが手に持った銃のためとはけっして考えまい。彼らは逃げることなく、かえって石でわたしの頭を打ち割ろうとするであろう。虎がこうした場合に人を引き裂こうとするのと同じである。

わたしは銃を下ろし、仕方なく聖書の文句を覚えさせる際の御褒美として特別に取り分けておいた品々を彼らに渡した。野蛮人どもはようやく引き上げていった。

一月二十九日　今朝、二十人からなる一隊が、いずれも石や棒で武装して現れ、教会に押し入ってきた。彼らは非常にはやく喋るので口から泡を吹き、肌は黒、白、赤に塗り散らかしてあったので、一人一人があたかも悪魔に憑《つ》かれた者のように見えた。彼らはもう子供だましの贈り物ではけっして満足しない。彼らが引き上げるまでには、わたしは自分の生活必需品まで割いてやらなければならなかった。
もうすぐ暗くなる。わたしは震えている。暗くなった後、連中がまた現れるかもしれない、そう考えると恐怖がわたしの心から去らないのだ。さっきからずっと、わたしは神の言葉を繰り返している。祈り続けている。しかし、いくら祈ってみても、これまでのように、わたしの心に神の言葉が力強く響いてくることはない。恐怖がすべての感覚をしびれさせているのだ。神よ、どうかわたしの心から恐怖を取り除きたまえ。そして、わたしに信仰を取り戻させたまえ……。

一月三十日　ついに恐れていたことが起こった。連中が奪い始めたのだ。一人が奪い始めると、後はもう手の施しようがなかった。野蛮人どもは教会の中を走りまわり、そこにあるもので、蛮人たちが持っていかないものはなにもなかった。壁掛け《タペストリー》や長椅子はむろんのこと、蛮人どもはことごとくあろうにキリストの聖なる十字架までどこかに運び去ってしまったのだ。
嵐のように蛮人たちが過ぎ去った後、教会のなかでジェイミーが泣いていた。奪っていったのは、彼の兄弟たちであるという。ヨークミンスターも憮然としている。彼もフェギアと二人で新しく生活を始めるための、すべてのものを奪われたらしかった。彼らはもうだれひとり、キリストの言葉を唱えない。その代わりに、彼らの土地に伝わるという、異教の儀式に頼っている。まじないで悪霊を追い払おうというのだ。いまのわたしには、彼らを止めることができない。

　儀式を終えたあと、三人のフエゴ人はいとも安らかに眠っている。本当に異教のまじないが彼らの心から恐怖を取り去ったのだろうか？

一月三十一日　おお神よ！　恐ろしい……。奪うものがないと分かると、蛮人たちはわたしにむかって唾を吐きかけ、その後であるはっきりとした仕草をしてみせた。それは明らかに、わたしを切り裂いて、食ってしまいたいという意味のものであった。

　野蛮人たちは、これ以上わたしの手から得る物がないと分かると、自分たちの間で奪い合いをはじめた。わたしはその様を、震えながら小屋の窓から見ていた。彼らは、美しいレース織りのテーブルクロスを引きちぎり、見事なつくりの家具を叩きこわす。そうしてばらばらになった破片をそれぞれの手に持ち、たちまちどこかに駆け去ってゆく。高価なティーカップは取っ手とカップに分かたれ、さらにカップが半分にされて、それぞれ別々の野蛮人の手に渡った。寝室用の便器までがいくつかに砕き割られて分配された。わたしが彼らに与え、あるいは彼らがわたしから奪った品の中で、本来の役割を果たし得るものは、もはやなにもあるまい。それでもまだ、彼らは血走った眼で品物を奪い合い、それらは彼らの手でさらに細かく分けられてゆく……。

わたしは不意に笑いの発作にとらわれた。わたしはイギリスからいったいなにを持ってきたのだろう？　高価なティーカップや、マホガニーの衣裳箱や化粧道具入れ、まして寝室用の便器が、いったい彼らの何の役に立つというのだ？

わたしにはもはや、この世界で起こっていることがなに一つ理解できない。この世界では、どんな祈りも通じない。神はすでにわたしをお見捨てになったのだ。外では奪ったものを細かく引きちぎる野蛮人どもの、いやらしい叫び声が聞こえている。わたしはたまらずに耳をふさぐ。わたしにできるのは、世界に鳴り響くすべての声に耳をふさぐことだけだ。

夜、悪霊がわたしを訪れる。

わたしは彼と取引をした。おかげで、この土地に来てはじめて心安らかに眠ることができた。もうなにも怖いものはない……。

二月一日　蛮人どもがにやにやと笑いながら人の肉を食っている。連中は、物を裂くのに飽きると、今度は身近な者の体に爪を立てお互いの肉体を引き裂きあった。肉が裂け、辺りに血が飛び散る。グロテスクな饗宴が繰り広げられる。その間も、野蛮人たちの顔からはけっしてにやにや笑いが消えることはない。連中は眼をえぐられ、首を切り取られた後でも、ああして笑い続けているのだろう。悪霊がわたしに告げる。この世界に怖いものなどなにもないのだ、と。あるのはただ切れ切れの断片だけなのだ。赤い仮面が目の前に迫る。ヤンメルシューナー。物をくれ。このうえなにが欲しい？　パンを食うがいい。それが、わたしの肉だ。ワインを飲むがいい、それがわたしの血だ。食べられているのは……わたしなのか？　十字架が砕かれる。

馬鹿な、これは夢だ。わたしは悪い夢を見ているだけなのだ。悪霊よ、去れ！……いや、去るな。けっして、けっして、去るんじゃない。むしろ、汝よ、わたしを永久に夢の中に留めよ。そしてすべての恐怖から解き放つのだ。そこでは、わたしが神だ！

二月二日　　気がつくとフィツロイが目の前に立っていた。彼もまた悪霊が連れてきた幻なのか？　いや、彼らは本物だった。戻ってきた。ビーグル号の艦長は、わたしたちの生命を助けるのに、辛うじて間に合ったのだ！

フィツロイがわたしに尋ねた。〝なにがあったのだ？〟と。わたしは彼に告げるべきであろうか？　わたしが悪霊と行った、あの忌まわしい取引のことを？

駄目だ。わたしは彼と秘密を約束した。約束を破れば、わたしは死ぬであろう。

頭が痛い。いまはなにも考えられない。帰ろう。祖国へ。神の国へ……。

＊

マシューズの手記は、ここでいったん途切れていた。最後の数日分の文字はひどく乱れていて、判読するのに相当の苦労をしなければならなかった。手帳はこの後しばらくは白紙が続いている……。

「これは……どういうことなのだろう？」

わたしはダーウィンから手帳を受け取り、頁を繰りながら思わず呟いた。わたしたちがフエゴの居留地を留守にした謎の一週間。あの時なにが起きたのか、真相がはじめて明らかになったわけだが……。

マシューズが伝えるのはなんとも異様な事態であった。彼が手記に遺した、野蛮人がお互いをむさぼり食うグロテスクな饗宴は本当にあったことなのだろうか？　また〝夜、悪霊がわたしを訪れる〟や、〝悪霊と行った忌まわしい取引〟といった不可解な記述、それに〝約束を破れば、わたしは死ぬであろう〟という、いまから振り返ればなんとも予言的な言葉はなにを意味しているのか？　それとも彼は、イギリスとはあまりに異なる環境の中で、不安と恐怖によって、単に気が変になっていただけなのか？

手帳の附箋は、おそらくフィツロイが付けたものだろう。彼もまた、自らの崇高な試みがなぜ烏有《うゆう》に帰さねばならなかったのか、その原因を知るべくマシューズの手記を読んだのだ。先ほどまでのフィツロイの混乱ぶりは、この手記を読んだこととなにか関係があるのだろうか……？

さまざまな疑問が渦を巻き、途方に暮れたような顔つきから判断する限り、ダーウィンにしてもいまのところ事情はさして変わらぬようだった。

「ともかく」とダーウィンが手帳を指さして言った。「この手記にはまだ先があるようです。もう少し続きを読んでみましょう」

言われてみればなるほど、手帳はしばらく白紙が続いた先で、また手記が再開されている。マシューズの文字はふたたび元の、神経質そうな、ひじょうに細かいものに戻っていた。わたしたちは早速手帳の頁を繰り、そこに記された文字を眼で追った。

「おかしいな。日々の日課に、船の位置……祈り……。ここではマシューズは、また元のとおり、普通に書いている」

「まったくそうですね。まるでフエゴでの異常な体験など、はじめからなかったような……」ダーウィンは、急にはっとした様子で手帳を指さした。「アールさん。ほら、ここ。この先にもう一つ、附箋がつけてあります」

わたしは急いで言われた箇所を開き、そこに書かれた内容に目を通した。

七月二十三日　今日ビーグル号は、チリの主要な港バルパライソの湾内に、夜遅く錨《いかり》を入れた。……

別に変わったところはないように思われた。わたしは手帳から顔をあげ、ダーウィンに尋ねた。

「フィツロイは、なぜここに附箋をつけたのかな？」

「ちょっと待ってください。……ああ、分かった」

ダーウィンは手帳にびっしりと記された記述の一カ所を指さした。

「ほら、ここ。〝今日キング氏が船にひそかに大量の金貨を持ちこんだことを知る。やっかいなことにならなければ良いが……〟とあります。おそらく艦長は、この箇所が気になったのではないでしょうか」

思い当たることがあった。そういえばわたしは、この島に上陸する前の晩、霧の中でマシューズが誰かにこう言うのを耳にした。「わたしは知っている……あなたがチリの港でひそかに積み入れた……悪霊……どうするつもりなんです……」。霧の中でちらりと見かけた相手は、断言はできないが、キング士官候補のように見えた……。マシューズがあの時〝悪霊〟と呼んだのは、キングがひそかに船に持ち込んだ大量の金貨のことだったのではあるまいか？　わたしは思いつくままダーウィンに尋ねてみた。

「そう……かもしれませんね」ダーウィンは慎重に答えた。

「きっと、そうに決まっているさ」わたしは自分の思いつきにすっかり興奮して言った。「考えてみれば、聖職者が大仰《おおぎょう》な物言いをするのは今日に始まったことじゃない。特に、死んだマシューズにはそんな傾向があった」

「それは、そうですね」ダーウィンも今度は苦笑しつつ同意を示した。彼はすぐにもの思わしげな顔に戻って言った。「キング氏が船に持ちこんだ大量の金貨が、この島でわれわれを襲った不可解な、三つの事件となにか関係があるのでしょうか？」

「もしかするとキングは、金貨の件でマシューズに脅迫されていたんじゃないかな？　それで彼を殺した。ところが殺人の現場をシムズとフェギアに目撃された。だから彼は、口封じのために二人を襲ったんだ」

ダーウィンはなんだか妙な顔をしている。わたしはかまわず続けた。

「しかし待てよ、そもそもキング士官候補はなんの目的で大量の金貨を船に持ち込んだのだろう？　彼はどこでその大量の金貨を手にいれたのか？　うん、まずはそのあたりが怪しいな。犯罪の匂いがする。……あとはマシューズはどうやってキングの犯罪を嗅ぎつけたかだが……。いずれにしても、これから直接、キング本人に確かめれば分かることだ」

「そのことなら、本人に聞くまでもありません」

「なに？」

わたしはきょとんとしてダーウィンを見た。彼は困った様子で言葉を続けた。

「キング氏は、伯父さんだか親父《おやじ》さんだかに頼まれて、ビーグル号がこの先立ち寄るはずのオーストラリアで農園を購入する予定なのです。金貨はそのための資金で、イギリスからわざわざ送金されたものですよ」

「しかしチャールズ……。君がなんでそんなことを知っているんだ？」

「キング氏は、あの金貨をなにもひそかに船に持ち込んだわけではありません。彼はその前に艦長にちゃんと報告しています。わたしはたまたまその場にいて聞いたのです。他の乗員に秘密にしたのは、フィツロイ艦長の指示によるものです。艦長の指示はもちろん、艦内で無用な騒ぎにならないようにという配慮からでした」ダーウィンはひょいと肩をすくめた。

「それよりアールさん、ここをご覧ください。この先の頁が切り取られています」

なるほど、よく見なければ分からないが、手帳の最後の数頁が鋭い刃物を使って切り取られていた。

「切り口がまだ新しい」ダーウィンが手帳に顔を寄せて言った。「おそらく、艦長が切ったのでしょう」

「フィツロイが……まさか？」わたしは驚いて声をあげた。「彼はなぜそんなことを？ここに何が書かれていたんだ？」

ダーウィンは思案する様子で、きつく眉を寄せた。彼は、わたしのことなどすっかり忘れたように、あとの言葉を低く呟いた。「もしかすると……本当にそうなのだとしたら……？単なる真実であれば狂人ですら語ることができる……真実がつねに正しいとはかぎらない。……彼がもし本当にそう思っていたのなら……そのことの方が重要だったのかもしれない……」

ダーウィンはそうしてしばらく、ぶつぶつとなにやらわけの分からぬことを呟いていたが、唐突に顔をあげ——彼は一瞬そこにわたしがいることに驚いた様子であった——にこりと笑って言った。

「アールさん。今夜、一緒にちょっとした冒険をしませんか？」

第一一章　霧の中で

霧が深かった。

時刻は深夜の十二時を少しまわった頃であろう。

わたしは、前を歩くダーウィンが手にした提燈《ランタン》の揺れる明かりを見失わないよう気をつけながら、自分がなぜこんなことをしているのかと、いまさらながら理解に苦しんでいた……。

——今夜、一緒にちょっとした冒険をしませんか？

ダーウィンの提案が、謎の鋲打ち氏に会いに行くことだと聞いた瞬間、わたしはしばらく声が出なかった。むろん、彼がとうとう気が変になったと思ったのだ。

ダーウィンが同じ提案を三度繰り返して、わたしはようやく口を開いた。

「正気かい、チャールズ？　なんだって、わたしたちの方からわざわざ、頭のおかしいスペイン人に会いに行かなくちゃならないんだ」

「なぜって、アールさん」わたしの質問に、ダーウィンはむしろ不思議そうな顔をした。

「わたしたちはまだ彼のことを、アメリカの鯨捕りたちから聞いた噂でしか知らないのです。彼がどんな人物なのか？　実際に会ってみなくてはなにも分からない」

「だからといって、なにもこっちから人殺し野郎に会いに行くことはないさ。第一君は、奴がどこにいるか知っているのかい？」

「知りません。が、推理することはできます」

ダーウィンはそう言って、内ポケットから一枚の折り畳まれた紙切れをとりだした。

「この島の地図です」

ダーウィンは、他人ごとのように、にこりと笑ってみせた。どうやらこの地図もまた、マシューズが遺した手帳とともに、フィツロイのテントから失敬してきたものらしい。わたしは事情はあえて聞かないことにして、広げた地図をのぞき込んだ。地図には細かい文字で書き込みが見える。

「ここが入り江になっているから……わたしたちが上陸した海岸がここですね。宿営地がここ」ダーウィンが指でさし示した。「シムズを発見した〝カメの泉〟がここで……となると」地図の上をさまよっていた彼の指が、海岸線のある一点で止まった。

「彼はここにいるはずです」

ダーウィンの指はちょうど〝海賊の洞窟〟という書き込みの上で止まっていた。

「しかしドン・カルロスは銛打ちで、海賊じゃない」

「場所の名前は、誰か別の人間――たぶんこの島に来た本物の海賊たちでしょう――がつけたもので、このさい関係ありません。問題は、この狭い島では長い間姿を隠すことのできる場所は、ごく限られているということです。つまりですね……」

「分かったよ。奴がそこにいるとしよう」わたしは降参の印に、手をあげて言った。

「それじゃあ、今夜一緒に……」

「しかし、だ」わたしは慌ててつけたした。「わたしたちがなぜ奴に会いに行く危険を冒さなくちゃならないのか？　わたしにはまだその理由がよく分からない」

「アールさんはダチョウという鳥を知っていますか？」

「ダチョウ？」わたしはぽかんとして言った。「というと、あの大きな、飛ぶことのできない鳥のことかい？」

「ええ、そのダチョウです」

「それなら、うん、前に一度絵に描いたことがある。首と足とがひょろりと長くて、画面に収めるのに苦労した。……あの鳥がドン・カルロスとなにか関係があるのかい？」

「ダチョウは奇妙な習性をもつことが報告されています」ダーウィンは生まじめな顔で言った。「彼らはなにか危険に出くわすと、頭を物陰につっこんで、それで危険が通りすぎたような気になっているらしいのです」

わたしはしばらくぽかんとダーウィンの顔を眺め、ふいに彼の意図を察して、ふきだしてしまった。

「ははは、分かったよ。チャールズ、君の勝ちだ。わたしたちはダチョウじゃない。なるほど〝頭を物陰につっこんで危険が通りすぎるのを待つわけにはいかない〟か。……ここはひとつ、人間として、こっちから会いに行ってみるとしよう」

と、わたしは笑いながら、つい同意してしまったのだ。

……しかしそれも、明るい陽光に満ちた、昼間の話であった。

こうして真夜中、しかも深い霧のなかで考えれば、この島で船長を殺して島の奥に逃げたスペイン人の鈷打ちに会いに行くのが、どれほど馬鹿げた、そして危険なことか、はっきりと理解することができた。

「なあ、チャールズ」わたしは前を歩くダーウィンに声をかけた。「なにもこんな時間に出掛けなくても良いじゃないか。せめて夜が明けてからにしないか？」

「すみません。しかし、計算したところ、一番潮《しお》の干《ひ》くのがこの時間だったもので……」

「潮？」

「ええ」と答えかけたダーウィンの足下から、急になにか大きな影が躍りあがった。わたしは心臓が口から飛び出るのではないかと思った。提燈を向けると、眠りを妨げられた大きなトカゲが、不機嫌そうに目を細めていた。ダーウィンは、トカゲに向かって丁寧に詫びを言い、また先に足を進めた。

わたしは情けない思いで、宿営地を出る時のことを思い出した。

当夜の見張りに立っていたビリーは、わたしたちが出掛ける目的を知ると、にやにやと笑いながら「スペイン人にせいぜいよろしくお伝えください」と言ったものだ。

提燈の光で自分たちの影が霧に映って、ゆらゆらと揺れる。わたしはなんだか夜のロンドンを歩いているような気がしてきた。……わたしは本当はどこを歩いているのだろう？

沈黙に耐えられず、前を歩くダーウィンに話しかけた。

「君は悪霊についてどう考えているんだ？」

「悪霊？　キング氏の金貨のことですか？」

「そっちじゃない。ほら、死んだマシューーズの手記に出て来た……。フエゴで彼を訪れ、そして忌まわしい取引を行ったという悪霊は、いったいどんな姿をしていたのだろう？」

「ああ、そういえば……」と頷いたダーウィンは、少し考えて口を開いた。「マシューーズ氏はどうやら、自分に都合の悪いものはすべて〝悪霊〟と呼んでいたようですね。おそらく彼は、それがどれほど危険な行為なのか気づいていなかったのでしょう。存在は、名前を与えることではじめて実体化する。そして一たび実体化した存在はかならず、それを生み出したものを超えて、独自な活動を始めるのです。彼は、名前や言葉に対して、もっと慎重であるべきでした。名前は安易に与えられるべきではないのです。その意味で……もしかすると、彼は本当に自ら名づけ親となった悪霊によって殺されたのかもしれません」

わたしは思わず辺りを見回した。周囲に立ち込めた深い霧の一角が崩れ、マシューズを殺した恐ろしい悪霊が、いまにも顔を出すのではないかと思われた……。

ところが、ダーウィンはくすりと笑って続けた。「それにしても、姿、ですか。なるほど画家のアールさんとしては、その点が気になるわけですね。しかし、わたしが思うに、フエゴでマシューズ氏を訪れた悪霊は……いずれにしても、わたしたちが絵で見るようなものではなかったと思います」

「というと、もっとおぞましい姿をしていたのだと？」

「おぞましいか美しいかは一概には決められませんが、ともかく絵とは別物ですよ」ダーウインはふいに考え込み、聞こえないくらいの小さな声でこうつけ足した。「そう、もしかするとわたしは、本当に、恐ろしい悪霊を呼び出そうとしているのかもしれません……」

わたしはぞっとして、泣き出したいような気分で口を閉ざした。

「これは、わたしがチリに上陸した時の話ですが」とダーウィンがまた、なんだか場違いなことを話し出した。

「わたしがかの地で行った地質研究は、地元の人たちのひじょうな驚きを引き起こしました。彼らは、わたしが貴重な鉱石を求めているのではないということを、どうしても信じることができなかったのです。わたしは何度も尋ねられました。『それじゃあ、お前さんはいったいなにをやっているのかね？』と。彼らには、わたしが小さなハンマーを持って山々を歩き回る理由が、それ以外にはなんとしても思い当たらなかったのです。どこへ行っても同じ質問攻めです。そこでわたしは、逆に彼らにこう尋ねてみました。『地震や噴火がどうして起こるのか――なぜある泉は冷たくある泉は温かいのか――なぜチリには山脈があるのにラ・プラタには丘すらないのか――その理由を知りたいとは思いませんか？』と。

たいていの人はそれで納得してくれました。ところが、中には〝そのような研究はすべて無用なものであり、かつ神を信じないものだ。神がこの山脈をかく創《つく》り給うたというだけでまったく十分なのだ〟と考える人もいました。チリで出会ったある老人は『世界はかつてかく在《あ》り、また今後もかく在り続ける。それだけのことだ』と言って、彼はそれ以後わたしがなにを言っても耳を傾けてくれようとはしませんでした……」

ダーウィンはそう言って小さく首を振った。わたしは、彼が急になにを言い出したのかと訝しんだ。なるほど、彼が各地の港に上陸する度に行う〝博物調査〟は、地元住民の好奇の的となり、およそ考えうる限りの誤解と偏見を招いてきた。だが、これまでダーウィンは、そのせいで生じたさまざまな失敗や徒労に対してほとんど愚痴や泣き言を漏らすことはなく、むしろ呆れるばかりの快活さを示してきたのである。

たとえば、これはアルゼンチンの市場での話だが、ダーウィンが珍しい動物を探していることが知れると、さっそく地元のインディアンが「村で足指のあいだに膜《まく》があるニワトリを飼っている」という話を持って来た。ダーウィンは二日をかけてこのインディアンの村に出掛け、〝水掻きを持つ〟珍しいニワトリを手に入れた。わたしたちは彼が船に持ち帰ったものを見て、腹を抱えて笑った。それは立派なアヒルであった。また別の時は、貝殻に交じった珍しい豆の化石があると言われて、彼は馬で一日旅をして調べに行った。その結果、豆というのは、実はありふれた石英の小粒であることが判明した。

巨大な獣の化石の頭骨が完全な形で掘りだされたと聞いた時、ダーウィンは皆がとめるのも聞かず、前日に旅行者が野盗に殺されたばかりの街道を、供も連れずに一人馬を走らせた。彼が手に入れて帰ったのは〝すでに絶滅した巨大な哺乳類の頭骨〟ということであったが、残念ながら完全な形にはとても見えなかった。「子供たちが石投げの的にしていたんです」ダーウィンは情けない顔でため息をついた……。

いずれの場合もダーウィンは、その馬鹿げた事態を、わたしたちと一緒になって楽しんでいた。少なくとも、わたしにはそう見えた。ところが、この霧の中で、ダーウィンが口にする言葉の調子は、これまでとは明らかに異なるものに聞こえた。彼はまるでなにかに迷っているようであった。しかし彼は、ここに来ていったいなにを迷っているというのか……？

わたしの疑念にはおかまいなしに、ダーウィンはゆっくりと先を続けた。

「ビーグル号の航海に参加したことで、わたしはじつに多様な自然や動物に出会うことができました。わたしは世界のあらゆる場所でさまざまな生き物たちに出会い、そのたびにひどく驚かされました。彼らはあらゆる場所に生息していた。これまで、およそ生き物には適さないと考えられてきた環境——大海のあらゆる果て、光も届かぬ深い海の底、大気の上層、硫酸ソーダの湖、極寒の氷の大地、万年雪の表面、岩塩坑の中、さらには恐ろしい火山の熱水が噴き出す場所にさえ、やはり無数のプランクトンや、小さな甲殻類が繁殖し、また彼らを捕食する魚やフラミンゴの大群を見つけることができたのです。わたしはひじょうな驚きをもって彼らを観察し、分類し、その背後にある秩序をさぐりました……。そして、いまやこれはほとんど断言して良いと思うのですが、生物はこの世界のいたるところに棲み得るのです。これはいったいなにを意味しているのでしょう？　この世界はまるで、あたかもロンドンの腕の良い仕立て屋が腕によりをかけて作ったシャツのように、わたしたち生き物にぴったりしている……」

「そのことならいまさら驚くまでもない、当たり前のことじゃないか？」わたしはようやく口を挟んだ。「この世界は、神がわれわれのために創《つく》り給うたのだ。世界はまさに〝生き物にあつらえて〟創られたのだよ」

「ええ。わたしは多くの人々が——たとえば、わたしがチリで出会ったあの老人ならば——そう言うであろうことを知っています。しかし、こうは考えられないでしょうか？〝生き物にあつらえて世界が創られた〟のではなく〝世界に合う生き物だけが生き延びたのだ〟とは？〝エデンを追放されて後、動物は人間を恐れるようになった〟のではなく、〝人間を恐れる動物だけが生き残った〟のだとは？」

「チャールズ、それは逆だ。君は世界を逆立《さかだ》ちさせているんだ」

「どっちが逆立ちなのか、誰に分かるでしょう？〝逆立ち〟というからにはなにか基準になるものがなくてはなりません。上下、左右、裏表。なんでもそうです。淡水に棲息するヒドラは、裏返しにされると元の外表面で消化し、胃で呼吸するようになる。彼らにとっては呼吸器が表で、消化器が裏なのです。ところが、わたしたち人間にとっての基準とはなんでしょう？　わたしたちがふだんこれ以上確かなものはないと思ってきたもの、確固不動の代名詞である足下の大地が、しかしチリで経験した地震の時はあんなにも激しく揺れ動いていたではありませんか？　いえ、もしかするとこの大地は、わたしたちには感知できないほどゆっくりとしたスピードでいまも動いているかもしれない。遠い昔、海が塞がり、大陸は一つであったかもしれないのです……」

「まさか？」

「わたしたちはこの世界について、まだなに一つ知らないのですよ」ダーウィンは首を振って呟いた。

「世界の在りようについて、古来人々はさまざまな想像を巡らせてきました」ダーウィンは歩む速度をゆるめず、低い声で話し続けた。「古代ローマの人々は〝この世界はとほうもなく巨大な亀の甲羅に乗っている〟と信じ――もしかすると、彼らの時代にはこの島に棲むゾウガメや、あるいはもっと巨大な種《しゆ》が、ヨーロッパにも棲息していたのかもしれません――、一方中国人は〝巨大な天幕が方形の大地を覆い、世界の四隅にある柱がその天幕を支えている〟と考えたそうです。

人間が想像してきたのは、目に見える世界だけではありません。わたしたちはこの目に見える世界のなかに生まれ、生きて、死ぬ。しかし、そのことにどんな意味があるのか？　わたしたちキリスト教徒は〝最後の審判〟と〝復活〟こそが、われわれのはかない人生を意味づけるのだと考える。他方、南米のコカの葉を用いる祭礼においては〝生まれ変わり〟こそがその意味だと主張します。彼らは〝生き物はすべてこの世界に何度でも生まれ変わる〟と信じている。時に人間として、別の時には他の動物として……。彼らにとって、あらゆる生き物は別の生き物の生まれ変わりなのです」

ところが、フエゴ・インディアンの世界観はまたそれとは違う。わたしは彼らと話していて、そのことに何度も驚かされました。彼らが生きているのは、人間よりほんの少し余計に力を持つたくさんの悪霊たち――一部は天界のもので気象現象を意のままにし、一部は獣で、一部は地下のもの――が取り囲む世界です。フエゴの住民は確かに、時折わたしたちヨーロッパ人には理解のできない行動を取る。彼らは、食べ物がなくなれば、犬より先に老婆を殺して食べる。そして〝なぜそんなことをするのか？〟と尋ねられれば、彼らは〝犬はカワウソを取るが、婆さんはカワウソを取ることができない〟と平然と答える。……彼らにとっては〝食べるために殺す〟ことは許されたことなのです。だから逆に、彼らが意味もなく動物や、まして人間を殺すことはけっしてありません。彼らがもしこの禁忌《タブー》を犯せば、たちまち酷い雨や雪が続き、嵐が彼らの生活を破壊します。悪霊たちが怒ってそうするのです。ヨークミンスターは一度、わたしが剝製にするための、つまり食用でない動物を捕獲するのを見た時、厳粛な表情で〝オオ、だーうぃんサン、ヒドイ雨、雪、ヒドイ嵐〟と宣言しました。

……いったい彼とわたしの、どちらが野蛮と言えるでしょう？　わたしはこの航海中、自分たちが当たり前だと、普遍だと思っている世界の在りようが、しかし時代や場所、文化によって、実際にはかくもさまざまな顔をもっていることを知りました。そして、それらが彼らの世界においては合理的なまとまりをもっていることも……。わたしたちヨーロッパ人は彼らの世界観を否定し、その代わりに神の言葉を打ち立てようとしている。しかし本当は、どの世界が正しい世界なのでしょう？　わたしは分からなくなってきた。そもそも〝分かる〟などということがあるのでしょうか？」

彼の言葉は最後は呟くようになり、わたしに話しかけているというよりは、ほとんど独り言といってよかった。

ダーウィンはその間もどんどん歩調を速めてゆき、わたしは――返事をするどころではなく――前を行く彼の背中を見失わぬよう、霧の中から突然姿を現す巨大なサボテンのトゲで顔をひっかかぬよう、また砂地にあいたトカゲの穴に足を取られぬよう、岩と見紛う亀に蹴つまずかぬよう、気をつけるだけで精一杯であった。ふいに霧がいちだんと濃さを増し、先を行くダーウィンの姿がかき消すように見えなくなった。わたしは、ついに悲鳴をあげた。

「待ってくれ、チャールズ！　もっとゆっくり……」

わたしはそう叫んで前に駆け出し、とたちまちダーウィンの背中に突き当たった。

「しっ！」ダーウィンが唇に指を当てて、わたしを振り返った。彼は提燈をあげて前方を照らした。そして、顔を寄せ、小声で言った。

「ここです。……ここが〝海賊の洞窟〟です」

岩壁に、ちょうど人が立って入れるほどの大きさの岩の裂け目が、ぽっかりと口を開いていた。わたしは岩陰から顔を突き出すようにして、恐る恐るなかをのぞき込んだ。洞窟には深い闇が立ち込め、奥にどのくらい広がっているのかは見当もつかない。耳を澄ましてみたが、やはり物音ひとつ聞こえてはこなかった。

「ここに本当にドン・カルロスがいるのか？」

わたしはダーウィンに小声で尋ねた。彼の顔にも、さすがに緊張の色が見えた。

「……行きましょう」

ダーウィンはそう呟くと、提燈を前方に掲げ、決然と洞窟のなかに足を踏み入れた。わたしは仕方なく、彼の背に隠れるようにしながら後に従った。

洞窟の内部は、思いのほか広かった。空気はひんやりと乾燥している。四囲の岩壁に、わたしたちの足音が反響して、驚くほどの大きさに聞こえた。わたしはできるだけ音を立てぬよう忍び足となり、だが、そうすると自分の呼吸の音が気になってきた。息を詰めると、今度は心臓の音が気になって仕方がない。提燈の明かりで、わたしたち闖入者の影が岩壁に映じる。一歩一歩進むごとに提燈が揺れ、そのたびに二人の巨大な人影がわたしたちに襲いかかってくるように見える……。

気がつくと、顔にびっしょりと汗をかいていた。

ダーウィンが足をとめ、岩壁の一角を提燈で照らした。

鯨打ち用の銛が立て掛けてあった。

巨大な海の獣《リヴァイアサン》を屠《ほふ》るために作られた武器は、かつてこの島で本来の用途を見失い、怒りにまかせて船の長《おさ》に向かって投げつけられた……。この銛がそうなのか？　とすると——

わたしはぞっと震え上がった。

ドン・カルロスは、本当にこの洞窟に潜んでいるのだ！

わたしはきびすを返して元来た方向に逃げだそうとした。

背後からのびてきた手が、わたしの腕を強く握った。

飛び上がるようにして振り返ると、ダーウィンがわたしの腕をつかみ、提燈でさっきとは反対側の岩壁を照らしだしていた。

そこに彼がいた。

大柄な男であった。身の丈はざっと六フィート六インチ（約一九八センチ）はあるだろう。スペインの鯨捕り特有の裾の広いズボンをはき、鰊腹形《にしんばら》の胴着《チョツキ》、肩にはマントのようなものを羽織っている。真っ黒なもじゃもじゃの顎髭《あごひげ》の間には、スペイン女王の肖像を刻んだメダルが見えた。

しかし彼が、ドン・カルロス……スペインの銛打ち手……船長殺し……われわれがこの島に来て以来脅かされ続けてきた、姿なき殺人者の正体だというのか？

そんなはずはない、そんなはずはなかった！

岩壁に沿うように仰向けに横たわった彼の顔は——七つの海の潮にさらされ、赤銅色に日やけしていたはずのその顔は、すでに肉を失い、ひからびた髑髏《どくろ》となっていた。迫りくる巨大な鯨を正面から睨みつけた彼の目は、いまでは暗い洞窟となり、虚ろな視線を闇に向けている。マントの端から覗く彼の腕——鯨の肉に深く、幾度も銛を打ち込んだたくましいその腕もまた、細い白骨を残すばかりとなり、手首から先は骨さえバラバラですでに形をなしていない。石の床の上には、白々とした指の骨の断片に混じって、そこにもう一本の鯨打ち銛が転がっていた。ただズボンから突き出した巨大な足だけは、どういう具合かまるで蠟《ろう》のように白く固まり、崩れずに形が残っていた。

「死後一年……いえ、二年以上は経っているようですね」

ダーウィンの冷静な声が、洞窟の中にこだました。

「死後二年？」わたしは唖然とした。「しかし、そんなことがあるだろうか？　だったら彼はどうやって……」と、わたしはそう言いかけて、はっとなった。「それじゃあ、チャールズ、君がさっき言っていた悪霊というのは、まさか？」

炎のきらめきと、硫黄の匂い……。

「こいつの仕業なのか？」わたしは震える声で尋ねた。「このスペイン人の悪霊が、わたしたちをつけ狙っているのか？　こいつが、マシューズの首を絞め、フェギアを殴りつけ、シムズを泉で溺れさせた……。悪霊の仕業だったから、いずれの事件もあれほど不可解なことが多かった……。そうなのだな？」

「いいえ。事実は……その逆です」ダーウィンはそう言うと、死体を照らしていた提燈の明かりをふいとよそに向けた。

わたしたちは、ドン・カルロスの死体を闇に残したまま、洞窟を後にした。

「彼はやはり、事件が起こった時に、すでに死んでいたんだ……」ダーウィンがそう呟くのを聞いて、わたしは驚いて尋ねた。

「君は、知っていたのか？」

「そうではないか、と思っていただけです。……しかし、これではっきりしました。彼ではない。彼はすでに死んでいた。死者には、この島でわたしたちを襲ったような方法で、人を殺せるはずがないのです。マシューズの首を絞め、フェギアを殴りつけ、シムズを泉で溺れさせたのは、生きた人間の仕業です」

ダーウィンはそれきり口を閉ざし、難しい顔で黙りこんだ。

「それなら」と、わたしは続きを尋ねた。「君がさっき言った〝逆の事実〟とやらはいったいどういうことになるのだ？」

ダーウィンは前を向いたまま、低い声で答えた。

「殺人者は、わたしたちの中にいるということです」

第一二章　不在証明

ダーウィンは、来た時とはうって変わった、のろのろとした足取りで元来た道を帰りはじめた。

「どうやら事件をもう一度、はじめから検討しなおす必要があるようです」

ダーウィンは、横を歩くわたしには目も向けずに言った（彼は航海中も、しばしばこのような態度を示した。なんのことはない、彼は自分自身と対話していたのである）。

「これまでわたしたちはもっぱら、犯行はいかにして可能であったか？——マシューズはいかにして首を絞められたのか？　フェギアを襲った犯人はいかにして彼女に近づいたのか？——あるいは、事件はなぜ起こったのか？——三人はなぜ襲われたのか？——という点にばかり注意を払ってきました。これは当然であって、なぜならわたしたちの中に三人を襲い、ましてや殺すほどの動機を持つ者などいるはずがないと信じていたからです。これらの事件が偶発的な事故や自殺でないとすると、考えられる可能性は一つしかありません。つまり、アールさんが先日指摘されたとおり、この島に潜む唯一の他者、かつて人を殺しこの島に逃れたスペイン人の銛打ち氏こそが、わたしたちの疑問に答えることができる——彼が事件を起こした——という可能性です。実際わたしもそう思いました。……いえ、正確にはそう願っていたのです。〝彼が一連の事件を起こしたのであり、彼に会いさえすれば疑問はすべて解決されるであろう〟と……。ところがスペイン人の銛打ち氏には、完全無比な不在証明《アリバイ》があった」

「不在証明？」わたしは聞き馴れない言葉に首を捻った。

「不在証明というのは、犯行時間、犯行現場にいなかったという証明で、これを持つ人物は当然事件に関して無罪が推定されます。ところで、われわれの唯一の被疑者であったスペイン人の銛打ち氏は、わたしたちがこの島に来た時にはすでに死んでいた。事件発生時に生きていない——この世にいなかった——これ以上の不在証明はちょっと考えられません。わたしたちは彼の無罪を推定せざるをえない。となると、わたしたちは外にではなく、内にこそ原因を求めなければならない。過去にではなく、現在に。つまり……」

ダーウィンは言葉の途中でふっつりと口を閉ざし、見ればその顔が苦しそうに歪んでいる。

「殺人者はわたしたちの中にいる、ということなのだね」

「ええ……残念ながら」ダーウィンは詰めた息を吐き出すように言った。

「しかし、事件をもう一度、はじめから検討しなおすというのは、実際にはどうするつもりなのだ？」

「検討の方法を変えなければなりません」ダーウィンは何かをふっ切るように、一つ大きく首を振って言った。

「誰に可能であったのか？　全員の不在証明を調べるのです」

「そんなことは不可能だ」わたしは驚いて足を止めた。

「容疑者は限られています」ダーウィンもまた足を止め、わたしの顔を真っすぐに見た。

「ビーグル号からこの島に上陸したのは、全部で十一名。犯人はこの中にいるはずです」

「十一人？　それじゃあ容疑者の中には、このわたしも、いや、君自身も含まれているのか？」

「調査に例外は許されません」ダーウィンはきっぱりと言った。「とはいえアールさん、あなたとわたしは、いずれの事件が起こった時間にも、まったく偶然ながらいつも一緒にいました。宣教師のマシューズが死んだ時は同じテントの中で休んでおり、一方フェギアやシムズが襲われたと思われる時間にはウチワサボテンの下で話し込んでいた。わたしたちが共謀して事件を起こしたのではない限り――そうでないことをわたしたちは知っているので――わたしたちは、お互いに不在証明を証言することができる。わたしたち二人は一応容疑者から除外するとしましょう」

　わたしはほっと息をついた。

「次にこの島に上陸した翌朝に、死体となって発見された宣教師のマシューズはどうでしょう？」ダーウィンは言った。「彼は、なるほど彼自身の事件については不在証明がありません。が、残る二件については、完全な不在証明がある。なぜなら彼もまた、銛打ち氏同様、事件発生当時にはすでにこの世にはいなかったのですからね。……マシューズも容疑者から外して良いでしょう」

「そういうことなら、被害者であるフェギアとシムズも容疑者リストから外して良いんじゃないかな？」わたしは、疑いの晴れたことに勢いを得て、ダーウィンの捜査に自ら加わった。「君は確か『彼らが襲われた時間はほぼ同じ頃と思われる』と言ったはずだ。フェギアが倒れていた海岸とシムズを発見した泉の間には、相当距離がある。二つの場所に同時に存在するのは不可能だ。つまり二人には、それぞれの事件に対して不在証明があるということにはならないかな？」

「そうですね」ダーウィンは頷いた。

「十一人からこの五人を除くと、残るは六人ということになる」

　わたしはふと、傷ついたフェギアを宿営地に運び込んだ時のことを思い出した。あの場にいなかった人物がいる。

「キングだ……」わたしは信じられない思いで口を開いた。「なんてことだ。わたしたちがフェギアを連れて帰った時、宿営地にはシムズとキングの姿が見えなかった。……そう、思い出したよ。君がフェギアの手当てをしている時、残る全員がテントに集まっていたんだ。死んだシムズを除けば、不在証明がないのはキングだけだ」

「いいえ、アールさん。まだ決めつけるのは危険です。わたしたちがフェギアを連れ帰った時、すでに宿営地にいたからといって、それだけでは完全な不在証明にはなりません。犯人はフェギアを襲った後、なにくわぬ顔で、わたしたちより先に戻っていたのかもしれない。わたしたちは事件発生と同時にフェギアを見つけたわけではないのです」

「ふむ」とわたしは首を傾げた。なるほど、あの時わたしは、フェギアを背負ったダーウィンにさえ追いつかれてしまった。誰かが先に宿営地に帰り着く時間は充分にあったはずだ。

「それに凶器となった投げ球《ボラス》のこともあります」ダーウィンが言った。「フェギアは、襲われる直前『すぐ背後に人の気配を感じた』と言っています。ところがボラス投げの名手のキング氏なら、そんなに近づく必要は全然ないのです」

「すると君は、犯行にボラスが使われたのは誰かが罪をキングになすりつけようとしたためだと言うのか？」

「それはまだなんとも言えませんが……」

「しかしだよ、チャールズ」わたしは納得できずに口を開いた。「君はフェギアとシムズはほぼ同じ頃に襲われたと言った。犯人は海岸でフェギアをボラスで殴りつけ、その後、あるいはその前に、高台にある泉に行ってシムズを溺れさせた。二つの現場は相当離れている。もしキングが犯人でないなら、その誰かは大急ぎで島中を駆け回ったことになる。フェギアが手当てを受けるのを待っていた間、あの場に居合わせた者の中の誰かが〝たったいま島中を走り回ってきた〟とはとても見えなかった」

ダーウィンは肩をすくめただけであった。

「それに、だ」わたしはまた口を開いた。「不在証明というなら、最初のマシューズの事件の時は、あの晩見張りに立っていたヨークミンスターが『彼が死んだ時間には誰も近づかなかった』とはっきり証言しているんだ。そもそも、わたしたちは全員が不在証明を持っていることになる。それとも君は、ヨークミンスターが、あの嫉妬深いフエゴ・インディアンの青年がやったと疑っているのか？　なるほどマシューズが死んだ時、見張りに立っていた彼にだけは不在証明がない。しかし、だからといって……」

「わたしはまだ誰も疑ってなどいませんよ」ダーウィンは首を振った。「それに、ヨークミンスターには、後の二つの事件に際して、はっきりした不在証明があります。フェギアが襲われたあの晩、彼は食事当番に当たっていた。それでも普段ならシムズが取り仕切るはずなのですが、肝心のシムズが帰ってこないので、ヨークミンスターはずっと食事の準備にかかりきりだったのです。このことはビリーが証言しています。なんでも彼は、その間中シムズが帰って来るのを待つよう、ヨークミンスターにしつこくまとわりついていたそうです。つまり彼ら二人は、はからずも、第二、第三の事件の際のたがいの不在証明を証言することが可能なのです」

「すると妙な話になる」わたしは首を傾げた。「第一の事件の時は、ヨークミンスターを除く、わたしたち全員に不在証明がある。ところが、第二、第三の事件では、そのヨークミンスターに特に不在証明がある。結局、振り出しに戻っただけじゃないか」

ダーウィンは少し考えていたが、口を開いて妙なことを言った。

「アールさんは〝神の存在証明〟というものをご存じですか？」

わたしが答えずにいると、ダーウィンは眉をひそめ、なにごとか思案する様子で先を続けた。

「〝神は完全な存在である。ゆえに、すべての肯定的な属性を備えている。存在は肯定的な属性である。ゆえに、存在という属性は、当然神に含まれる。従って、神は存在する〟。Q.E.D.」

「Q.E.D?」

「えっ?……ああ。〝クオド・エラト・デモンストランダム〟。ラテン語で〝証明終わり〟の意味です」

「そのことじゃない。神の存在証明が、今回の事件といったいなんの関係があるのかと聞いているのだ」

「アールさんは、いまの証明をどう思われますか?」

「どうって……」わたしは唖然としてダーウィンを眺めた。彼は、呆れたことに、真剣にわたしの返事を待っている様子であった。

「良くできた証明だと思うよ。見事な三段論法だ」わたしは諦めて言った。

「そう。事実この有名な神の存在証明は、長い間真理として通用してきました。誰もが、これこそが神が存在する紛れなき証拠だと信じてきたのです。ところが、今世紀になって、あるドイツの哲学者がこの証明に異議を申し立てました。彼は〝神は完全な存在である〟という第一命題は、実際には論理判断にすぎず、実在判断ではない、と指摘したのです。つまり……」

「つまり君はなにを言いたいのだ」

「つまりですね」とダーウィンは我に返った様子で言った。「一見して誤謬《ごびゅう》なく思われるどんな言葉も、広く批判にさらされることによって、乗り越えられる可能性がある。言葉は、つねに反駁《はんばく》可能だということです。人間の言葉が完全であることはありえない。今回の場合も、一見わたしたちの全員が完全な不在証明をもっているように思われる。にもかかわらず、殺人者はやはりわたしたちの中にいるはずなのです。……なにかが間違っています。まだわたしたちが見落としている要素が、まだなにかあるはずです」

ダーウィンはそう言うと、眉根に深くしわを寄せて考えこんだ。

わたしにはダーウィンの思考がいったいどこに向かっているのか、さっぱり分からなかった。彼の態度はまるで、発見された一本の古い骨から絶滅したある動物の外見ばかりではなく、その習性までも復元しようとしている者のそれであった。わたしには無論そんなことができるとは思えなかった。

ダーウィンがいつまでも考え込んでいるので、わたしは心配になって彼を促した。

「チャールズ、考えるのは明日にすれば良い。今日はこれで戻ろう」

わたしは彼の腕をとって先を歩き、ダーウィンはまだぼんやりとした様子でわたしの後に従った。

途中一カ所、崖が海に向かって突き出すように立ちはだかっている場所で、わたしたちは、来た時と同様、いったん海岸線にまで下がって崖を迂回せねばならなかった。といって、人のための道があるわけではなく、熔岩がそのまま固まった険しい岩の上に一歩一歩足を置いて進むだけである。

「ほらチャールズ、足元に気をつけて」

そう言うそばから、ダーウィンはさっそく足を踏み外し、わたしは危うく彼の腕をつかまえた。

「しっかりしないか。もう少しで海に転がり落ちるところだ」

「ああ……すみません。ええっと……アールさん」

ダーウィンは相変わらずぼんやりとした、焦点があわない眼でわたしを見た。もしそのまま海に転がり落ちていたとしたら、最初に出会った魚に向かって同じことを、同じ口調で言ったに違いない。

わたしは小さく首を振り、先に立って岩段をさらに一つ二つ下りたところで、背後から呼び止められた。

「ちょっと待ってください」

「なんだいチャールズ、足でも挫《くじ》いたのかい？」わたしは振り返って、ダーウィンを見あげるようにして尋ねた。

「いいえ、足は大丈夫です。そうではなく……思いついたのですが……」

その時、なにか生温かいものがわたしの足に触れた。と、たちまちそれは踝《くるぶし》の上にまで達した。

わたしは思わずぎゃっと悲鳴をあげ、慌ててダーウィンが立っている場所とは反対側の岩段を駆けあがった。

振り返り、それまで自分が立っていた場所に目を凝らすと、闇の中になにかゆらゆらと白く漂うものが見える。

「波の泡ですよ」ダーウィンがなんでもないように言った。

「波？　泡だって？　しかしこんなところまで水が上がってくるなんて……」

わたしはダーウィンと岩場とを交互に眺め、来た時にくらべて、あきらかに海面が近く見えることに気がついた。

潮が満ちはじめているのだ。

どうやらわたしは、本当に、岩場に打ち寄せた波でしたたか足を濡らしたものらしい。

わたしは不意に、来る時にダーウィンから返事を聞きそびれた質問（「なぜこんな夜中に出掛けるのか？」）の答え（「一番潮の干くのがこの時間だったもので……」）の意味に思い当たった。なるほど、足を濡らさずに〝海賊の洞窟〟にたどり着くためには干潮を待つ必要がある。それでダーウィンはわざわざこんな遅い時間を選んだのか……？

ダーウィンは波がひいた瞬間を見計らって、足を濡らすことなく巧みに岩場をわたり、わたしのそばにやってきた。彼は、わたしが足から塩辛い水をしたたらせているのを見て、呆れたように言った。

「おやアールさん、足元には気をつけてくださいよ。もう少しで海に転がり落ちるところだ」

「ああ……これからはせいぜい気をつけるとするよ」

それから、わたしが岩に腰をおろし、靴を脱ぎ（たっぷりと水が溜まっていた）、ズボンの裾を絞っている間、ダーウィンはかたわらに立って興味深げに逐一様子を眺めていた。

「なにか質問があったんじゃないのかな？」わたしは手に持った靴を逆さに振りながら、ダーウィンを振り返らずに尋ねた。

「質問、ですか？」

「君が妙な所で、妙なふうに呼びとめたから、お陰でこうしているんだがね」

「そうでした」ダーウィンはひとつ手を打って言った。「さっきわたしは、歩きながら〝事件のすべての面を一から検証しなおそう〟といろいろ考えていて、ふとあることを思い出したのです。というのも、シムズの死体を泉で発見した後、皆で事件のことを話しあった時のことですが、あの時アールさんは、『われらが料理人シムズは泉に水を飲みに行ったのだ』

と断言されました」

「そんなことを言ったかね」

「ええ、はっきりと。そこで不思議なのですが、アールさんはご自分で見ていないことを、なぜあれほど自信をもって言えたのです？」

「なぜって……」わたしは靴を振る手をとめ、ダーウィンを振り返って眉をひそめた。「ビリーにそう聞いたんだよ」

「ビリーが？　彼が本当にそう言ったのですか」ダーウィンは身を乗り出すように尋ねた。

「もちろん、本当だとも」わたしはいささか憮然として答えた。「もっとも、ふむ、正確にはビリーは『昼間、神父さんのために墓掘りをした時……シムズは水を飲みに行くと言っていて、その後ふらふらと姿を消した』とかなんとか、そんな言い方をしたはずだがね」

ダーウィンがそのまま黙っているので、わたしは心配になって尋ねた。

「わたしがなにか妙なことを言ったかね？」

「妙、というわけではありませんが」ダーウィンは首を傾げて言った。「もしかすると、この件でビリーは勘違いをしているのではないでしょうか？　もしそうなら、ビリーから聞いたアールさんも、さらにそのアールさんから聞いたわたしたち全員が、勘違いをしていることになります」

「勘違い？　なんの話だい」

「アールさんは覚えていらっしゃいませんか？　シムズは墓穴を掘る作業の間中、ずっと福音書の一節を唱え続けていました」

「ああ、それなら覚えている。〝どうかラザロを遣《つかは》して、その指先に水を浸し、わが舌を冷やし給へ〟というやつだろう？　特に〝わが舌を〟という部分を繰り返していた」

ダーウィンは頷いて言った。「シムズはあの一節がお気に入りで、船の上でも、なにかというとあればかり繰り返していました。とすると、彼はかならずしも水を欲していたのではないかもしれない。ところが、さして信心深い方ではないビリーは、あの聖書の言葉を、額面どおりに〝シムズは水を飲みたがっている〟と受け取ったとは考えられないでしょうか？」

「可能性はなくはないな」わたしは渋々同意した。

「しかし、それじゃあシムズはなんのために泉に行ったんだ？　いや、そもそも、そのことがなにか事件と関係あるのかい？」

「まだ分かりません」ダーウィンは首を振った。「ですが、いまはすべての疑問を問いなおす必要があります。たとえ、それがどんな些細な疑問だとしても。……ビリーの発言で、他になにか気になることはありませんでしたか？」

そう改めて尋ねられて、頭に浮かんだことがあった。皆でシムズを捜していた時のことだ。

わたしと組んで島を回っていたビリーは、一人ずつ手分けして島を捜すことを自分から提案した……。

「あの時わたしは〝普段はひどく小心者のビリーが、恐るべきスペイン人の銛打ち氏に対してずいぶんと大胆な発言をするものだ〟と不思議に思った。そういえば、ふむ、さっき見張りに立っていたビリーにわたしたちの外出の目的を告げた時も、彼は笑って『スペイン人にせいぜいよろしくお伝えください』と言ったな。多分どうということはないのだろう。わたしが気になると言って、せいぜいそのくらいのものだよ。……おやチャールズ？　チャールズ、聞いているのか？」

わたしは目の前のダーウィンの顔をのぞき込んだ。彼はぽかんと口を開け、放心したように、眼を虚ろに泳がせていた。腕をつかんで揺さぶると、ようやく眼の焦点があった。

「すみません。少し考え事をしていたもので」ダーウィンは青白い顔で詫びを言った。「……ええ、ちゃんと聞いていましたよ。それでビリーについては、いや、彼に限らず誰についてでも良いです、他になにか気がついたことはありませんか？」

「他にはこれといってないな」わたしは少し考えて言った。「ところで、わたしからも、君に聞きたいことがある」

「わたしに？　なんでしょう」

「シムズは、どうやって〝カメの泉〟を見つけたんだい？」

ダーウィンが妙な顔をしているので、わたしは言葉を補足した。「シムズが死んでいたあの泉は、島の高台の、なかなか見つけづらい場所にあった。わたしがシムズであれば、あの泉はとうてい見つけることができなかったと思うのだがね」

「ああ、そのことですか」ダーウィンの顔がぱっと明るくなった。「シムズにとって――もちろんアールさん、あなたでも――あの泉を見つけることはむしろ容易だったはずです。なぜならこの島の泉は、人間が来るずっと前にまずカメたちによって発見されたのであって、彼らは長年にわたりあの泉を利用してきました。だから……」

ダーウィンの言葉が、そこでまたぷつりと途切れた。

彼はなにかにぎょっとした様子で目を大きく見開き、わたしをじろじろと眺め回した。

「どうかしたのか？」

わたしが尋ねても、返事はなかった。

「しかし……まさか、そんなことが……？」

ダーウィンはなにごとかぶつぶつと低く呟いていたが、突然きびすを返し、呆気に取られているわたしを一人その場に残して、夜の闇のなかに見えなくなってしまった。

第一三章　ビーグル、ビーグル！

翌朝、わたしは普段より遅く目覚めた。

前夜、闇の中に置き去りにされたわたしは、しばらくその場でダーウィンを待っていたものの、一人でいると、さっき目にしたスペイン人の大男のおぞましい死体の幻がしきりに瞼《まぶた》の裏にちらつき、ことに白蠟化した巨大な足が恐ろしく思えてきた。やがて、霧がまた深く漂いはじめると、わたしは恐怖に耐えきれなくなって、結局一人で提燈《ランタン》を高く掲げ、震えながら、最後はほとんど這うようにして宿営地にたどり着いた。

夜番に立っていたビリーは、わたしが一人で戻ってきたことに（あるいは、わたしの青白く引きつった顔に）ひどく驚いた様子であった。わたしは彼に簡単に事情を告げ、ダーウィンが帰ってくるのをそのまま待つよう指示して、無人のテントに引きあげた。寝袋にもぐりこむと、独特の包み込まれる安堵感を覚えるまもなく、引きこまれるように眠りに落ちてしまった。

目が覚めると、一番にテントの中を見回した。ダーウィンの姿はやはり見えなかった。わたしは寝袋から抜け出し、そのままテントの外に出た。

頭の上にはまた、相変わらず抜けるような、眩しいばかりの青空が広がっていた。輝く太陽はすでに東の空高くのぼり、陽光は肌に痛いほどである。空気は乾燥していて、いつもながら昨夜の霧、それにわたしをあれほど脅かした恐怖が、まるで嘘のように思われた。

見渡す限り、起きて動いている人間は誰もいなかった。

わたしは隣のテントをのぞいて、そこに丸太のように眠りこんでいるビリーを見つけた。手をかけて揺さぶると、呻くような声をあげた。さらに平手で軽く頰をはたいて、彼はようやく目を覚ました。

「なんです、こんな時間に？」ビリーは眠い眼をこすりながら言った。

「昨夜チャールズは帰ってきたのか？」

「ダーウィンさんなら、ええ、明け方近くに帰ってきましたよ。なんだか考え込んでいるふうで、あたしが声をかけても答えてもくれませんでした。……といって、あの人に限っちゃ、珍しいことじゃありませんがね。ほら、ダーウィンさんには、右目と左目が別々の方向を見ているようなことが時々あるでしょう？　またあれですよ」

ビリーはそう言うと、背中を向けて眠ろうとする。その肩を、わたしは無理やり引き戻した。

「それで、チャールズはいまどこにいるんだ？」

「へっ？」ビリーは呆れたような声をあげた。「ダーウィンさんがどこにいる？　なんであたしがそんなことを知っているんです？　あの人は、アールさんと同じテントでお休みになっているんじゃないんですか？」

「いないんだ」

「じゃあ、出掛けたんでしょう」ビリーは肩をすくめた。わたしは別の質問を試みた。

「他の連中はどこにいるんだ？」

「ねえ、アールさん」彼は心底うんざりした声で言った。「夜番の後、すぐに起こされて、質問攻めなんて、こんなひどい話はありませんぜ。これじゃ、あたしの故郷の村にいた方がまだましでさ。第一、あたしが皆の番をしているわけじゃない。誰がどこにいるか？　そんなこと、なんであたしが知るものですか」ビリーは不機嫌そうに言い、今度こそそっぽを向いて丸くなってしまった。

わたしはそれ以上の質問を諦めた。テントを出ようとしたところで、背後からビリーのくぐもった声が聞こえた。

「……ジェイミー坊やなら……例の〝カメの泉〟に行くと言ってましたよ」

わたしは振り返り礼を言ったが、返ってきたのは大きないびきだけであった。

わたしは少し考えた後、やはり〝カメの泉〟に行ってみることにした。

このままわたしが一人で宿営地に留まっていたところで、事態はなにも変わりそうにない。泉に行けばダーウィンに会えるかもしれないし、それでなくとも彼を〝先生〟と呼び、いつもついて回っているジェイミー坊やなら、〝われらが知りたがり屋〟がいま、いったいなにを考えているのか少しは知っているかもしれなかった。

強い日差しの中、苦労して島の高台の泉にまでのぼっていくと、ビリーが教えてくれたとおり、泉のそばにジェイミー坊やの姿が見えた。

ジェイミーは泉のすぐそばにある涼しそうな木陰に座っていた。わたしは彼に一声かけて、いそいそと同じ木陰にもぐりこんだ。顔に浮かんだ汗を拭い、一息ついたわたしはふと、少年がひどく場違いなものを手にしていることに気がついた。

「ジェイミー、なにを持っているのだ？」

「これですか？　乗馬用の鞭ですよ、もちろん」彼はダーウィンをまねて言った。

「そんなことは見れば分かるさ」わたしは眉をひそめた。「わたしは君に、この場所で、なぜそんなものが必要なのかと尋ねているのだ」

「僕は今日の食事係なのです」

「食事係？」

「ええ」と褐色の肌をした少年は、生まじめな顔で頷いた。

「この島じゃ、食事係になると乗馬鞭が必要なのかい？」

「そういうわけでもありませんが……」と言いかけたジェイミーは、急に唇に指をあて、目顔でわたしに静かにするよう命じた。

すぐ目の前の岩に灰色の羽毛の小鳥がとまっていた。小鳥は、わたしたちを警戒する様子もなく、頭をさげ、水を飲みはじめた。ジェイミーは頃合いを見計らって、小鳥に向かって軽く鞭を振った。ぴしり、と音がして、それきり小鳥は岩の上で動かなくなった。フエゴの少年は手を伸ばして獲物を拾いあげ、そばに置いた袋のなかに入れた。袋には、すでに数羽の小鳥が入っているようだ。

「なるほど」わたしは納得した。「すると、夕食は鳥肉の炒め焼き《ソテー》かい？　それとも串焼き《バーベキュー》かな。いずれにせよビリーやヨークミンスターの作る料理よりは期待がもてそうだ」

「そうだと良いのですが」ジェイミーはつまらなそうに呟き、そこへまた一羽の小鳥が飛んできて、たちまちわたしたちの夕食の列に連なることになった。

「ねえアールさん、これは一体どういうことなのでしょう？」

「どうって、なにがどうなんだい？」

「この小鳥たちですよ。僕がここで鞭をもって待っているんですよ。この場所に来れば、打ち殺されるのが分かりそうなものじゃないですか？　それなのに、小鳥たちは性懲《しょうこ》りもなく死に向かって飛んで来る。なんだか嫌になりませんか？」

ジェイミーは物憂げにそう言いながら、またしても目の前の岩にとまった一羽の小鳥を鞭で打ち落とした。

わたしは、ジェイミーには見えない側の顔で苦笑した。ダーウィンに関わると、こんな野蛮人の少年までが、いっぱしの哲学者風の――わけのわからない――口をきくようになる……。

「わたしには、小鳥たちは死に向かってではなく、泉に向かって飛んできているように見えるがね」わたしは、本来の目的を思い出して尋ねた。「ところでジェイミー、どこかでチャールズを見なかったかね」

「先生？　先生なら、ほら、さっきからあそこに」

ジェイミーは乗馬鞭をひょいとあげ、眼下に見える島の一角をさし示した。フエゴ・インディアンの少年ほど眼のよくないわたしは、眩しい陽光に目を細めつつ、ジェイミーの指した方向を見晴《みは》るかして、島の中央付近の草地にようやく小さくダーウィンの姿を見つけた。

ダーウィンは草地に点々と散らばる茶色の大きな岩に順番に取りつき、時によじ登っては、岩の表面を熱心に観察しているようであった。

「チャールズは、なにをやっているのだろう？」わたしは唖然として呟いた。「あんな岩に、なにか調べる価値があるのだろうか？」

ジェイミーがくすりと笑った。「あそこに見えるのは岩じゃありません。みんな、この島のゾウガメですよ」

「ゾウガメねえ……」わたしは、ジェイミーを振り返って尋ねた。「で、チャールズはゾウガメの背中に登って、いったいなにを調べているんだい？」

結局わたしは、夕食の準備を続けるジェイミー坊やを泉のそばに残して、一人でダーウィンのいる草地におりて行った。〝ダーウィンはなにをしているのか？〟とのわたしの質問に、インディアンの少年は首を傾げるだけであり、となれば直接本人に尋ねる以外に答えを得る方法を思いつかなかったのだ。

ダーウィンは、文字どおり、ゾウガメの背中によじ登り、甲羅に顔をすりつけんばかりにしながら、何事かを調べていた。わたしは彼のすぐそばに立ってしばらく待っていたが、ダーウィンはわたしが近づいたことにさえまるで気づかない様子であった。

「やあ、チャールズ」わたしは仕方なく、間のぬけた声をかけた。

ダーウィンはカメの甲羅から顔をあげ、目を瞬かせてわたしを見た。

「おや、アールさん」ダーウィンは、こちらも間のぬけた返事をかえした。

「えー、君はなにをしているんだね？」

「えー、わたしはカメの甲羅を調べているのです」

相変わらず間のぬけた会話であった。

それ以上は質問のための言葉を知らず、わたしが黙ると、ダーウィンはまた熱心にカメの甲羅を調べはじめた。彼はまたすぐに、わたしの存在をどこかに忘れてしまった様子であった。一方ゾウガメは——驚いたことに——こちらも背中のダーウィンのことはまるで気にならぬ様子で、甲羅から首を伸ばしては、のんびりと地面に生えた青草を食み、時折はダーウィンを背中に乗せたまま、のそのそと草地を移動している……。

それはまったく奇妙な眺めであった！　なにしろダーウィンときたら、移動するゾウガメの背に揺られながら、自分を乗せて移動するその甲羅を一インチ刻みに調べているのだ。

呆れて、口もきけずに立ち尽くしていたわたしは、ふとあることに思い当たった。

わたしたちがこの島に着いたあの日（なんだか、ひどく昔のことに思われた）、アメリカの鯨捕りたちが食料として捕らえた一匹のゾウガメの甲羅には、人生の真理を語るラテン語の古い諺《ことわざ》が刻まれていたのではなかったか？〝メメント・モリ〟……汝《なんじ》、汝の死を忘るるなかれ。……そしてまた、ダーウィンは昨夜、霧の中でこう語ったのではなかったか？〝この世界は、とほうもなく巨大な亀の甲羅に乗っている〟と……。

もしかするとダーウィンは、この世界の真理を指し示す〝言葉〟を、巨大なゾウガメの甲羅に求めているのではあるまいか？　彼は、ちょうどエジプトの石板に刻まれた神聖文字《ヒエログリフ》を読み解いたフランスの天才シャンポリオンのように、ゾウガメの甲羅に刻まれた不可解な象形文字の研究に取り組んでいるのか？　メトセラ（ノアの方舟以前のユダヤの族長。九百六十九歳まで生きたといわれる）のごとき長寿を誇るゾウガメの甲羅には、本当にこの島でわたしたちを襲った奇怪な事件の真相が刻まれているというのか……？　すべては既に決まっているのか？

　脳裏に奇怪な思いがぐるぐると渦を巻き、次第に目に見えるものが輪郭を失いはじめた。色や形が意味を失い、溶けて……混じり合い……気がつくと、ダーウィンと亀とが一つとなり……亀がいっせいにわたしを振り返って口をきいた……天と地……我と彼の間に区別など存在しない……すべては混沌のうちに！……。

　目を開くと、見知った顔がわたしを上からのぞき込んでいた。

「大丈夫ですか？」ダーウィンが心配そうに尋ねた。

　頭をおこし、辺りを見回すと、草地のそばに生えたウチワサボテンの木陰に寝かされていた。わたしは怪訝《けげん》な思いで、ふたたびダーウィンに視線を戻した。

「軽い日射病ですよ」ダーウィンは肩をすくめて言った。「そこの草地で倒れられたのです。なにしろこの日差しですからね」

　わたしはようやく事態を理解した。

「寝不足、それに空腹のせいだな」

「気をつけてください」ダーウィンはたしなめるような口調で言った。「このうえアールさんにまで倒れられたのでは、どうしようもありませんからね」

「そう言う君こそどうなのだ？　君は少しは眠ったのかい？　なにか食べたのか？」

「わたし？　わたしですか」ダーウィンはぽかんとした顔になった。「わたしは……さあ、どうだったかな」

　わたしは呆れて首を振るしかなかった。

「そんなことはともかく」ダーウィンは勢い込んで言った。「これをご覧ください」

　彼がポケットから取り出したものを見て、わたしは眉をしかめた。

「これはビーグル号の設計図じゃないか」

「そのようですね」

　ダーウィンは、相変わらず他人ごとのように言う。しかしビーグル号の——英国海軍所属の軍艦の設計図と言えば、艦長自らが管理する極秘資料であり、画家や博物学者ふぜいがみだりに触れて良いものではない。ダーウィンはおそらくまた、フィツロイのところから無断で借用してきたのだろう。どんな目的があるにせよ、むろん許されるべき行為ではない。こんなことで後でわたしまでもが一緒に処罰されるのは願い下げであった。

厳しい声で文句を言うと、ダーウィンはたちまち叱られた子犬のように身をすくめた。

「ええ、そうですね。おっしゃるとおりです。すみません。わたしは……この事件の謎を解くために、どうしても必要と思ったものですから……」

ダーウィンは、頬をまっ赤に染め、心底困惑し、おろおろとした様子である。これには――いつものことながら――わたしはなかば気の毒になり、なかば滑稽に思って、ついこちらから助け舟を出してしまった。

「それで、なにか分かったのかい？」

「ええ、いくつかのことは」とダーウィンは、これもいつものことながら、すぐに気を取り直した様子であった。

「この設計図を見てはじめて気がついたのですが、ビーグル号には空間《スペース》がありますす」

「スペースだって？」わたしは思わず声をあげた。「やれやれ、チャールズ。君こそ日射病にやられたんじゃないのか。われらがビーグル号が、人や物で立錐《りっすい》の余地なくごったがえしているのは、君だっていやというほど知っているはずじゃないか。あの状況を見て、いったいどうしたら余分な空間《スペース》があるなんてことが言えるんだい？」

「ああ。それならむしろ、このスペースのせいですよ」ダーウィンはしたり顔で頷いた。

「設計図で見ると分かるのですが、ビーグル号には何カ所か、船舷と船室の間に、わずかながら、使われていない空間《デッドスペース》が設けられています。なぜこんな空間が設けられたのか、理由は専門家でないわたしには理解できないのですが、設計者はあるいは船室の居住性をあげようと考えたのかもしれません」

「だとしたら、それこそ余計なお節介というやつだな」わたしは鼻を鳴らした。

「まったく、そうですね」ダーウィンはくすりと笑って言った。「ところで、艦長室の船舷側にも、この秘密の空間があるのです。ほら、ここです」ダーウィンはもう一度、設計図を取り出してわたしの鼻先に突き付けた。「ね、ごく狭いものですが、この角に空間があるのがお分かりでしょう。とすると……」

わたしは顔を上げて続きを待ったが、ダーウィンは逆にわたしの返事を待っている様子である。おかげでその場に気詰まりな沈黙が流れることになった。わたしが発言しない理由をどう勘違いしたのか、ダーウィンは顔を赤らめ、慌てた様子でふたたび設計図をポケットにしまい込み、話題を変えた。

「もう一つの発見は全然別の場所にありました。そしてこちらは、えー、ビーグル号の秘密の空間以上に、この島での奇怪な事件の真相へ近づく重大なものだと思われます」

わたしは嫌な予感がした。

「君はまさかそのなんとかを、ゾウガメの甲羅に見つけたと言うんじゃないだろうね？」

「おや、なぜお分かりになったのです？」

「なんとなくだ」わたしは諦めて言った。

それからダーウィンは、眼をきらきらと輝かせ、気味が悪いくらいに饒舌《じょうぜつ》に話しはじめたが、わたしはもうほとんど聞いてはいなかった。わたしには〝ゾウガメの甲羅に重大な発見をした〟などと言うダーウィンが、およそまともな状態にあるとは思えなかったのだ。

「証拠はカメの甲羅だけではありません」と実際彼は、たとえば次のように語った。

「アールさんは、フエゴの海が巨大な海藻《オオウキモ》によって覆われているのをその眼でご覧になったはずです。そして同時に、オオウキモのほとんどあらゆる葉の上にサンゴ類が密生し、また種々の貝類、無数の甲殻類、殻をもたない軟体動物といった多様な生き物たちが生きているヒドラに似た簡単なポリプは言うにおよばず、さらに複雑なものや、美しい複合ホヤ、またことも。海底のこみいった大きな根をふるい動かすと、貝類やタコ、各種のカニ、ウニ、ヒトデ、美しいナマコの類、プラナリア、いろいろの形をした這い回るゴカイ類などが一緒になってこぼれ落ち、周囲にはこれらの生き物を餌にするたくさんの魚たちが泳ぎ回っています……。もし、この海藻の森が滅びるようなことがあれば、オオウキモに生存を依存している大小のさまざまな生き物が死滅し、その結果フエゴの海の魚たちもまたほとんどが死滅することになるでしょう。そして、魚たちがいなくなれば、多くの鳥類、鵜《ウ》、その他の水鳥、カワウソ、アザラシ、イルカがただちに滅びるでしょうし、最後にはフエゴという、わたしたち西欧人の眼にはいささかみすぼらしく映る、あの王国の君主フエゴ・インディアンたちも、あるいはその食人の宴をますます繰り返しつつ、人口を減じ、やがてこの世から消えうせることになるのです……。しかし、この眼で見るまではそんなことが――オオウキモがフエゴ人を滅ぼすなどということが、いったいどうして信じられたでしょう！　ところが実際には、この世界ではこうしたことはじつにしばしば起こっている。この世界に存在するあらゆるものは、どんな些細なものでも、互いに、そしてすべてに関係があるのです。まったくのところ、わたしたちの生命がどれほど他の存在に親しく託されているか、考えただけで恐ろしくなるほどです……」

ダーウィンの口調は次第に熱を帯び、終わりそうもないので、わたしはたまりかねて口を挟んだ。

「もういいよ、チャールズ。分かった。分かったから、帰って少し休もう」

「いいえ、アールさん。わたしたちはまだなにも分かってはいないのです」ダーウィンは首を振って言った。「世界がこれほど深く互いに関係している一方で、わたしたちはその繫《つな》がりのいったいなにを知っているでしょう？　わたしたちは、今日の午後の天気をさえ正確には予想することができないのです。もしかするとたった一度の蝶の羽ばたきが、嵐を招くかもしれない……。そのわたしたちに自分自身の行動の結果を知ることが可能でしょうか？　そんなことは到底不可能です。ああ！　これがどれほど恐るべきことなのか、わたしはどんな言葉をもって伝えたらよいのでしょう？　誰かが、たとえばわたしが、あるいはアールさんあなたが、なにげなく発した一つの言葉が、別の誰かの次の行動に影響を与え、それがまたなにか別の変化を生み、結果として世界の在りようを変えてしまうかもしれない。いえ、もしかするとわたしたちはすでに世界を変えてしまったのかもしれないのです……」

ダーウィンは唐突に口を閉ざし、一緒に目まで閉じてしまった。

「チャールズ？」

恐る恐る声をかけると、ダーウィンはぱちりと目を開いた。

「ビリーは……彼は、もともとスペイン人の銛打ち氏など、この島に存在しないことを知っていました」

「なんだって！」わたしは驚いて声をあげた。

「ええ、そうなのです。昨夜アールさんにお聞きして、疑問に思ったわたしは、戻った時、ちょうど夜番に立っていたビリーにこのことを尋ねてみました。彼はあっさりと『スペイン人がとっくに死んでいることは知っていた』と認めました。わたしたちがこの島に着いたあの日、ゾウガメを集めながら、アメリカの鯨捕りの一人に聞いたのだそうです」

「しかしそれなら、ビリーはその事実をなぜわれわれに黙っていたんだ？」

「それがですね」ダーウィンは困ったように目を伏せた。

「どうやら、冗談だったようなのです」

「冗談？」

「アメリカ人の鯨捕りは、ビリーに耳打ちをした際、『このことは黙っていて、他の連中を怖がらせてやりゃあいい』と言ったそうです。それでビリーは黙っていた。……というところが真相みたいですね」

「なんてことだ！」わたしは憤然として立ちあがった。「ビリーの奴め。こうなったら、あのふざけた詐欺野郎を徹底的にしめあげてやる」

「彼を厳しく問いつめるというのであれば、どうかおやめください」ダーウィンはわたしの腕をとって首を振った。「そういう約束でビリーはわたしの質問に答えてくれたのです。それに彼は、いま言った以上のことはなにも知りませんよ」

ダーウィンはそう言うと、わたしを促して、宿営地に向かってゆっくりと歩きだした。

「まだ一番肝心なことが分かっていません」少ししてダーウィンが呟くように言った。

「誰が殺したのか？……それをいまから調べることにしましょう」

第一四章　ヨークミンスターの秘めたる野望

じっとなにか思案する様子で無言で歩いていたダーウィンは、宿営地の入り口付近まで来たところで足をとめ、唐突にまた妙なことを言いだした。

「ところで、アールさんはかたゆで卵とすきっ腹《ぱら》男の命題はご存じですか？」

「いや、知らないな」わたしは仕方なく、首を振って言った。「知らないことは、神の存在証明と同様だよ」

「そうですか」とダーウィンは相変わらず、どこか遠くに視線を据えたままで頷いた。「〝かたゆで卵はすきっ腹男の腹にいくつ入るか？〟というのがこの命題の設問でして……答えはもちろん〝一つ〟です」

「そうだろうね、もちろん」わたしはため息をついて言った。「ところで、どうして答えがそうなるのか、理由を尋ねていいかい」

「なぜって、卵が一つ入れば、もはや男はすきっ腹ではないからですよ、もちろん」

「なるほど」わたしは肩をすくめた。「ところで、このふざけたなぞなぞ遊びが、事件となにか関係があるのかい？」

「それはまだ分かりませんが……」と呟いたダーウィンは、どうしたことか急にわれに返った様子となって天を振り仰いだ。つられて見あげた空は、相変わらず雲一つなく晴れ渡り、銀盤を敷きつめたように眩しい光にあふれている。

「空がどうかしたのかい？」わたしはわざと冗談めかした口調で尋ねた。「それともまさか、古代ギリシアの悲劇作家よろしく、空から亀が落ちて来るのを心配しているんじゃないだろうね？」

「亀じゃありません」ダーウィンは生まじめな顔で首を振った。「この島にはゾウガメを持ち上げられるほどの大鷲は存在しませんよ。そうではなく……。いいえ、多分気のせいです。さあ、行きましょう」

ダーウィンはそう言って、先に立って歩きだした。わたしは、やはり後に続くだけである。

ダーウィンは、わき目もふらず、まっすぐに一棟のテントへと向かった。そこでは、傷ついたフエゴ・インディアンの少女――フェギアが休んでいるはずであった。

入り口で声をかけて中に入ると、フェギアは簡易寝台《ベッド》の上に横になっていた。頭に巻かれた白い包帯が、少女の褐色の肌にいかにも痛々しく見える。かたわらには、彼女の許婚であるヨークミンスターが低い椅子に腰掛けていた。

近づくと、ヨークミンスターは威嚇するような視線でわたしたちを睨みつけた。

「具合はどうだい？」ダーウィンは穏やかな声でフェギアに尋ねた。

フエゴの少女は、血の気の失せた顔にかすかな笑みを浮かべてみせた。

「それはなにより」ダーウィンはしかつめらしく頷き、ヨークミンスターを振り返って言った。「ちょっと席を外してくれないかな？　なに、少しの間だよ。用が済んだらすぐに呼ぶから、テントの外で待っていてくれないか」

ヨークミンスターは顔に赤黒く血をのぼらせ、疑い深げな視線で探るようにダーウィンの表情をうかがっていたが、渋々といった様子で立ち上がり、テントから出て行った。

「さて」とダーウィンは、改めて寝台のそばに椅子をひきよせ、少女の顔をのぞき込んだ。彼は囁くような小声で尋ねた。

「きみは犯人が誰だか知っているんだね？」

少女の表情から、落ち着いた様子がたちまち消えうせた。黒い瞳がきょろきょろと左右に揺れ、ぽってりとした赤い唇がなにか言おうとするように軽く開かれ、また閉じられた。

「やはりそうだったのか」ダーウィンはフェギアの眼をまっすぐに見て頷いた。そしてすぐに「しかし、違う。彼ではない。そのことはわたしが保証するよ」と力強い声で言った。

フェギアは一瞬戸惑う様子であった。が、結局こくりと小さく頷いた（わたしはこの時、ダーウィンが、フエゴ・インディアンの少女の信頼をかくも勝ち得ていることを知って驚き、また、正直に言えば、たいそう羨ましく思ったものだ）。

ダーウィンはまた小声で尋ねた。「きみは、彼が悪霊に取り憑《つ》かれていると思っている。だから、彼が犯人だと考えたんだね？」

フェギアはやはり無言のまま、かすかに顎をひいた。少女は唇をきつくかみしめ、激しい緊張のせいだろう、包帯の下の顔がひどくこわばって見える。

「もう一つだけ聞くよ」とダーウィンはみたび小声で尋ねた。「きみは、ヨークミンスターのことをそんなにも愛しているのだね？」

フェギアは、今度は何度もはっきりと頷いた。見ていたわたしが、傷に障《さわ》るのではないかと心配になったほどだ。同時にフェギアの眼に大粒の涙があふれ、次々にこぼれ落ちた。彼女はこらえ切れないようにシーツを頭の上にまでかきあげ、その下でしゃくりあげはじめた。

ダーウィンは椅子から立ちあがると、テントの外にいるヨークミンスターを呼んだ。

「誤解を解かなければならない」

ダーウィンは開いた両手を前に突き出しながら言った。これは――フェギアが泣いているのに気づいたヨークミンスターが文字どおり牙を剝き、髪の毛を逆立てて、躍りかかってくるのをとどめるための動作であった。

「いいかい、ヨークミンスター。フェギアを泣かせたのはわたしではない、君なのだ」

この言葉に、さしものヨークミンスターも一瞬毒気を抜かれた様子であった。

「わたしには以前から、なぜ君がそれほどまでに嫉妬深い様子を見せるのかが不思議でならなかった。なぜならわたしは、フエゴでの調査の結果、いまでは知っているのだよ、わたしたちイギリス人と君たちフエゴ・インディアンの間には、結婚という社会制度に大きな違いがあることをね」とダーウィンは次のように話しはじめた。

「調査を始めた頃、わたしには、君たちフエゴ人の間の結婚がひどく奇妙なものに思われた。というのも、わたしたちイギリス人の社会においては、血縁者でない他者、ことに異性を扶養することは、ほとんどの場合、結婚の関係を意味している。一方フエゴ人の場合は、一族の長《カンク》が多人数の異性を家族の内に養い、しかもそれが血縁に基づいた扶養関係とは一致しない場合が多く見受けられたからだ。わたしは、現地で親しくなったある族長《カンク》にそのことを尋ねてみた。彼は、しばらく不思議そうな顔をしていたが、〝ワタシハ彼女タチ全員ト結婚シテイルノダ〟と、実際に家族の中の女性たちをいちいち指で示して答えてくれた。

ところが、彼は続いて妙なことを言いだした。彼は、自分が結婚しているその女たちを、ときどき他の部族に贈るのだと、いとも気楽な様子で話しはじめたのだ。驚いたわたしは〝あなたは自分の妻がよその村に行って、それで平気なのか？〟と尋ねてみた。彼はむしろ呆れた様子で答えた。〝ナゼ平気デナイ？　代ワリニ、食べ物ヤ働キ手ガ来ル〟……。

わたしははじめ、彼の話がうまく理解できなかった。彼らの言語を理解し損なったのかと訝しんだ。わたしたちイギリス人にとっては、結婚とはまず〝神聖〟で〝永続的な〟関係を意味している。結婚という関係がかくも容易に解消され、しかもそのことが一般的に認められ、行われている社会を、わたしはそれまで見たことがなかったのだ。

わたしは、ビーグル号がかの地にとどまっている間、フエゴの人々の習慣についての調査を続け……そのうちに気がついたのだよ。わたしは本来別々のものを、一つの名前で呼んでいたことを。君たちフエゴ人のあいだで〝結婚〟を成り立たせているのは、結局のところ〝贈り物と交換の法則〟なのだということをね」

ダーウィンはそう言っていったん言葉を切り、フェギアとヨークミンスターを交互に眺めた。傍らで聞いているわたしには、彼がなにを言っているのかほとんど理解できなかった。

ところが、さっきまで怒りに眼を燃え立たせていたはずのヨークミンスターが、目と口とをぽかんと大きく開いて、ダーウィンの話に聞き入っている。

　ダーウィンは軽く頷き、先を続けた。

「そう、君たちフエゴ人の〝結婚〟は、わたしたちイギリス人が同じ言葉で思い浮かべるもの——愛情による男女の結びつき——とは、そもそも根本を異にする社会制度なのだ。そこでは男女の関係は永続的でも神聖なものでもなく、一過性の、そして交換可能な所有の一種と見なされる……。といって、わたしはなにも君たちのやり方が、野蛮だとは、あるいは未開だとは思わない。もしかすると、わたしたちイギリス人の結婚制度の方が特殊であるかもしれないのだ。いや、是非はともかく、そこでは嫉妬の意味が違ってくる。

　ヨークミンスター、もし君が依然としてフエゴ流の結婚観を保持しているのなら、わたしは君に尋ねなければならない、君は本当にフェギアを愛しているのかい？」

「愛シテ、イル……？」

　ヨークミンスターは、言葉を呆然とそのまま繰り返した。彼の様子は明らかに、自分がなにを尋ねられているのか、まるで意味が理解できない男のそれであった。

「フェギア、君はどうなのだ。これでも君は彼のことを愛しているのかい？」

　ダーウィンの問いに対し、フェギアは幾分はにかんだように、しかしきっぱりと頷いてみせた。

「やれやれ、これればかりはなんとも仕様がない」ダーウィンは諦めたように首を振った。「問題はヨークミンスターに取り憑いた悪霊をなんとかすることだが……」

「待てよ、チャールズ」とわたしはダーウィンを脇に引っ張っていき、小声で彼に尋ねた。「愛？　悪霊？　さっきから君はなにを言っているのだ？　わたしにも分かるように説明してくれたまえ」

ダーウィンは、きょとんとした顔でわたしを見た。

「えー、だから……ほら……〝かたゆで卵〟と〝すきっ腹〟の論理ですよ」

わたしは無言で肩をすくめた。

「つまりですね」とダーウィンは慌てた様子で顔を赤くして言った。「かたゆで卵が一つ入れば、もはやすきっ腹ではない――もっと言えば、〝すきっ腹〟という条件を消すためには、腹に入るのは〝かたゆで卵〟でなくても良いわけです。わたしたちは通常男女の愛による結びつきを結婚と呼んでいます。しかし男女を結びつけるものは、かならずしも愛とは限らない。フエゴ人の間での結婚は、愛を前提としてではなく、交換を目的として成り立っている……。彼らにとって家族内で扶養している異性とは、第一に交換の対象なのです」

「交換？　自分の妻をかい？」

「わたしたちが絶対普遍だと思っている感情――たとえば異性への愛情――も、実際には所属する社会に固有な価値観にすぎないのです」ダーウィンはこともなげに言った。「わたしたちはビーグル号の船上で、ヨークミンスターが許婚であるフェギアに近づく者に対して、激しく拒絶の態度をとるのをしばしば目にしました。わたしたちはそのたびに、彼がフェギアへの愛情ゆえに、彼女に近づく者に嫉妬しているのだと思った。……わたしたちは自分でも気づかないうちに自分たちの、イギリス流の結婚観をもって、ヨークミンスターの行動理由を推し量っていたのです」

「では、ヨークミンスターはいったいなにに、あんなに腹を立てていたというのだ？」

「ヤンメルシューナー」

「なんだって？」

「ほら、わたしたちがかの地を訪れた際、現地のフエゴ人たちがしつこく繰り返していたではありませんか。……ヤンメルシューナー……〝物をくれ〟……。しかし、いまにして思えば、フエゴ人たちにとってあれは本来特別な言葉だったのです。わたしたちは、それと知らず、彼らの基本的な社会制度を踏みにじってしまった。失敗したのは、フィツロイ艦長だけではない。わたしたち全員が、失敗したのです」ダーウィンはそう言って、辛《つら》そうに顔をしかめた。

「フエゴ人たちが生きていたのは本来、結婚を含め、贈り物と交換の法則が支配する社会でした。そこでは、自分の妻をよその村に贈って平然としている一方、もし適当な交換行為なしに所有物が奪われた場合は、生命のやり取りも辞さない紛争に発展します。ところが、外から彼らの社会を訪れたわたしたちは、そのことにあまりにも無知だった。わたしたちは、イギリスから持ち込んだ多くの品物を、フエゴ式の交換行為とは関係のないやり方で彼らに贈った。おかげで彼らはすっかり混乱してしまったのです。その結果、彼らの基本的な社会制度は見失われ、彼らはひたすら欲しがるようになった。宣教師のマシューズが遺した手記に書いてあったとおり、彼らはマシューズから、さらにはヨークミンスターやフェギア、ジエイミーからも、すべてを奪った。しかし、彼らをそう仕向けたのは、じつはわたしたちだったのです。彼らは交換なしに贈り物を手に入れる方法を覚えた。それが、ヤンメルシューナーでした」

「ヤンメルシューナーは分かったが」わたしは口を挟んだ。「わたしの質問の答えにはなっていない」

「ですから交換の不在、それが問題なのです」ダーウィンはもどかしげに言った。「ヨークミンスターは、フェギアに近づく者を懸命に追い払った。彼は、わたしたちイギリス人が彼らの交換行為にあまりにも無知であるために、自分のものであるフェギアが交換なしに奪われることを恐れていたのです。……ヨークミンスターはキング氏と交換を望んでいた。彼は、フエギアと金貨を交換する妄想に取り憑かれていた――金貨があればすべてを交換できる――。その考えこそが、ビーグル号でヨークミンスターに取り憑いた悪霊でした」

「するとヨークミンスターは、キング士官候補が大量の金貨を船に持ち込んだ事実を知っていたというのか？」

「秘密にしたことが、かえってよくなかったようですね」ダーウィンは肩をすくめて言った。「どこからどう漏れたかは分かりませんが、亡くなったマシューズさえ知っていたとなると、いまではおそらく船の全員が知っているんじゃないでしょうか」

「わたしは知らなかった」

「ですから、アールさんを除いた全員が、です」

「ふん」とわたしは憮然として鼻を鳴らした。「しかしまだ分からないな。なぜヨークミンスターが金貨に取り憑かれなくちゃならない？　フエゴで暮らす彼に、なんだって金貨が必要なんだ？」

「それはですね……」

「奴ラガ全テ奪ッタカラダ！」

斧《おの》を木に打ち込むような声によって、わたしたちの会話はそこで中断された。

振り返ると、ヨークミンスターがぎらぎらとよく光る黒い眼でわたしを見ていた。わたしたちがテントの隅で交わす内緒話は、はじめから彼に筒抜けであったらしい。

ヨークミンスターは分厚い唇の端をめくりあげ、わたしたちに向かって叩きつけるように言葉を継いだ。

「オレ、びーぐる号デいぎりすニ連レテ行カレタ。いぎりすハ、何処《どこ》デモ物アッタ。沢山《たくさん》、沢山ノ物アッタ。オレ、いぎりすカラ物、沢山、沢山持ッテ帰ッタ。ふえごニ、オレノ小屋、建ッタ。小屋ノ中、沢山、物デ一杯ダッタ。……ソレナノニ、ふえごノ連中、ミンナデ、オレノ物、勝手ニ持ッテ行ッタ。交換、少シモナカッタ。オレニ残ッタノハ、ふぇぎあダケ……。ダカラ、オレ、モウイチド船ニ乗ッタ。オレ、聞イタ。きんぐサン、沢山金貨持ッテイルト。……オレ、きんぐサント交換スル。ふぇぎあト金貨、交換スル。沢山金貨アレバ、沢山物ト交換デキル。オレ、マタ沢山物持ツ。沢山、沢山、物持ツ……」

「交換？　フェギアと金貨を交換するだって？」わたしは呆れて言った。「馬鹿な！　ヨークミンスター、君は自分がなにを言っているか分かっているのか？」

「オレ、馬鹿デナイヨ！」ヨークミンスターは飛び上がるようにして言った。「沢山ノ物持ツ。ふえごデ一番物持ツ。馬鹿デナイネ！」

「いや、馬鹿だ。君はフエゴで一番の馬鹿者だとも！」わたしは怒りにかられて言った。

「たくさんの物？　フェギアと交換？　そのためにもう一度船に乗っただって？　君は、自分を愛してくれる者を失うことがどれほど大きなことなのか、少しでも考えたことがあるのか？　第一、ヨークミンスター、君がフエゴで生きていくために、元々あそこにある以外のいったいなにが必要なんだ？　君は、ビーグル号でイギリスに行くまで、あそこにあるもので生きてきたんじゃないか。イギリスから持ち込んだ品物がすべて奪われたとして、それがなんだというのだ」

「あーるサン、少シモ分カッテナイ」ヨークミンスターは眼を怒らせて言った。「昔、ふえごニ物、沢山アッタ。食べ物ニ満チテ、豊カダッタ。デモ、オレ、いぎりすカラ帰ルト、全然変ワッテイタ。ふえごハ、ミスボラシイ、ミジメナ場所ニナッテイタ。ふえごニオレノ物ナイ。何モナイ」

わたしはヨークミンスターと正面から睨み合い、眼をそらさぬまま彼に尋ねた。「それで、キングは？　君がその馬鹿げた話を持ちこんだ時、彼はなんと言ったんだ？」

質問には、フェギアが答えた。「きんぐサンハ、笑ッテ取リ合イマセンデシタ」

「そうか」わたしはフェギアを振り返り、ひとまずほっと息をついた。「しかしフェギア、きみは？　きみはヨークミンスターの目論《もくろ》みを知っていて、なぜ彼をとめなかったんだ」

「ワタシニ、何ガデキルデショウ？」フェギアは寝台に横たわったまま、首を横に振った。

「ワタシハ、コノ人ノ望ムコトヲスルダケデス。ワタシハ、コノ人ヲ愛シテイルノデス……。

ダカラ、きんぐサンノめもヲ見ツケタ時モ、ワタシハスグコノ人ニ相談シマシタ。ソシテ、コノ人ニ言ワレルママ、アノ場所ニ出カケテ行ッタノデス」

わたしはフェギアがなにを言い出したのか、すぐに思い当たった。彼女はこの島で襲われた時、手にしっかりと一枚のメモを握り締めていた。

愛しい人よ、今宵あなたをお待ちしております
日暮れ時、私があなたに初めて話しかけた、あの場所で

するとフェギアは、やはりキングに呼び出されて、あの岩場へと行ったのだ。

「そう言えば、この島に着いてすぐ、キングがきみに話しかけていたのが、ちょうどあの海岸だったな……」

「ワタシモ、ソウ考エマシタ。ソレデ、アノ場所デ待ッテイタノデス。トコロガ……」フェギアはそう言って、急に痛みをこらえるように顔をしかめた。

「きみは突然、背後から頭を殴られて気を失った」ダーウィンが少女の言葉の後を受けた。

「意識をとりもどした後で、君は自分を襲った凶器が投げ球《ボラス》だということを聞かされた。その時、きみはすぐに気がついた。自分を襲ったのはキング氏ではない、と。なぜなら、きみ

は殴られる直前、すぐ背後に何者かの気配を感じたと言っていた。もしキング氏がボラスを使ったのなら、彼はそんなそばにまで近づく必要はない。きみは考えた、これはキング氏の仕業に見せかけようとした何者かの犯行なのだ、と」

フェギアは黙って頷いた。ダーウィンは先を続けた。

「ところで、あの時、きみがあの場所にいることを正確に知っていたのは、メモの送り主のキング氏と、君が相談したヨークミンスターしかいない。となればあとは、二引く一は一、簡単な算術だ。きみは自分の許婚であるヨークミンスターを疑わざるをえなくなった。それに、彼には動機があった。彼に取り憑いた悪霊、つまりキング氏所有の金貨への妄執が、ヨークミンスターを野蛮な行動に駆り立てたのではないか？　もしかすると悪霊は、彼の耳元でこう囁いたのかもしれない、〝フェギアが殺されれば――そして犯人がキング氏だと目されれば――交換に金貨を手に入れることができる〟と……」

フェギアはふたたびシーツを頭のうえにまで引きあげた。

「しかし、それは違う。彼ではない」ダーウィンは言った。「きみが襲われた時、ヨークミンスターは、姿を消した料理人のシムズに代わって夕飯の準備に忙殺されていた。このことは、第三者のビリーの証言によって裏打ちされた、動かしがたい事実なのだ」

「ソレジャア……？」シーツの下から顔を出したフェギアは、ダーウィンとヨークミンスターを等分に眺めた。

「そうとも。きみはもうなにも心配しなくて良いのだよ」

ダーウィンの言葉に、フェギアの眼からはまた大粒の涙がこぼれ落ちた。今度の涙は、少女が長い疑惑のあとでようやく流すことのできた、安堵の雫《しずく》であった。

ダーウィンの調査とやらは、これで一応済んだらしく、わたしたちは一組のフエゴ・インディアンのカップルを中に残して、テントを出ることにした。

外に出る直前になって、ダーウィンはふと思い出したように、二人を振り返って尋ねた。

「ところでフェギア、きみはどう思った？　イギリスから戻って改めて眺めた故郷《フエゴ》は、きみにとってもやはりみすぼらしい、みじめな場所だったかね？」

「イイエ、先生」フェギアは一瞬不思議そうに首を傾げ、すぐにきっぱりと言った。「ふえごハ――ワタシタチノ故郷ハ、相変ワラズ素晴ラシク、豊カナ場所デシタワ」

その答えを聞いて、わたしは今度こそ、なにごとかをはっきりと理解することができた。

二人のフエゴ・インディアンはイギリスに行き、そこで、それまで彼らの社会には存在しなかった、別々のものを身につけてきたのだ。一人は物への執着、もう一人は異性への神聖で、永続的な愛を。二人の眼に、世界はまるで違ったものに見えているのだ……。

「ワタシハ、ふえごニ帰リタイ……」フェギアが呟くように言った。

「約束するよ」ダーウィンがにこりと笑って言った。「次の停泊地のタヒチか、その次のニュージーランドから、フエゴに向かう船を見つけてあげる。君たち二人が無事に故郷に帰ることができるよう、手配する」

その瞬間、フェギアの顔がぱっと明るくなった。彼女の頬に、はじめて笑みが浮かんだ。それは、じつにすてきな笑顔であった。

ダーウィンとわたしは、二人を残してテントを後にした。

最後に振り返った時、ヨークミンスターはまるで自分が頭を殴りつけられた者のように呆然と立ちつくし、一方フェギアは、幼子《おさなご》をなだめる母親のように、彼の手をそっと撫でてやっていた……。

第一五章　キング氏の秘密

ダーウィンが次に足をとめたのは、資材用のテントの前であった。中を覗くと、キング士官候補が入り口に端整な横顔を向けて座っていた。彼は、フィツロイへの反逆の罪で命じられた拘束が解けた後も、自ら資材用のテントに閉じこもっていたのだ。

資材の一角に腰をおろしたキングは、手に本をひろげて持ち、あまりに熱心に読んでいるので、わたしたちが入ってきたことさえすぐには気づかなかった。

「読書中にすみません」ダーウィンが声をかけた。

キングははっとしたように顔をあげ、わたしたちの姿を認めると、慌てて本を閉じた。

「途中でしたら、切りのよい箇所までどうぞ」

「なに、別に読んでいたわけじゃないんだ。あんまり暇だったものでね」

キングはにやりと笑い、読んでいた書物を無造作に資材の間に突っ込んだ。背表紙の金文字がにぶく光り、わたしはとっさに、それが聖書《バイブル》であると見てとった。

「さて、ご両人」キングは皮肉な調子でわたしたちに向き直った。「この哀れな囚人に、なにか良い知らせを持ってきてくれたのですかな。それとも、死刑執行の日取りが決まったとでも？」

「死刑もなにも」わたしも呆れて言った。「君は自分からこの場所に閉じこもっているだけじゃないか」

「人、須《すべか》らく自ら囚われの身となるべし。そも人生は牢獄なるが故《ゆえ》に」

キングは妙な格言をでっちあげて、肩をすくめた。「ところで、われらが母なる船、麗しきビーグル号はまだ戻ってこないんでしたっけ？」

「ビーグル号なら、うん、戻ってくるのは四日後のはずだ」

「あと四日！」キングは大仰にため息をついてみせた。「それまで、こんな場所に閉じ込められていなけりゃならないとは、俺もよくよくついてない。暑いし、狭いし、臭いし……。やれやれ、ビリーの言い草じゃないが、これなら船に残った方がましだったな」

「あるいは、いっそ故郷に留まっていた方が、ですか？」ダーウィンが尋ねた。

「故郷？」キングは顔をしかめた。「いや、それなら話は違う。ここの方がまだましだ」

「よほど故郷がお嫌いのようですね。それには、なにか女性が関係しているのではないですか？」

キングはぶしつけな質問者の顔をまじまじと眺めていたが、ひょいと妙なことを尋ねた。

「チャールズ、君は以前、故郷に恋人がいると言っていたな？」

「えっ？　ああ、従姉妹《いとこ》のエマのことですね」ダーウィンの頬にさっと朱が注がれた。「いえ、彼女は……恋人というか……わたしには妹みたいなもので……」

「まあ、なんでもいいさ」キングが軽く手をあげて言った。「いずれにしても、ビーグル号が航海に出て以来、もう何年にもなる。その間、ずっと思っていられる女性がいるというのは……きっと素晴らしいことなのだろうね」

「それは……そうですね」ダーウィンは顔を赤くして言った。

「そこへいくと、俺なんかひどいものだ。なんとかして一人の女から逃げ出そうと思って船に乗ったのに、世界の果てまで追っかけてきやがる」

「その女性が、ですか？」ダーウィンが驚いて尋ねた。

「女というよりは、俺の親父だな」キングは、耳の後ろの辺りを指で掻きながら事情を説明した。

「海軍勤務から、久しぶりに故郷の家に帰った時のことだ。親父は玄関の前で俺を待っていて、顔を見るなりこう言いやがった。〝嫁を貰え〟。しかも相手は、隣の農園の持ち主の娘だというじゃないか。この隣の娘ってのは、俺もいささか昔から知っているんだが、ひどい御面相の持ち主でね。それでも俺は、その時はまだ、辛抱強く言ったさ。

〝お父さん、僕は結婚のことはまだ考えていないんです〟

〝お前は考えていない〟親父は平気なものだ。〝だから俺が代わりに考え抜いたのさ〟

〝そりゃあ、お父さんが考えるのは勝手ですが、僕はあの娘をどうも好きになれそうにありません〟

〝いまに好きになるさ。習うより慣れろ。昔の人はよく言ったものだ〟

〝僕には、あの娘を幸せにしてやるだけの自信がありません〟

〝あの娘の幸せなんぞ、お前の知ったことじゃない。なんでそんなことを気にする？　お前は親の意見を尊重すればいいんだ。いいな、あの娘と結婚しろ。あれを嫁に貰うんだ〟

〝待ってください。僕はまだ海軍に入ったばかりなのです。まだ嫁なんか欲しくもないし、まだ結婚もしませんよ〟

〝結婚するんだ。あの娘を貰え。さもなければ俺はお前を呪うぞ。財産は、神に誓って売り払い、湯水のように使って、お前には金輪際《こんりんざい》一ペニーも残さんからな。三日の猶予をやるから、よく考えておけ〟

いったんこうと思い込んだら、釘をぶちこんだって考えを変える親父じゃない。だから俺は、その足で海軍に戻って、ちょうど出港準備をしていたビーグル号に乗せてもらったんだ。……航海は、それなりに楽しかったよ。みんな若い、気心の知れた連中ばかりだからな。俺には、かたくるしい結婚なんてものじゃなくて、船の気楽な付きあいが合っているのさ……。ところが親父の奴、ビーグル号が寄港する先々に——地球の裏側にまで！——手紙を送ってきて、しつこく嫁を貰えと迫りやがる。ほらチャールズ、君は知っているだろう、俺がチリで受け取った大量の金貨。あれもどうやら、じつのところは〝隣の娘〟の金らしいんだ。親父の奴、あの金で俺にオーストラリアに農園を買わせて、それでなんとか俺とあの娘との結びつきを、既成事実として作らせようとしているのさ。ひどい話だ……。畜生！　なんでこんな話になっちまったんだ？　チャールズ、君が尋ねたからだぜ……これまで誰にも話してこなかったんだがな……」

わたしはその間、何度もふきだしそうになるのを懸命にこらえなければならなかった。キングの意外な打ち明け話がおかしかっただけではない（もちろんそれはそれで充分おかしかったが）。それにもまして、さっきダーウィンがむきになって語った〝愛による神聖で永続的な関係〟であるはずのイギリスの結婚は、しかし——キングの一件によってはからずも露呈したところによれば——現実には〝贈り物と交換〟のフエゴ流の結婚となんら変わりがないものだった。神聖も、永遠も、あったものではない。

わたしはにやにやと笑いながらダーウィンを振り返った。ところが彼は、キングが口を閉ざすとすぐ、眉を寄せて別なことを尋ねた。

「するとキングさん。あなたが船が寄港した先々で各地の女性と浮き名を流していたのは、あれはもしかして……？」

「そうとも、わざとだよ」キングは苦《にが》い顔で言った。「俺はビーグル号が港に着くたびに、おおっぴらに土地の女を口説《くど》いてまわって、その噂がイギリスにまで聞こえるようにわざと振る舞っていたんだ。口説いてまわるったって、結局は折り目正しくおつき合いしていただけだがね。それでも、噂というやつは、伝わるうちにたいてい尾鰭《おひれ》がついていくものだ。まして地球の裏側にまで泳いでいく間には、雑魚《ざこ》が鯨に変わっていないとも限らない。それで親父か、あるいは隣の娘が、俺のことを諦めてくれるんじゃないかと思ったんだ。……ま、無駄なあがきだろうよ。あの親父が、そんなことでびくともするはずがない」キングは疲れた様子で首を振った。ビーグル号随一の皮肉屋にして毒舌家のキング士官候補も、親父様だけは手に負えぬらしかった。

「ところで」とダーウィンが唐突に尋ねた。「フェギアが襲われた時に持っていたあのメモは、あなたが渡したものじゃありませんね？」

キングは顔をあげ、ぽかんとした様子でダーウィンを見た。

「あなたはなぜ嘘をついたのです？　あの時あなたは本当はなにをしていたのです？」

「チャールズ、君はまたなにを言い出したんだ。いや、俺には君がなんの話をしているか、さっぱり分からない。あのメモはたしかに俺が書いたものだよ」

「なるほど、あのメモはあなたが書いたものかもしれない。しかしあれは、フェギアに渡すために書かれたものではなかったはずです」ダーウィンは間を置かずに言った。「わたしには、はじめてあのメモを見た時から、なにかおかしいと思えてならなかった。しかしそれがなんなのか、さっきまで分からなかった。キングさん、こうしてあなたに話をお伺いするまでは。……そう、ようやく分かりました。わたしが感じてきた違和感は、あのメモに書かれた言葉だったのです」

「俺がメモの言葉をどう書くかは、俺の自由、俺の勝手だ、と思っていたんだがね？」

「あなたはそれほど自由でも、勝手でもありませんよ」ダーウィンは首を振った。「あなただけじゃない、わたしたちは誰しも、自分がそう思っているほど自由な存在でも、また勝手な存在でもない。どうでもいいことだけが自由なのであって、わたしたちの生活のなかで本当に特徴的なもの、本質的なものは、刻印され、限定され、束縛されているのです……」

「いったいなにが言いたい？」

「キングさん、あなたは普段、ご自分を気ままで勝手な存在だと他人に思わせるよう振る舞っている。あなたは超然とかまえ、皮肉を言い、毒舌で人を刺す……。しかし本当は？　もしあなたが本当に気ままで勝手な人物であれば、あなたはビーグル号の年少の乗員たちの間で、いまのような絶大な人気を得ることができたでしょうか？　わたしはそうは思わない。年少の乗員たちがあなたに心酔しているのは、あなたが気ままで勝手な存在だからじゃない。むしろ逆です。彼らは、キングさんあなたが、よるべなき海の上にあって誰より秩序を重んじる人だということに気づいている。だから、あなたのまわりにはいつも多くの年少の者たちが集まり、彼らは安んじてあなたの言葉を聴いていられるのです」

「チャールズ、君は頭がどうかしてしまったんじゃないのか」キングは皮肉に唇を歪めて言った。「艦長に反逆を企て、こんなところに拘束されている俺が、なんだって〝誰より秩序を重んじる人〟なんてことになるんだ？」

「なるほど、あなたは一度は艦長に向かって激しい言葉を投げつけました。しかしあれは――不十分な証拠をもってあなたを拘束することの方が――フィツロイ艦長自身がいまでは認めているとおり、行きすぎた、秩序を乱す行為だったからです」

「だからといって、艦長に刃向かって良いということにはならないさ……」キングは顔を背けて言った。

「だから、あなたはこうして、拘束を解かれた後も自らをテントに閉じこめて、聖書を――

秩序の言葉を読んでいるのですね？　神聖な秩序を侵した自らを罰するために！」

キングは、今度は無言で肩をすくめただけであった。

「話を戻せば」ダーウィンが言った。「あなたは、あるいはわたしは、自分でもそれと気づかぬうちに、ある規範に基づいて行動している。〝書く〟という行為には、そのことが典型的に顕れるものなのです。そしてキングさん、あなたがもし誰より秩序を重んじる人物であるなら、フエゴ・インディアンの少女、いかなる社会的階級にも属さない女性に対して、

愛しい人よ、今宵あなたをお待ちしております

とはけっして書かないでしょう。あなたがあのメモをフェギアに宛てて書いたのなら、

かわいこちゃん、夕方に来ておくれよ

と、たとえばそんなふうに書かれていたはずです」ダーウィンはちょっと言葉を切り、改めてキングに尋ねた。

「あのメモは、本当は別の時に、別の場所で、別の相手に対して、書かれたものだったので

すね？」

キングは一瞬躊躇する様子であったが、仕方なさそうに首をすくめて言った。

「そうだ、よく分かったな。あのメモは、ビーグル号が後にしてきた南米のどこかの港で……リオだか、バルパライソだか忘れちまったが、なにしろどこかの飲み屋で書いたものだよ。俺は地元のスペイン人の名士たちの宴席に呼ばれて、その場のなりゆきで町一番の金持ちの令嬢に恋文を書くことになったんだ。その時はもうみんな酔っていた。俺は、連中に勧められるまま、ふざけて書いたんだ。もちろんその場の座興で、手紙は出さなかった。それきり書いたことすら忘れていたんだ……。驚いたよ、襲われたフェギアが握っていたと言って、あの手紙を鼻先に突きつけられた時はね」

「待ってくれ！」と、わたしはダーウィンを押しのけるようにして、二人の間に割り込んだ。「それじゃあキング、君はフェギアがメモで呼び出されていた頃はどこにいたんだ？　なにをしていた？　君はなぜあのメモが自分のものだと嘘をついた？　そこまでして、君はいったいなにを隠しているのだ？」

「私があのメモを書いたのは嘘ではありませんがね」とキングは視線を床に落とし、わたしの顔を眺め、天を振り仰ぎ、とうとう観念したように言った。「じつは……あの時は私の方が、何者かに呼び出されていたのです」

「呼び出されて？　今度こそ本当のことなのだろうね」

「これが嘘なら、十字を切って死を願いますよ」キングは実際に十字を切って言った。「アールさんは、そもそも私がなぜこの島に来たとお思いなのです？」

「上陸休暇を希望したからだろう？　違うのか」

「ちぇっ、なんだって私が、こんなろくでもない島での上陸休暇を自分から希望しなくちゃならないんです」

「だったら、なぜ来たんだ」

「船がこの島に着く数日前、私の吊床《ハンモック》の上に手紙が置かれていたんです。〝島での上陸休暇を希望するように〟と指示した手紙がね」

「だが、おかしいじゃないか」わたしは首を捻った。「なんだって君が、そんなわけの分からない手紙の指示に従わなくちゃならないんだ？」

「従わざるをえなかったのです」キングはひどく暗い横顔をわたしたちに向けた。「手紙には、ウィルの……死んだウィリアム・マスターズのことで話があると書いてありました」

わたしが黙っていると、キングは視線をどこか脇の方に向け、呟くように言った。

「ウィリアム・マスターズは、私が殺したのです」

「君がウィルを殺した?」わたしは啞然として口を開いた。「しかしそんなはずはない。彼は……美しい金髪の巻き毛をしていたあの少年は、リオで熱病に罹って死んだのだ。……そうだ、キング、これは先日君がフィツロイに向かって言ったことじゃないか。『ウィリアム・マスターズは珍しい山猫《ピューマ》狩りを強く望んでいただけだった。艦長は、そもそも彼の下船を許すべきではなかった』と。そして君は『あなたがウィルを殺したのだ!』と、聞いていたわたしたちが驚いたほどの激しい口調でそう言った……」

「ああ! 私は、なんという言葉を艦長に投げつけてしまったのでしょう」キングはがくりと首を折り、両手で頭をかかえて、呻くように言った。「艦長はただ、ウィルが提出した上陸計画を許可しただけです。そもそも艦長は、ウィルが親友の息子だからといって、無謀な計画を認めるような人じゃない。そのことは私が一番よく分かっています。ウィルが艦長に示した計画書は、文句のつけようのないものだった……。私はそのことを知っている。なぜなら、彼が艦長に提出した上陸計画は、実際には私が作成したものだったのですからね」

「君が上陸計画を? なぜそんなことをしたのだ?」

「ウィルは退屈していました」キングは首を振って言った。「ウィルは……あの世間知らずのお坊ちゃんは、単調な船の生活につくづく飽きていた。だから私は彼にピューマ狩りを勧めたのです。もちろん〝ピューマ狩り〟などという勝手な理由で上陸行動が許されるはずはない。そこで私は彼に、一見けちのつけようのない探査名目の計画をつくってやったのです。彼を無謀なピューマ狩りへ駆り立てたのは、私だ。その結果、彼らの一行は恐ろしい熱病に取り憑かれた。彼らを……なかんずくウィルを殺したのは、艦長ではなく、この私なのです」

わたしはふいにあることに思い当たった。先日キングが、フィツロイに対してあれほど厳しい言葉を口にしたのは、己の内に潜む罪悪感の裏返しであったのだ。

「それでもやはり、ウィリアム・マスターズの死は事故だよ」わたしは、普段になく打ち萎《しお》れた様子のキングが気の毒になって声をかけた。「不幸な出来事ではあるが、君が罪の意識を感じることはないさ」

「アールさんには、なにも分かってはいないのです」キングは呟くように言った。「若いウィルは私になついていた。心酔していたと言ってもいい。彼はなんでも私のまねをしたがり、私の言うことならなんでも無条件に受け入れた。ウィルは、私が勧めたから出掛けたのです。それなのに私は……」キングは目の前にひろげた両手を眺め、皮肉に唇を歪めた。「ウィルが恐ろしい熱に苦しんでいる間、私は周囲の者に真実を――彼がこうして苦しんでいるのは、私が無謀なピューマ狩りを勧めたせいだと、何度も明らかにしようとして……できなかった。私にはその勇気がなかったのです。やがてウィルが息を引き取ったと聞いた時、私はとても悲しく思いました。しかし、同時に私は、自分がほっとしていることに気づいて愕然となった。私は今後、己の罪をけっして誰かに話すことはないだろう、私がウィルに対して犯した罪は誰にも知られることなく、闇に葬られるだろうと思って、ほっとしたのです……。

　ところが、ウィルが死んでしばらくした頃、私の吊床のうえに一通の手紙が置かれていた。手紙にはこう書かれていました。〝ウィリアム・マスターズを殺したのは、あなただ。われわれ《ウィー》はあなたを許さない〟と。その後も手紙は何度か届けられ、数日前に届いた手紙には〝次の島での上陸休暇を希望せよ。そこであなたの受けるべき罰について話し合いたい〟、そうはっきりと書いてあった。だから私はこの島に来たのです。……フェギアが襲われたあの時も、私は荷物の上に置かれている手紙を見つけ——手紙には島の地図と、私が待つべき場所、時間が記されていました——、その場所で待っていた。私は、ええ、どんな罰でも引き受けるつもりでした……。ところが、結局相手は現れなかったのです」

　キングはそう言うと、これまで一人胸の内にしまっていたものをすべて吐き出すことができて、むしろほっとした様子であった。一方わたしは、キングの意外な告白に驚くとともに、内心にひどい困惑を感じていた。わたしは、ダーウィンの後に続いてこのテントに入ってきた時点では、キングから別の告白が聞けるのではないかと期待していたのだ。彼が〝殺した〟のは、熱病で死んだウィリアム・マスターズなどではなく、首を絞められた宣教師のマシューズであり、はたまた溺死した料理人シムズのはずであった。

――誰が殺したのか？　それをいまから調べることにしましょう。

そう言って始まったダーウィンの捜査は、しかし相変わらず殺人者の正体を明らかにはせず、それどころかさらなる謎が立ち現れてきただけであった。

わたしはため息をつき、自身の美しい金髪をくしゃくしゃにしながら、熱病で死んだ少年の面影に祈りを捧げているキングに尋ねた。

「それで、君に届けられたという手紙の送り主は、いったい誰だったんだ？」

「ちょっと、アールさん」ダーウィンが背後から呆れたように囁いた。「脅迫の手紙に署名をして送ってくる奴はいませんよ」

「……いや、チャールズ。手紙にはいずれも署名がしてあったよ」キングが聞きつけて顔をあげた。

「ほら」わたしはダーウィンに向かって指を振ってみせ、改めてキングに尋ねた。「それで、脅迫状は誰から送られてきたものだったのだ？」

「ドン・カルロス」

「えっ？」

「〝ドン・カルロス〟。手紙の署名はいつもそう記されていました。だから、この島に来た最初の夜、フィツロイ艦長がその名前を出したので、私はびっくりしたのです。ところが、翌日アールさんに尋ねると、〝ドン・カルロス〟はチャールズのことだと言う……」

「まさか君が手紙を書いたんじゃないだろうね？」わたしはダーウィンを振り返って小声で尋ねた。「違う？　うん、まあそうだろうな。……それでキング、君はどうしたのだ？」

「ええ」とキングは肩をすくめて続けた。「この島に来た当初、私は宣教師のマシューズを疑っていました。なにしろ彼は、上陸する前の晩、霧の中で私をつかまえて金貨のことでなんだかんだと難癖をつけてきましたからね。……それにしても、あの時マシューズはなんだか変だった。彼が変なのはいつものことでしたが、あの晩の彼は、私が船に悪霊を積み込んだの、悪霊との契約がどうしたのと言ってなかなか放してくれず、赤く充血した眼で睨まれた時には、ひどく気味悪く思ったものです。それで私は、てっきりマシューズこそが脅迫者〝ドン・カルロス〟だと思った。ところが……」

「彼は着いたその晩に殺されてしまった」

「私が殺したんじゃありませんよ」キングははっとしたように顔をあげ、わたしを見た。

「どうだろう？」わたしはわざと疑わしげに言った。

「ちぇっ、勝手にしてください」

「それでどうしたんです？」ダーウィンが身を乗り出して尋ねた。

「うん。あれでまた、すっかりわけが分からなくなってしまったんだ」キングはダーウィンに向き直って言った。「脅迫状を送っているドン・カルロスは誰なのか？　俺はこの島に上陸した全員を疑ってみた。チャールズ、君や、アールさんを含めた全員をだ。だが、どうもよく分からない。そのうち誰も彼もが、この島に潜むスペイン人の銛打ちのことを〝ドン・カルロス〟と呼び出すものだから、その名前が出る度に鳩尾《みぞおち》のあたりがひやりとする。しまいには、もう誰一人信じられない気がしてきて……おかげで艦長に楯突《たてつ》くというとんでもない大罪を犯してしまった……」とキングは、ふと思い出したように膝を打った。

「そうだ、最後に届いた脅迫状がここにある。……見る気はあるかい？」

「手紙の実物があるのですか？」

ダーウィンが身を乗り出すと、キングはポケットをさぐり、一枚の紙切れを取りだした。

彼は手紙をひろげ、ダーウィンと、わたしに向かってそれを差し出した。わたしたちは食い入るように紙切れをのぞき込んだ。キングが首を振って呟いた。

「やれやれ。ドン・カルロスってのは、結局どこのどいつなんだ？」

――わたしはその筆跡に見覚えがあった。

第一六章　牡蠣《かき》の口とコルクの栓

「待てよチャールズ、これはどういうことなのだ？」

わたしはダーウィンの腕を振り払って足を止めた。

キングがわたしたちに見せた脅迫状――。

わたしはその筆跡に見覚えがあった。わたしはキングにそのことを指摘しようと顔をあげた。ところがまだ一言も発しないうちに、ダーウィンがわたしの二の腕をつかみ、首を振ると、そのまま、キングが自らを拘束している資材用テントから歩み出てきてしまったのだ。

ダーウィンは無言のまま、痛いほどの力でわたしを引っぱり続け、わたしがようやく彼の手を振り払うことができたのは、キングのテントからはもうだいぶん離れた場所であった。

「どういうつもりなのだ？　説明してくれないか」

わたしは、振り返ったダーウィンに対して強い口調で尋ねた。ダーウィンは、相変わらず難しい顔をしている。わたしは語調を変えて言った。

「チャールズ、君も気づいたはずだ。あの手紙が誰によって書かれたのか、キングを脅していた〝ドン・カルロス〟の正体が何者なのかを」

「……では、アールさんもお気づきになったのですね」

「お気づきになったもなにも」わたしは呆れて言った。「あれがヘリアーのものでないとしたら、わたしはオランダ人だ（〝首をやる〟程度の意）」

ダーウィンは眉のあたりをぴくりと動かし、何事か思案するさまでしばらく無言であったが、やがて奇妙に無表情な様子で口を開いた。

「確かにあれは……そう、ヘリアーの筆跡でした。わたしが思っていたとおり……」

「思っていた？　それじゃ君は、ヘリアーが犯人だとあらかじめ知っていたのか？」

「知っていたわけではありません。ただ、推理しただけです」

わたしは呆気にとられて尋ねた。「待てよ、チャールズ。君はなにを、どこまで知っているんだ？　ヘリアーは、あの艦長世話係の少年はなにをした？　この島で起こった不可解な事件の、いったいどこまでが彼の仕業なんだ？」

「ですから、推理しただけなのです」ダーウィンは困ったように顔を赤くして言った。「証拠がないことには、何事もまだ、仮説と推論にすぎません」

「証拠なら、キングへの脅迫状があるじゃないか。……いいから話せよ。そもそも君は、いつからヘリアーを疑っていたんだ？」

「最初に妙だと思ったのは、アールさんと一緒に艦長の話をうかがった時ですよ、もちろん」ダーウィンはそう言うと、眉間に深くしわをよせて話しはじめた。

「アールさんは、フィツロイ艦長が夜の艦長室で体験したという不可解な出来事を覚えていらっしゃいますか？……奇妙な息苦しさ、異様な喉の渇き、そして死者が現れる。あの時も言いましたが、彼が経験したことは、どれも南米のインディアンたちが宗教儀式の際に用いる秘薬の効果とよく似ていました。そこでわたしは、艦長が自らの意思によらず、誰かに、なんらかの形であの薬を飲まされたのではないかと考えました。一方で、ビーグル号の船中で幻覚を見たという話は他の誰からも聞いたことがありません。では、いったい誰が、どうやって、艦長にだけ薬物を飲ませ、幻覚を見させることができたのでしょうか？　そう考えた時、最初に浮かんだのがヘリアーの名前だったのです。艦長専属の世話係である彼ならば、フィツロイ艦長の飲食物――たとえば、艦長がいつも就寝前に飲むスコッチ入りの紅茶に、目的のものを投じることができる……。

わたしは、もう一つ、別なことも思い出しました。あの時艦長は、わたしたちにこうおっしゃいました。『前艦長の幽霊が私を訪れ』『炎に包まれた少年が私を迎えに現れた』と。……なにげなく聞き流してしまったのですが、よくよく考えれば二つの出来事には明らかな差があります」

　ダーウィンはそう言って言葉を切り、わたしの顔を覗き見た。わたしは、無言で肩をすくめるだけである。

「つまりですね」ダーウィンは先を続けた。「死んだ前の艦長の幽霊が現れた時、フィツロイ艦長は『寝台《ベッド》に横になって瞬きひとつできず』、同時に『床に横たわっている前艦長ストークス氏の無残な姿を見た』と言っていました。一方で、炎に包まれた少年が彼を迎えに現れた時は、艦長は立って歩いているのです。とすると、前者はすでに幻覚であり、後者はこれから幻覚を見るところだったとは、考えられないでしょうか？」

「炎に包まれた少年は実在した、というのかね？」

「厳密な意味で実在というわけではありませんが……」ダーウィンは首を傾げて言った。

「問題は、艦長が少年の幻を見たという場所でした。艦長はこうおっしゃった。『炎に包まれた少年が消えた。……気がつくと、そこに自分の青ざめた顔があった』と。この発言は、艦長が少年の幻を見た——そして消えた——場所に鏡がかかっていたことを示唆しています。そこで、わたしはビーグル号の設計図を細かく調べてみました。するとどうでしょう！　艦長室の、ちょうど鏡をかけている壁の裏側辺りに、例の舷側と部屋の壁の間に透き間《スペース》が——ごく狭い、しかしちょうど小柄な少年が一人隠れられるほどの空間が設けられているではないですか。艦長が炎に包まれた少年を見たあの夜、もし誰かがそこに隠れていたのだとしたら？　そして、もしその時彼が手に蠟燭《ろうそく》を灯していたらどうでしょう？　鏡は、部屋の中が明るく、背後が壁で光を遮られているからこそ、部屋の中の様子を映すのです。逆に部屋の中が暗く、裏側が明るければ？　おそらく、鏡は鏡の役目を果たさず、不完全な窓として機能するのではないでしょうか？　フィツロイ艦長が見たものは、鏡の裏側に潜み、手に蠟燭を持った一人の少年だったのかもしれない。少年がかき消すように消えたのは、艦長に見られているのに気づいて、手にした蠟燭を吹き消したからでしょう」

「それがヘリアーだったというのか？」

「可能性はあります」

「しかし分からないな。ヘリアーが、いったいなんのために、そんな場所に潜んでいなくちゃならないんだ？」

「アールさんはご存じのはずです」ダーウィンは低い調子の声で答えた。「わたしと艦長、時にアールさんを交えた三人でさまざまな議論を戦わせている時、ヘリアーは艦長室に出入りすることを禁じられていました。フィツロイ艦長はもちろん、そんなことを許せばヘリアーの勤務があまりにも長時間にわたるため、彼のためにならないという理由でそう命じたのです。しかし部屋を退出することを命じられたヘリアーは、そのたびにひどく未練がましい眼で何度も背後を振り返っていました。……それにヘリアーは、フィツロイ艦長を、あたかも神のごとく尊敬しています」

「そう、彼はフィツロイを崇拝している様子だね。それが？」

「ヘリアーが、ずっと艦長のそばにいて、彼の話す一言一句を残さず聞いていたいと考えたとしたらどうでしょう？　そしてもし彼が秘密の空間の存在に気づいていたとしたら？　彼には、誰にも知られず自分の思うとおり振る舞うことが可能だった。ヘリアーは艦長室から退出を命じられると、その足で壁の裏の秘密の空間にもぐりこみ、そこでわたしたちが連夜くりひろげる議論を聞いていた……。もしそうなら、キング氏への脅迫状に記されていた謎めいた差出人〝ドン・カルロス〟の意味も分かる。わたしがあの話を――南米での博物調査の際、手に入れた証明書に記された馬鹿げた名前の顚末を披露した時、あの厳格なフィツロイ艦長がいつになく声を上げて笑っていた。もしあの時ヘリアーが壁の向こう側で聞いていたのなら、まさにそのことによって強く印象づけられたはずですからね」

「ふむ。だが薬物はどうなるのだ？」わたしは疑問に思って尋ねた。「ヘリアーが本当にフィツロイを尊敬なり、崇拝なりしているのなら、彼の飲み物に妙な薬を混ぜるようなことをするだろうか？」

「その点は、わたしにもまだなんとも言えませんが……」とダーウィンは眉をひそめ、またすぐに口を開いた。「フィツロイ艦長は『書類や部屋の中の物が動かされた形跡がある』と言っていましたよね？　もしかするとヘリアーは、盗み聞きしているだけでは飽き足らなくなり、薬物を用いて艦長を深く眠らせ、そのかたわらで自分が艦長になりきっていたのではないでしょうか？　艦長の眼で自分が書いた書類を眺め、尊敬する人物の所持品を自分のものとして使う……。その人になり代わりたいというのは、愛の究極の形のひとつですからね」

「まさか？」わたしは首を振った。

「すべてはまだ、仮説と推論にすぎないのです」ダーウィンは顔を赤くして言った。

「仮説ということであれば」とダーウィンはふたたび口を開いた。「そうして艦長の書類を盗み見たヘリアーは、キング士官候補が行った欺瞞《ぎまん》に気がついたのかもしれない。たとえば彼が、キング士官候補によって作成された上陸計画書を、艦長の書類の中に見つけたとしたらどうでしょう？　思い出してください、死んだウィルとヘリアーの二人は、年格好がたいへん似かよっていました。二人の少年は、ビーグル号の若い乗組員の内でも最年少のグループに属し、じっさい二人はひじょうに仲が良かった。もしかするとウィルは、リオで下船する前に上陸の本当の理由——珍しい山猫《ピューマ》狩り——を、友人のヘリアーに得意げに話していたのかもしれない。ところがその結果、ウィルは熱病に罹り、ひどい苦しみのすえに死んでしまった……。ヘリアーは、艦長室でキングが作成した上陸計画書を見つけた時、こう考えたのかもしれない。〝ウィルは、キングさんが勧めたからこそ、あえて無謀なピューマ狩りに出掛けたのだ。ウィルをむごたらしい死に追いやったのはキングさんだ〟と。……なにしろ当のキング氏本人がそう思っているのです、ヘリアーがそう考えたとしても不思議ではない。一方でヘリアーの眼に映るキング氏の姿はといえば、ウィルが死んだ後も、そのことからはきれいに口を拭って知らぬ顔を決め込んでいる。キング氏は、相変わらず皮肉な口調で世界を意地悪く批評し、それればかりか、本国から送られた大量の金貨をビーグル号に持ち込み、オーストラリアで故郷の恋人のための農園を買おうとしている。ヘリアーの眼に、キング氏のそんな振る舞いのひとつひとつが、死んだウィルへの裏切りに見えたのだとしたら……？」

「だから彼は、ウィルに代わって、キングへの復讐を誓ったのだと言うのか？」わたしはいささか呆れて言った。「ありえないな」

「本当に〝ありえない〟ことでしょうか？」ダーウィンは眉をひそめた。「復讐といっても、なにも相手を傷つけることだけが目的とは限りません。たとえば、アールさんは、先ほどのキング氏の話を聞いて妙に思いませんでしたか？　なるほど脅迫状は定期的に届けられていたらしい。しかし脅迫状の送り主は、いまのところキング氏にどんな実際的な罰をも望んだ様子がないのです。……わたしには、あの脅迫状はまるで、キング氏に対して死んだウィルを――キング士官候補を崇《あが》め、彼の言うことならなんでも従った少年を忘れないよう求めて書かれたように見えました」

　わたしは腕を組んで考え込んだ。

　――ウィルを忘れないで！

　あの脅迫状は、本当にそれだけの目的で書かれたものだったのだろうか？

「それなら他の事件はどうなのだ」わたしは腕組みをしたまま、顔をあげてダーウィンに尋ねた。「ヘリアーが、この島で起こった他の不可解な事件にも関係している可能性はあるのかい？」

「可能性なら……そう、あります」ダーウィンは渋々といった様子で認めた。「もしヘリアーが秘密の空間に潜み、わたしたちの議論を聞いていたのなら……もし彼が艦長の飲み物に薬を混ぜ、艦長の書類を自由に眺めていたのなら……もし彼がキング氏に脅迫状を送り続けていたのなら……。もしかすると、ある時点で、ヘリアーの心の中に恐るべき妄想が浮かんだのかもしれません」

「恐るべき妄想？　こんどはなんの話だ」

ええ、と呟いたきり、ダーウィンは視線を宙に泳がせ、すぐには答えなかった。短い沈黙の後、彼は逆にわたしに尋ねた。

「もしアールさんが神の立場にあったとしたら、いったいなにをなさいますか？」

突拍子もない質問であった。わたしははじめ、彼がまた冗談を言ったのだと思った。だが、ダーウィンは生まじめな顔で先を続けた。

「ウィリアム・マスターズの一件――キング氏が作成した偽の計画書によって、ヘリアーは、尊敬すべきフィツロイ艦長でさえ容易に欺《あざむ》かれ得ることを知った。その時点で、もしかすると彼はこう思ったかもしれない。〝いまや僕は、艦長以上にビーグル号で起こるあらゆることを知っている〟と。その彼が〝船の秩序を守るのは僕しかいないのだ〟と決意したのだとしたら……」

「なんだ。それが、君の言う〝神の立場〟なのか」わたしは拍子抜けした思いで言った。

「それなら、結構なことじゃないか。大いにやってくれればいい」

「ああ！　アールさんは分かっていらっしゃらないのです」ダーウィンが珍しくいらだったように言った。「人間が神になり代わることなどできはしない。神ならぬ人間に、世界の善悪を決めることはけっしてできないのです。誰かがもし〝自分は神だ〟と主張したら、それはつねに、ひじょうに危険な、恐るべき妄想です。彼は、あらゆる不正や欺瞞に対して、自ら裁きの手を下そうとするでしょう……」

今度はダーウィンの言わんとすることが、わたしにも分かった。

「すると君は、ヘリアーが自らをビーグル号の神になぞらえて、船で起こったすべての不正、欺瞞を糺《ただ》そうと考えたと言うのか？　ヘリアーは自ら裁きの手を下した？　宣教師のマシューズが役立たずの存在だから〝怠惰の罪〟によって、料理人のシムズは〝大食の罪〟によって、フェギアは〝姦淫の罪〟によって罰を下したと、君はそう言うのか？」

「結論を急いではなりません」ダーウィンが慎重に口を開いた。「すべてはまだ仮説と推論にすぎないのです。合っているかもしれないが、全然的《まと》はずれなのかもしれない。艦長が見たものは、薬物のせいなどではなく……気鬱症による幻覚か……もしかすると本当に前艦長の幽霊や炎に包まれた少年が彼の元を訪れたのかもしれない」

「幽霊が？　まさか？」

「証拠がない以上、わたしたちには仮説が正しいかどうかを知ることができないのです」

ダーウィンはそう言うと、思案顔で黙りこんでしまった。

「えー、チャールズ」わたしは妙な気がして尋ねた。「君の仮説とやらを確かめるのには、ひとつ簡単な方法があると思うのだがね？」

「簡単な方法？」ダーウィンがぽかんとした顔で尋ねた。

「直接ヘリアーに確かめれば良いのさ」

ダーウィンはゆるゆると首を振った。「アールさんは、牡蠣《かき》には髭《ひげ》があることをご存じのはずです」

「牡蠣？　髭？　うん、それなら、まあ、知っている」わたしは戸惑いながら答えた。

「牡蠣には髭がある。しかし、誰も牡蠣の髭を持って振りまわしたりはしません」

「なにを言いたいんだ？　はっきり言うが良いさ」

「誰かが真実を知っているからといって、それを喋るとは限らないのです」ダーウィンは肩をすくめた。「牡蠣の口を開かせる方法は一つではありません。まして、殻ごと丸呑みにする必要は全然ない。……なにかうまい方法があるはずです」

「だが、こうも言うぜ」わたしは、ダーウィンの落ちついた顔がしゃくに障って、反論を試みた。

「ここにコルクで栓をした瓶がある。ところがコルク抜きがない。さて、瓶をこわさないで、中身を飲むにはどうしたら良い？」

「それなら……」

「そうとも、コルクを瓶の中に押しこんでしまえばいいんだ」わたしは慌てて先に答えを言った。

「いいかいチャールズ。慎重も良いが、時には強引なやり方が効を奏する場合もある。今回はきっとそれだ。……さあ、行こう」

わたしはそう言って、さっさと先に立って歩きだした。
二、三歩進んで背後を振り返ると、ダーウィンは元の場所に立って空を見あげている。わたしは、そう言えばさっきも彼がそうして空を見あげていたのを思い出した。ダーウィンは右手を自分の耳に当て、目つきが尋常ではなかった。わたしは仕方なく、彼のそばに戻って並んで空を見あげた。
「嵐が来ます」ダーウィンが言った。

振り仰いだ空は、しかし相変わらず鏡のように晴れ渡り、一点の雲も見えない。わたしは首を傾げた。それとも彼はまた、なにか比喩的な意味で言葉を使っているのだろうか……？

気がつくと、ダーウィンはわたしを残して足早に歩きだしていた。彼は振り返りもせずに言った。

「アールさん、なにをしているのです。急いで。このことを艦長に知らせなくては……」

わたしはわけが分からぬまま、慌ててダーウィンの後を追った。

わたしたちは、そのまままっすぐに、フィツロイが引きこもっているテントへと向かった。

「艦長。フィツロイ艦長。わたしです。チャールズ、それにアールさんも一緒です。入ってもよろしいでしょうか？」

外から声をかけたが、返事はなかった。

わたしたちは顔を見合わせた。フィツロイには、ヘリアーが世話係として付き添っている。いずれにしても、中から少しの反応もないのは奇妙であった。

わたしたちは同時に入り口の帳《とばり》を引きはぎ、争うようにテントの中へと足を踏み入れた。

フィツロイは寝台《ベッド》の上に仰向けに寝ていた。ヘリアーの姿はどこにも見えない。

ダーウィンはつかつかと寝台に歩み寄り、眠っているフィツロイの顔をのぞき込んだ。

「なんてことだ！」ダーウィンが忌ま忌ましげに舌打ちを漏らした。

「どうした、チャールズ」わたしはぎょっとして尋ねた。「まさかヘリアーの奴、フィツロイまで殺したというんじゃ……」

「違います。そうじゃない。艦長は眠っているだけです」

「それなら、どうしたと言うんだ？」わたしはひとまずほっとして尋ねた。

「アールさんはおかしいと思わないのですか」ダーウィンは振り返って言った。「わたしたちが入って来ても艦長が気づかないなんて！　艦長がこんなに深く眠るはずはない。この眠り方は普通ではありません。艦長はおそらく薬で眠らされているのです」

　わたしは、今度はすぐに、ダーウィンの言う意味を理解した。フィツロイが薬を飲まされたとしたら、飲ませたのは世話係のヘリアー以外にはありえない。ダーウィンの薬箱から彼の〝大事な収集品〟とやらを盗んだ犯人は、やはりヘリアーだったのだ！

　われながら見事な三段論法に満足したわたしは、別のことに気がついた。

「そうだヘリアーは？　彼はいまどこに……」

　テントの中には一見して、人が隠れるだけの場所はなかった（まさか、布製のテントの外壁に〝秘密の空間《スペース》〟が存在するということもあるまい）。わたしはひょいとテントから首を出して左右を見回した。驚いたことに、次の瞬間、わたしはもう犯人を――フィツロイを薬で眠らせた世話係の少年を――見つけた。ヘリアーは、テントから少し離れた場所に、ぎょっとした様子で立ち尽くしていた。その後が良くなかった。

「ヘリアー！」

　わたしが声をかけると、ヘリアーはおびえた兎よろしくその場にひと跳ねして、あとも見ずに逃げだしてしまったのだ。逃げる相手を追いかけたくなるのは、なにも犬の特権ではない。わたしはとっさに、ヘリアーの後を追って走りだした。

「駄目だアールさん、いまは彼を追わないで！　それより水を……水で艦長の胃を洗浄しなくては……」

背後に聞こえたダーウィンの声も、すでに走りだしていたわたしを止めることはできなかった。

………。

わたしはまたしても自分の能力を過信していたようだ。

逃げるヘリアーを追って走りだしたものの、軽やかな少年の足とは勝負になるはずもなく、ヘリアーの姿はたちまち岩場の陰に遠ざかってゆく。わたしはすぐに他愛もなく息を切らしながらも、今回だけはけっして諦めまいと妙な決意を固め、だんだんと小さくなっていく人影をしつこく追い続けた。わたしに勝算がなかったわけではない。ヘリアーが逃げて行くのは、昨夜わたしとダーウィンが真夜中に訪れた〝海賊の洞窟〟の方角であった。とすれば、途中一カ所、道が断崖によって途切れ、いったん海岸近くまで下りなければならない場所がある。わたしは、その時間が、ちょうど潮が満ちている時刻であることを知っていた。逃げ道は海の水で遮られている。逃亡者はそれ以上先へは進めないはずであった。

わたしは、主観的には鷹のごとく風を巻き、客観的にはおそらく亀のごとき歩みで、ヘリアーを追い続け、ようやく険しい断崖が海に突き出した例の場所にたどり着いた。

わたしは断崖に近づき、昨夜わたしたちが歩いてわたったばかりの岩棚を上から覗き見た。案の定、潮が満ちて、岩棚は完全に水没している。黒い岩に波頭が白く牙をむき、波が打ちつけるたびに岩に穿たれた大小の穴から高く潮が噴き上がる。生きたものといえば、いやらしい姿をした何匹ともしれぬ黒いイグアナたちと、わずかに血色の蟹《かに》がうごめくばかりであった。潮が満ちている間断崖の向こう側に歩いてわたることはとうていできまい。といって、頭の上に覆いかぶさる険しい断崖をよじ登ることは、なお不可能であろう。

残る可能性はひとつしかない。

わたしは息を整えつつ、周囲を見まわした。地表一帯が、あたかも地獄の底から噴き出した熔岩がそのままの姿で固まったがごとき、黒く、奇怪な形をした岩石で覆われている。ヘリアーは、途中わたしとすれ違ったのでない限り、この岩陰のどこかに潜んでいるはずであった。

わたしは今度は声をかけることは控え、その代わり慎重に足音を忍ばせ、ゆっくりと岩陰のひとつひとつを覗いて回った。

一つめ、二つめ、三つめ……。

ヘリアーの姿はない。

四つめ、五つめ……。

岩陰にはやはり、イグアナたちの他は、猫の子一匹見当たらない。

わたしは顔をあげ、詰めていた息をふうと吐き出した。不思議なことに、奇怪な形をした黒い岩の塊は、さっきより数を増している気がした。

――ヘリアーは本当にこの岩場のどこかに隠れているのだろうか？

わたしは急に不安になり、首を傾げた。とその時、わたしが立っている右手奥の岩陰、さして遠からぬ場所で、かちりと小石が転がる音がした。

わたしは吐いた息をもう一度詰めなおし、身をかがめ、足音を立てぬよう気遣いながら、音の聞こえた場所に近づいた。そして、一気に岩陰へと躍りこんだ。

誰もいなかった。

ただ、一匹のイグアナが、凄まじい形相でとびこんできた人間に顔をあげ、驚いた様子で目を瞬《しばた》かせているだけである。彼は水から上がってきたばかりらしく、鼻から水を噴き出してみせた。

わたしはすっかり拍子抜けしてしまい、その場に立ちあがると、痒《かゆ》くもない頭を掻いた。

やはり来る途中のどこかですれ違ったのであろうか？　それとも……？

それは、なんの気配もなく、背後からわたしの首に巻きつけられた。

はっとして首に手をやると、なにかひやりとした、細い物が触れた。わたしは振り返ろうとしてかなわず（誰かがわたしの背中を強く押さえつけていた）、その間もそれはぐいぐいとわたしの首に食い込んできた。わたしは声を出すことも、息をすることもできなかった。

不意に目の前が暗くなった。

わたしは気を失う寸前、首に巻きつけられたものが、死んだ宣教師のマシューズの首に巻きついていたのと同じ種類の革紐であることに気がついた。

なんの役にも立たなかった。

第一七章　嵐、来《きた》る

少し前まで喧噪《けんそう》を極めていたはずが、いまは人気《ひとけ》のなくなった甲板を沈黙が領している。

(みんなは何処《どこ》に行ったのか？)

呼びかけに応答する者もなく、すべて永遠と思われる。

一つの波の穂が、海峡の上で青白く閃《ひらめ》いて崩れる。続いてまた一つ、わたし自身の中で波頭が青白く閃いて、崩れ落ちる。

静かな、静かな、無限の崩落。

さながら十万億土に遍満する黄蓮華のように、照りわたる銅色の静寂が音もなくひらく。無限大の花びらが海原の上に広がる。無限の花が開いてはまた開き、花弁を広げてはまた広がる……。

世界を背中に乗せた巨大な古代の亀が、わたしを振り返って口をきいた。「皿にのった五匹の鰊を五人の男に一匹ずつ分けた。五人が一匹ずつ取ったあとも、皿にはまだ一匹残っている。なぜだ？」。甲羅には鈍色《にびいろ》に光る神秘の象形文字。空《から》の酒樽を背中に乗せてあえぐアトラス。……ああ、わたしはもうアダムのように年老いた……。甲羅と同じ大きさの、平行四辺形の舌。海亀がその巨大な舌で背中をなめる。亀の謎。「もちろんですよ、もちろん」。五人目の男は鰊を皿ごともらったから。Q.E.D.。クオド・エラト・デモンストランダム。「証明終わり」。ゆえに神は存在する。神の落下。ギリシアの偉大な悲劇作家は落ちて来た空に潰されて死んだ。落ちて来た空が――。わたしの顔を打つ。

さっきからずっと、なにかがわたしの顔を打っている……。

「アールさん、しっかりしてください！　アールさん、どうか」

声が聞こえた。

続いてぴしゃり、と頬を叩かれて、わたしはしかたなく目を開けた。その眼に、たちまち冷たい水が流れこんできた。

わたしはもう一度目を閉じ、朦朧としたまま、ゆるゆると首を振った。首や背中がばかに痛い。

「おお、アールさん。よかった、無事で……」

ダーウィンの声であった。

「無事なものか」

わたしは目を閉じたままそう答えた。喉が痛く、出てきた声はとても自分のものとは思えなかった。背中にごつごつとしたものが当たっている。どうやら、熔岩の塊のひとつを背に座らされているらしかった。

「チャールズ」とわたしは呻くように言った。「なんでも良いが、いいかげんに、わたしの顔に水をかけるのをやめにしてくれないか。さっきから冷たくてしかたがない。第一これじゃ、目も開けられない」

「わたしが水をかけているわけじゃありません」ダーウィンが言った。「雨です」

「雨？」

わたしは渋々もう一度重い瞼を開けた。

——世界が一変していた。

鏡のように晴れ渡った明るい南洋の青空は、もはやどこにも見ることができなかった。その代わりにわたしの眼に映ったものは、真っ黒な雲が低く垂れ込めた空であり、そこから間断なく降り注ぐ大粒の雨の束であった。強い風が渦を巻き、時折塩辛い海風を吹きつけられた島の灌木は、そのたびに地面に吹き倒される……。わたしがかろうじて突風の襲撃を免れていたのは、岩陰にぴったりと身を寄せていたおかげであった。

「嵐が、来ます」ダーウィンが厳しい声で言った。「それも、ひどい嵐が」

わたしはその時はじめて、ダーウィンがなにを言おうとしているのかに気づいて、愕然となった。わたしたちは嵐に備えて島に上陸したわけではない（この季節、この海域で嵐に出くわすことはまれであった）。もしいま、この島で嵐に襲われれば、わずかな装備しか持たないわたしたちは、ほとんどひとたまりもあるまい。

「待てよチャールズ、この季節に嵐？　そんなことがあるはずが……」

わたしはそう言いかけた自分の言葉を途中で呑み込んだ。

そんなあるはずのないことが、しかし時としてあるのだ！

わたしは聞いたことがある、この海域で発生する突然の嵐のことを。一点の雲もない空の一角から、突然湧き上がるすさまじい嵐のことを。あたかも深い眠りの底にある深夜の町に海から打ち込まれた砲弾のごとく、なんの前触れもなく襲い来るその嵐の到来を事前に知ることは不可能であり、これまでどれほど多くの船が帆布を裂かれ、また船底を砕き破られて、深い海の底へとひきずりこまれていったか、この海域を行き来する年かさ《ヴェテラン》の船乗りで恐れをもって語らぬ者はいないはずだ。

その大嵐がやって来るというのか？

わたしは慌てて立ちあがったものの、足元がふらふらとして定まらない。危うく倒れこむところを、背後から支えてくれる手があった。振り返ると、褐色の二つの顔と黒曜石の四つの眼がわたしを見ていた。

「ジェイミー坊や？　それに、ヨークミンスターまで……。なぜ君たちがここに？」

「彼らがアールさんを見つけてくれたのです」ダーウィンが説明してくれた。「わたしは、艦長の応急手当てをしたあと、急いでアールさんを捜しに出ました。ところが、わたしにはアールさんがどこに行ったのか見当もつかなかった。そこでわたしは、一旦テントに戻って、この二人に応援を頼んだのです。……まったく彼らフエゴ人の視力の良さときたら、イギリス人としては脱帽するばかりですよ！　二人は、島の高台に登るや、たちまちこの場所に倒れているアールさんを見つけてしまったのですからね。わたしだけではおそらく、まだうろうろとあちこち捜し回っていただけだったでしょう。……さあ、早く宿営地に戻りましょう。嵐が本格的なものになる前に、この天災をどう乗り切るべきか、対策を立てなければなりません」

わたしはヨークミンスターのがっしりとした肩に寄りかかるようにして歩きはじめた。すぐに思いついてダーウィンに尋ねた。「そうだ、ヘリアーは？　畜生！　ヘリアーの奴、あんな大人しい顔をして、わたしの喉を革紐で思いきり絞めあげたんだ。危うく本当に死ぬところだった」

「そう、危ないところでした……」

ダーウィンはそう言って、手にした革紐をわたしに振ってみせた。わたしの喉に巻きついていたものらしい。わたしはまだひりひりする喉を手で押さえ、顔をしかめた。

「それでヘリアーは？　彼はいまどこにいるんだ」

「ええ」とダーウィンはどうしたことか急に口ごもってしまった。

質問には代わりにジェイミー坊やが答えてくれた。

「ヘリアーなら死にましたよ」

「死んだ？」

「ええ、ヘリアーはそこの岩棚の間に落ちて死んでいました。波間にうつ伏せに浮かんでいるのを、さっき僕が見つけたんです」


――ヘリアーは、わたしを殺して（失敗）、自殺した（成功）のだろうか？

当然すぎるその疑問を、わたしはさすがに口にするのは憚《はばか》られて、無言のまま宿営地へと戻る道に足を急がせた。

その間にも雨脚はしだいに強くなり、風は勢いを増して、宿営地に帰りついた時には、ほとんど水の中を泳いでいるような気がしていた。

ようやく濡れずにすむ場所にもぐりこんだわたしは、ほっと息をついて周囲を見回した。

ダーウィンの指示で、外に出ていたわたしたち四人を除く全員が、すでに艦長用の特別テントに集まっていた。

〝治療〟の終わったフィッロイ艦長は、寝台《ベッド》を怪我人のフェギアに明け渡し、自身はテントの隅の椅子に腰をおろしていた。彼は、右手をこめかみに強く押しつけ、いくぶんまだ朦朧とした様子であった。

キング士官候補は、艦長とは反対側のテントの隅に背筋を伸ばして立ち、鼻筋ごしに辺りを睥睨《へいげい》しているのはいつものとおりであった。その手にしっかりと聖書が抱えられ、ひどく生まじめな表情をしているのが、なんだかおかしいように思われた。

赤毛の水兵ビリーは、フィッロイとキングの間できょろきょろと辺りを見回し、なんとか二人の目に触れない場所はないかと探している様子であった。わたしたちが入って行くと、緊張のために引きつった彼の顔に、ようやくほっとした表情が浮かんだ。

「嵐が来ます」ダーウィンは、自分の頭からしたたり落ちる水滴を拭う間もあらばこそ、早口に皆に告げた。「ビーグル号が戻ってくるのは、予定では四日後です。この嵐に気づけば、予定を切り上げて助けに来てくれるかもしれませんが、ともかくそれまで、わたしたちは自分たちだけでなんとかこの嵐をしのがなければなりません」

「このテントで、ですかい？」ビリーが呆れたように左右を見回した。「そりゃ無理だ」

「無理でもなんでもやらなくちゃならない。生き延びるためにはね」ダーウィンはそう言うと、フィツロイに向き直った。「艦長、どうか指示をお願いします」

全員の顔がフィツロイに向けられた。

フィツロイは、しかし無言のまま動こうともしない。

「艦長、どうかご指示を！」キングが、まるで神に許しを乞うように言った。

フィツロイがゆっくりと顔をあげた。頰に戸惑ったような微笑が浮かんでいた。

「……神に祈ろう」艦長は呟くように言った。

「しかし、それだけでは……」

「他になにができるというのかね？」

フィツロイがそう言った瞬間、凄まじい音を立てて隣のテントが吹き飛んだ。

慌てて外に飛びだした男たちは、結局誰彼の指示を待つことなく、自主的にやるべきことに取り掛かった。やらざるをえなかったのだ。生き延びるために。

まずはテントの補強であった。

わたしたちは手分けして、ある者はテントを支える杭を島の大地へといっそう深く打ち込み、ある者は補助のロープを新たにテントと岩場との間にきつく結んだ……。

ふと横を見たわたしは、フィツロイもまた作業の一員として参加していることに気がついた。が、彼の動作はのろのろとしていて、ほとんど役に立ってはいなかった。

その間も風雨は容赦なくわたしたちを襲い、全員がすぐに頭から水をかぶったようにびしょ濡れになった。時折横ざまに激しく吹きつける突風は、呼吸を奪うとさえ思われた。誰かが濡れた岩に足を滑らせて転んだ。別の者は風をはらんだロープにはじき飛ばされた。いずれもすぐに起きあがって、作業に戻った。

時は迫っていた。生き延びるためには一刻の猶予も、よそ見をしている暇もなかった。懸命に作業を続けながら、しかしわたしの心の多くを占めていたのは冷ややかな無力感であった。わたしはいったいなにをやっているのか？　こんなことは全然無駄なのではないのか？　わたしは……。

わたしはロープを結んでいた手を止め、背後を……禁じられた世界を……黄泉《よみ》の国を振り返った。

嵐が激しさを増していた。

黒雲はいよいよ低く、まだ夕方のはずなのに、辺りはほとんど真っ暗といってよかった。時折、黒い雲の間を稲妻がジグザグに走り抜け、そのわずかな間だけ、世界は明るい光に包まれる。一瞬雨風が鎮《しず》まり、次の瞬間、世界を縦に引き裂いたような轟音が耳を聾《ろう》した。続いて横殴りの風とともに、ふたたびバケツを引っ繰りかえしたような雨が横っ面に叩きつけられる。

わたしは、鼻や喉に間断なく流れこんでくる天上の水にむせかえりつつも、無慈悲なゼウスの雷が照らし出した世界をはっきりと記憶した。

島の至るところで水があふれていた。岩の窪みという窪みは、いまでは逆流した水を激しく噴き出し、島が吐き出した水は地面に幾筋もの水流となって現れた。島を覆いつくす大量の水は、それでなくともなにもない地表をきれいに洗い流した。水は低きに流れ、黒い熔岩の野を抜ける。最後には、大小の無数の滝となって海に流れ落ちた。

遥かに冥《くら》い沖合からは、黒い波が大きくうねり、次々に押し寄せた。島の岸壁に行く手を阻まれたうねりは、高々としぶきを上げ、天を呪い、それが叶わぬと分かると無念の咆哮《ほうこう》を上げて暗い海へと引き返してゆく。……そう、いまはまだ。しかし次は？　次こそは、恐ろしい海は太平洋に浮かぶこのちっぽけな島を、まるごと呑み込んでしまうのではないだろうか……？

わたしは、なるほどそれまでにもビーグル号の船上で何度かひどい嵐を体験してきた。しかしこの島で感じたのは、それとはまた別の種類の恐怖であった。

わたしはすべての陸地が逆巻く海の底に沈むさまを思った。

ノアの大洪水の時もかくあったに違いないと思われた。

稲妻がまた天を横切り、誰かが悲鳴をあげた。

「神様、どうかお助けを……」

声の主はビリーであったが、わたしであっても不思議ではなかった。

テントの向こう側で、今度は別の声があがった。唸るような低い声が強い風に吹き飛ばされて、なんと言っているのかは分からない。もう一度聞こえた。

振り向くと、ヨークミンスターが冥い海を指さし、わたしたちに向かって何事か叫んでいた。

一瞬、風が止んだ。

"Me See, Ship"（船だ）

そう聞こえた。

わたしたちは全員が手を止め、彼の指さす方向に目を凝らした。続いて、視力に優れたフエゴ・インディアンの若者が叫んだ言葉を聞いて、凍りついた。

"Beagle, Burning!"（ビーグル号が燃えている！）

天と地が暗い色に塗りつぶされた混沌の狭間《はざま》、波が自らのうねりを孕む遥か沖合に、やがてわたしたち常人にも見える姿として、船が――わたしたちの母なる船、ビーグル号が姿を現した。

ヨークミンスターはつねに正しい。

ビーグル号は確かに燃えていた。

帆柱《マスト》という帆柱、帆桁《ヤード》という帆桁の、あらゆる先端に青白い炎が灯り、尖って見える……。

「聖エルモの火（空気の絶縁が局所的に破壊されることで生じる発光現象）だ……」誰かがそう呟くのが聞こえた。

――わたしはあの自然の怪異を目にした日の驚きを、いまも忘れることができない。

ビーグル号を中心に、あらゆるものが燃えていた。

空は稲妻で、海は発光粒子で、そして船は聖エルモの火によって、冥く闇に沈んだ天地の間でその一角だけが激しく燃えあがっていた。

すでに多くの驚異を目にし、たいていのことには驚かなくなっていたわたしも、目の前に顕現《けんげん》したこの凄まじくも、美しい光景には打ちのめされざるをえなかった。

わたしたちは皆、思いもかけず現れた救世主に、しばらくは歓声をあげることも、また〝なぜビーグル号はこれほど早く戻ってきたのか？〟と疑問に思うことも忘れ、嵐の中に立ち尽くしたまま、ただ呆然と自然の驚異に眼と心を奪われていた。

わたしのそばを擦り抜けるようにして、人影が一つ、前方に走り出た。

ジェイミーであった。

フエゴの少年はまっすぐに海岸近くまで駆けていくと、奇怪な形にうずたかく盛りあがった岩塊にとりつき、身軽によじ登った。彼は岩の頂上に立って、ビーグル号に向かって大きく手を振った。

「おおい！　ここだよ、僕たちはここにいるよ！」

少年の声が聞こえたわけではあるまいが、ビーグル号の甲板で明かりが振られるのが見えた。

「助けて、早く！」

ジェイミー坊やはもう一度大きく手を振って、声の限りに叫んだ。

ダーウィンが少年の立つ岩塊に近づき、見あげて声をかけた。「ジェイミー、彼らはもうわたしたちに気づいているよ」

「じゃあ、なぜあんなところでぐずぐずしているんです？」ジェイミーがダーウィンを見おろして尋ねた。「あの人たちはなぜ、いますぐにボートを出して助けに来てくれないんです」

「いまは駄目だ」ダーウィンが吹きつける突風に負けないよう、大きな声で言うのが聞こえた。「いまはボートを降ろしても、この波だ。助けに来るどころか、彼らの方が遭難してしまう」

「それじゃあ……」

「待つんだ！」ダーウィンは厳しい声で言った。「嵐が一時的に収まるのを待とう。それまではわたしたちだけで頑張るんだ。……大丈夫、この嵐はきっとどこかで一度弱くなる。その時までは、船の連中を急がせちゃいけない」

ジェイミーはじっとダーウィンを見ていたが、ぷいと顔を逸らし、ふたたび船に向かって手を振りはじめた。

「おおい！　ここだよ。早く助けにきてよ！」

「駄目だ、ジェイミー！　彼らを呼んじゃいけない」ダーウィンは慌てて言った。「それじゃセイレンの魔女（ギリシア神話における海の魔物）と同じだ……おびき寄せて沈めてしまう。……降りて来なさい。テントに入って時を待つんだ」

ジェイミーはしかし、ダーウィンを無視して船に手を振り、叫び続けた。

「おおい！　おおい！」

ジェイミー坊やが〝先生〟であるダーウィンの指示を無視するのは、わたしが知る限り、それがはじめてのことであった。……もっとも、この状況では無理もあるまい。ジェイミーはこの島にいるのが怖いのだ。一刻も早くこの悪魔の島を抜け出したい、その気持ちは痛いほど分かった。かく言うわたしも、彼と一緒にビーグル号に向かって手を振りたいほどであった。

「ジェイミー、降りて来るんだ」ダーウィンがもう一度強い口調で命じた。「第一そんなところにいたんじゃ、雷に狙われる……」

ダーウィンがその言葉を言い終えぬうちに、奇妙なことが起こった。

ビーグル号に向かって手を振っていたジェイミー坊やの体が、そのままの形でぐらりと傾き、ゆっくりと沈むように崩れ落ちた。少年の姿はそのまま岩陰に消えた。

わたしは隣にいたビリーと顔を見合わせ、争うように駆け出した。

近寄ると、ダーウィンがその腕にジェイミーをしっかりと抱きかかえていた。

ダーウィンの服が、肘や膝の辺りで破れ、血がにじんでいた。ジェイミーが落ちて来るところを、抱きとめた際にできた傷らしい。だが、おかげでジェイミーの方はどこにも傷が見えなかった。

「いったい、どうしたんだ？　ジェイミーは大丈夫なのか？」

少年をのぞき込んだわたしは、途端にあっと声を上げた。

ジェイミーの、あの黒曜石のような黒くきらきらとした眼が、いまでは白く、醜く裏返り、硬直した少年の体が時折小さく痙攣していた。

「雷に打たれたのか？」わたしは恐る恐る尋ねた。

「いいえ、雷ではありません」ダーウィンは首を振った。「それなら、すぐ近くにいたわたしが無事で済んだはずがない。……雷ではない」

「それならなにがあったんだ」と今度は遅れて駆けつけたキングが、ダーウィンに尋ねた。

「ジェイミーのこの様子はただごとじゃないぜ」

ダーウィンは腕に抱いたジェイミーの様子を見ながら、慎重に口を開いた。

「これは……そう……恐らく……薬物による中毒症状です」

「薬物？」

わたしたち――フィツロイ、キング、ビリー、ヨークミンスター、わたし――全員が集まっていた――は、またしてもダーウィンの口から飛び出した予期せぬ言葉に首を傾げ、ぼんやりと互いに顔を見合わせた。

ダーウィンは、わたしたちの顔を一人ずつ見回し、そしてひどく低い、ほとんど聞き取れない声でこう言った。

「この中に、ジェイミーに毒《ドラッグ》を飲ませた人物がいます……」

第一八章　殺人者の顔

わたしたちはジェイミーを全員で抱えるようにして、テントへと戻った。早速、フエゴの少年のために予備の寝台《ベッド》が広げられ、艦長用の寝台にはすでにフェギアが横たわっていたから、狭いテントの中はもうそれだけで一杯であり、後の連中は二つの寝台を取り囲むように立っていなければならなかった。

ただ一人、ダーウィンだけは寝台の間に立ち、見ていると彼はじつに忙しく働いた。ダーウィンはまず、ジェイミーに吐剤を飲ませて胃の洗浄を行った。が、少年は相変わらず意識が戻らず、体を強《こわ》ばらせ、不吉な痙攣を続けていた。ダーウィンはジェイミーが舌を嚙まぬよう、その口に布をくわえさせた。また震える体には毛布を巻きつけ、濡らしたハンカチを少年の顔に当てた。高い熱があるらしくハンカチは頻繁に取り替えられた。

その間も外は雨風が依然として激しく、わたしたちが張ったばかりのロープがびゅうびゅうと音を立てて鳴った。時折、いまでは無人となった他のテントが島の地面から無理やり引きはがされ、吹き飛ばされる際の凄まじい音がしたが、やがてそれも聞こえなくなった。

残されたのは、もはやわたしたちの集まるテントだけであった。わたしたちは、全員が運命を共にしていたのだ……。

ダーウィンの動きが一段落したのを見て、わたしは慎重に口を開いた。

「チャールズ、君が言ったのは、あれはいったいどういう意味だったのだ？」

ダーウィンは、わたしに背を向けたまま、じっと考え込む様子で、答えない。わたしはもう一度尋ねた。

「君はさっきこう言った。『この中に、ジェイミーに毒を飲ませた人物がいる』と」

「ええ」とダーウィンは、苦しげな様子で、わたしの質問を肯定した。

「しかし、まさかそんなことが……？」

ダーウィンは顔をあげ、寝台を取り囲む男たちをぐるりと見回した。

「それだけではありません」彼は低い声で言った。「この中に、この島での奇怪な殺人事件を引き起こした人物がいます。……わたしはいま、犯人が誰なのか、ようやくはっきりと分かりました」

突風が吹きつけ、テントを激しく揺すぶった。天井から吊るした提燈《ランタン》が左右に揺れる。一人ひとりの顔が明るく照らし出され、またすぐに影に消えた。

「およそすべての犯罪には、犯人の顔が刻印されています」ダーウィンはゆっくりと話しはじめた。

「ビーグル号が立ち寄った南米大陸、アンデスを挟んだ東西の側で、わたしはきわめて対照的な人々の習慣を目にしました。ご存じのとおり、かの地の牛飼いたちは、アンデスの東では〝ガウチョ〟と、西では〝グアソ〟と呼ばれています。わたしはあの土地を旅して回るうちに、彼らがほとんど同じ仕事を請け負い、同じような外見をしているにもかかわらず、気質においてはまったく異なる人々であることを思い知らされました。たとえば、〝今日働かないのは、日が長すぎるからだ〟といって憚らないガウチョたちは、うっかり彼らを侮辱する言葉を口にしようものなら、その場でよく研ぎ上げられた、牛の骨さえ一撃で断ち切る大型のナイフを抜き、顔色一つ変えることなく相手の喉をかき切るでしょう。一方グアソたちは、侮辱の言葉には肩をすくめるだけですが、わずかな宿賃、食事代を渋ったために、寝ている間に布にくるまれて袋だたきにあったという旅人をわたしは何人も知っています。

なにも南米に限った話ではありません。愛人のいる若くて美しい妻は、年とった夫を殺すために、ひそかに毒を用いるでしょう。一方、家族を殺された者の復讐は、実際に敵の血を見なければ収まらない……。

犯罪には犯人の特徴が抜き差しがたく刻印されている。とすれば、わたしたちは犯罪を詳しく研究することで、犯人の顔を知ることができるはずです」

ダーウィンはここでちょっと言葉をきって、もう一度全員の顔を順番に眺めた。提燈の光がちょうど顔の辺りで影となって、互いの表情ははっきりとは分からない。誰も口を開こうとはしなかった。ダーウィンは先を続けた。

「わたしはまず第一に犯罪の動機を考えました。南米で死体を発見した場合、侮辱を加えた者が喉を切られて死んでいれば犯人はガウチョでしょう。一方、死体から財布が抜き取られていればグアソを疑うべきです。動機において、犯罪は犯人の顔をもっともよく表す。そして、もしこの島でわたしたちを襲った一連の事件が一人の人間によってひき起こされたものなら、それぞれの事件にはなにか共通点があるはずです。動機における共通点を見つけることで、犯人の顔が見えて来るのではないか？　そう考えたわたしは、この島で起こった事件の動機を順番に検討してみました。

まず第一の事件、宣教師のマシューズが首を絞められて死んでいた件はどうでしょう？　なるほどマシューズは船の上では、水兵たちの言う〝三なし（「役立たず」の意。第二章参照）〟であり、皆から疎《うと》んじられていました。しかしそのことが、彼が殺されるに足る動機であったとは考えにくい。次に考えられるのは……」

ダーウィンがそう言ったところで、キングが口を挟んだ。

「ちょっと待てよ、チャールズ。この島で起きた殺人事件の犯人が分かった？　動機を検証する？　しかし、この島に潜むという例のスペイン人の銛打ち、〝ドン・カルロス〟とやらはどうなったんだ？　全部、奴の仕業だったんじゃなかったのか」

「スペイン人の銛打ち氏は、わたしたちがこの島に来た時点ですでに死亡していました」と
ダーウィンは前夜、わたしと共に行った真夜中の大冒険（？）の様子を皆に話して聞かせた。

ダーウィンは途中いちいち、うるさいほどにわたしの確認を求め、話し終わると、唖然としているキングにはかまわず、顔をテントの隅の暗がりに向けた。

「そしてビリー、君はそのことを知っていた。知っていて、事件が起こった後も黙っていた。そうだね？」

急に話を振られ、皆の注目を浴びることになった赤毛の水兵は、おどおどとした口調で言い訳をした。

「知っていたなんて……そんなごたいそうなことじゃないんです。……あたしはアメリカの鯨捕り野郎からちょっと耳打ちをされただけでして……その時そいつが『このことは黙っていて、他の連中が恐がるのを見て、笑ってやんなよ』と言ったものですから……。けっして悪気はなかったんで……もちろん、笑うなんてとんでもありません。その後は、みなさんが、

いる、いる、とおっしゃるもので、ついあたしも本当にいるような気がしてきて……その、ねえ……」

ビリーの言葉は最後はもぞもぞとしてよくは聞き取れなかった。ダーウィンは軽く頷いてビリーを落ち着かせ、わたしたちに向き直って言った。「おそらくアメリカの鯨捕りたちは、絶海の孤島で突然出会うことになったイギリスの貴族や英国海軍《ロイヤル・ネイビー》といったものを、いやに気取った、しゃちほこばった存在に感じ、あるいは煙たく思ったのでしょう。もしかすると、鯨のことを単に〝鯨〟と言わず、〝リヴァイアサン〟と呼ぶことを不快に感じた、せっかくのんびりカメ集めをしているところを邪魔された、急《せ》かされた、そう感じたのかもしれません。彼らはその腹いせに、すでに死んでいるスペイン人の殺人鬼の存在をわたしたちにもっともらしく話して聞かせた。ただ、気楽なつき合いのできた水兵《ビリー》にだけは、真相をこっそり教えておいてやろう……。とまあ、そんなところだったのでしょう」ダーウィンはそうして、ふたたび先ほどの説明の続きに戻った。

「さらに第二第三の事件が起こりました。フェギアが頭を殴られ、料理人のシムズが溺死したのです。この二つの事件については、さまざまな可能性が考えられました。たとえば」とダーウィンはヨークミンスターをまっすぐに見た。「フエゴですべてを奪われた君はキング氏の話を知って、自分の許婚であるフェギアと交換に金貨を得ようという計画に取り憑かれていた。もしかすると君は、キング氏が犯人に見えるような狂言をでっちあげ、フェギアを傷つけたことと交換に金貨を手に入れようとしたのかもしれない」

そう言うとダーウィンは、唸り声を上げるヨークミンスターには軽く手をあげてこれを制し、視線をキングに移した。

「あるいはキングさん、あなたが本当はフェギアを襲い、その現場を見られたから、シムズの顔を泉に押しつけて殺したのかもしれない」

「馬鹿ばかしい」キングは軽く肩をすくめた。「可能性というなら、太鼓腹のシムズがフェギアに言い寄って、断られた腹いせに殴りつけ、そのあとで慌てて自殺したのかもしれないじゃないか。あるいは、前の晩にトカゲを食わされたことを恨みに思った誰かが、料理人のシムズを殺したのかもしれない。そして、それを目撃したフェギアを襲った。……ふむ、となると宣教師のマシューズあたりが一番怪しいということになる」

「マシューズは第二第三の事件が起きた時点ですでに死んでいました」

「知っているさ」とキングはうそぶいた。「君の言う可能性とやらを検討してみただけだよ。君があんまり馬鹿ばかしい絵空事に時間を取られているようなので、代わりにまとめてやったんだ。可能性だけなら、いくらでも考えられるさ」

「キングさんの言うとおりです」ダーウィンは、意外なことにあっさりと頷いた。

「どういうことだ？」

「いま、わたしやキングさんが挙げたようなことは、確かに可能性といえるでしょう。ですが、そういったことが本当に人を殺すに足る動機となり得るでしょうか？」

ダーウィンの問いに全員が首を捻った。答えは、ダーウィンが自分で言った。

「わたしにはどうしてもそうは思えなかった。ヨークミンスターは金貨との交換のためにフエギアを殴らない。フエギアにふられたからといって、シムズは自殺しない。トカゲを食べさせられたからと言って、誰かがシムズを殺すことはありえない……。わたしはすっかり困惑しました。いくら犯罪を調べても、そこに刻印されているはずの犯人の顔が少しも見えてこないのです。正直な話、わたしはほとんど諦めかけていました。もしかすると一連の事件は本当に、偶然の事故や自殺が重なった不幸な出来事なのかもしれない、とさえ疑いました。ところがふとした瞬間、わたしは事件に共通するある一つの点に思い当たったのです。はじめそれは、自分でさえあまりに馬鹿ばかしく思えました。ところが、考えれば考えるほど、それしかないという確信めいたものに変わってきたのです。一連の事件の共通点。それは、動機がないということでした」

「動機がないことが共通点？」それまで黙って聞いていたわたしは、予想外の言葉に思わず声を上げた。「いくらなんでもそんなことが共通点だなんて……」

「いえ、考えてみればこれほどの共通点があるでしょうか」ダーウィンはかまわず先を続けた。「そうして眺めてみると、一連の事件は、むしろ動機の不在という一点によって、はっきりとした特徴が刻印されていることが分かります。犯罪は、いずれも行き当たりばったりに、まるで冗談のように行われているのです。一連の事件が一人の人物によって引き起こされたものではないか、という疑惑はいよいよ強くなりました。……とはいえ、犯人の顔が見えてこないのは相変わらずです。そこでわたしは、事件のもう一つの側面に注目しました。それが〝犯罪はいかにして行われたのか？〟つまり、全員の不在証明《アリバイ》を調べることでした」

ダーウィンはそうして早口に、先夜わたしが聞かされたのと同じ講義を、いくぶん手みじかに行い、続いてそれぞれの事件の際の全員の証言を確認した。

それによって、第一の事件においては、見張りに立っていたヨークミンスターの証言から、彼以外の全員に不在証明があり、また第二第三の事件においても、不完全ながら、ほぼ全員に不在証明があることが明らかになった。

「やれやれ、これはどうしたことだ」キングが尋ねた。「チャールズ、せっかくの君の意図に反して、これで〝わたしたちの誰一人として事件を起こすことは不可能だった〟と証明されてしまったじゃないか」

「そのようですね」とダーウィンはそう言いながらも、取り立てて気にしている様子はなかった。

「不在証明の検証は、一見すると、わたしたちの中には犯人がいないことを示している。わたしもはじめはそう思った。……わたしは目を開けていながら、眠っているのも同じだったのです！……わたしが不在証明検証の盲点に気づいたのは、皮肉なことに、フェギアとシムズの二人が、島の離れた場所で同時に襲われた謎を考えていた時でした。そしてそのことに気づいた瞬間、わたしは今度こそ、一連の事件はある一人の人物の犯行だと確信することができたのです」

――またしても逆説であった。

〝二人の人間が島の離れた場所で同時に襲われた〟と言いながら、そのことがなぜ〝一連の事件はある一人の人物の犯行だ〟などという確信に至るのか？　ダーウィンの言葉はこの期《ご》におよんで相変わらず不可解であった。

「考えてみれば、わたしたちを襲った事件には奇妙な点が多すぎました」ダーウィンの言葉は、聴衆を疑問のなかに置き去りにしたまま、また別の場所へ飛んだ。「事件の全体を知るためには、わたしたちはなによりもまず、謎の部分をすべて洗い直す必要があったのです」

とダーウィンが続いて早口に並べたてたのは、たとえば次のようなものである。

わたしが船上で聞いた謎の会話、半分に欠けたシムズのボタン、キングへの脅迫状（〝ドン・カルロス〟の署名)、薬箱から消えた収集品、マシューズの遺した手帳に記されていた悪霊の存在……。

わたしたちはもちろん唖然として聞いているだけであった。ダーウィンがなにを言い出したのか、ほとんど想像もつかなかった。

ダーウィンは眼をきらきらと輝かせ、いつしか彼は謎を前にした時のあの陽気な興奮に取り憑かれているようであった。彼は突然くるりと首を巡らし、わたしに向き直った。

「そしてアールさん、中でもわたしが一番気になったのは、アールさんから指摘があった点、〝シムズはいかにしてこの島のカメの泉を見つけたのか?〟という謎でした」

「なるほどね」わたしは一応もっともらしく頷いてみせた。「それで、彼はいったいどうやって泉を見つけたんだい?」

「わたしは、シムズは泉を見つけなかったと考えています」

「よく分からないな」わたしは首を捻った。「シムズは泉で溺死しているところを発見されたのだ。見つけなかった泉で、彼はどうやって溺れ死んだというのだ?」

「そう。わたしたちは、シムズはあの泉で溺死したと思っていました。なぜならアールさん、あなたが〝シムズは水を飲みに泉に行った〟とおっしゃったからです。しかしよくよく聞けば、あなたはそのことをビリーから聞いたという。そしてビリーは——これはさっき彼に確かめたのですが――墓穴を掘っている時のシムズの言葉からそう思い込んでいただけだというのです。

シムズは泉に行かなかったかもしれない。そう考えた時、わたしは思い出したのです。この島に来て以来、彼が執拗にイグアナの卵を求めていたことを。こうは考えられないでしょうか？　シムズがこの島への上陸を希望した目的は、イグアナの卵という珍味を賞することであった、と。とすれば、彼はなんとしてもそれを見つけようと考えたでしょう。シムズは墓穴を掘る作業の後、さっそく卵を求めて海岸の岩場へと向かった。もちろん、そこがイグアナの営巣地であることを彼は知っていたのです。卵を探して夢中で潮溜まりをのぞき込んでいたシムズは、背後から忍び寄った殺人犯に頭を水の中に押さえつけられて、そこで溺死した……」

「それはおかしい！」わたしは思わず声をあげた。「第一、シムズが別の場所で殺されたという可能性は、先日チャールズ、君自身が否定したじゃないか。シムズはあのとおり、ひどく太っていた。彼の死体を海岸から高台の泉に動かした――それも誰にも気づかれないほど迅速に運んだなんてことは、全然考えられない」

「それが可能だったのです」ダーウィンは首を振った。「そして、同時にそれが〝シムズはいかにしてカメの泉を見つけたか？〟という謎の答えなのです」

「島の高台にある泉は、人間がはじめてこの島を訪れるずっと以前に、カメたちによって発見されたものです。この島のゾウガメは、食物となる草の生える海岸と高台の泉の間を往復し、それが何百年となく、世代を超えて続いている……。カメたちが通る道ははっきりとした跡となって〝カメの道〟と呼ばれています。そして、いいですか、フェギアが襲われた海岸からシムズが発見された泉に向かって、真っすぐにこの〝カメの道〟が続いているのです。もし犯人が海岸で溺死させたシムズの死体を泉に向かうゾウガメの背中に押しあげたのだとしたら？　それなら一人の力で充分可能です。カメは死体を背中に乗せたまま歩き続け、やがて、泉にたどり着く。カメは、水を飲むために頭を下げる、あるいは体ごと泉に浸かる。その時にシムズの死体が泉に滑りこんだ……」

「まさか、そんなことを本気で考えているんじゃないだろうね？」わたしは信じられない思いでダーウィンに尋ねた。「カメが、シムズの重い体を乗せて運べるものか。第一、あのカメたちののろのろとした歩みを見る限り、一夜のうちに、海岸から泉までたどり着けるとはとても思えないね」

「可能ですよ、もちろん」ダーウィンは頷いて言った。「わたしも気になって調べてみたのです。すると、この島のゾウガメは平均で十分間におよそ六十ヤードの割合で歩くことが分かりました。つまり一時間で三百六十ヤード。途中で食事の時間を少しばかり許して、一晩でおよそ二マイル進むことができる。もちろん泉までには、それで充分です。それに背中にわたしが乗っても、カメたちが少しも気にせず歩き続けるのは、アールさんもご覧になったとおりです」

わたしは唖然としてダーウィンの顔を眺めた。この島のゾウガメが歩く平均速度？　背中に乗っても平気で歩き続ける？　ダーウィンは、わたしが日射病に倒れたあの草地で、そんなことを調べていたというのか？

「証拠もあります」ダーウィンはまた口を開いた。

「証拠？」

「これです」とダーウィンはなにかを指先につまんで、提燈の明かりにかざしてみせた。彼の指先にほとんど隠れてしまう大きさのそれは、明かりを反射してきらりと輝いた。

「真珠貝のボタンの破片です」ダーウィンは満足げに言った。「シムズの死体を調べた時、袖のボタンが一つ欠けていたのを覚えておいででしょうか？　わたしはもしやと思って調べてみたのです。一匹のカメの甲羅の溝に、運良くこれを見つけることができました。……こちらが、シムズの袖に残っていたボタン。こうすると、ほら、断面はぴったりと一致します。わたしが最後に彼を見かけた時、シムズの袖のボタンは欠けていませんでした。つまり、彼の袖のボタンはその後、カメの甲羅の上で割れたことになる。シムズが自分でカメの背中に登ったとは、彼の体型からして、ちょっと考えにくい。やはり彼は死後、何者かの手でカメの背中に押しあげられ、その後、泉に滑り落ちるさいに袖のボタンが甲羅の溝に引っ掛かって割れた、と考えるのが自然ではないでしょうか」

「そうか。すると、君がさっき言っていた不在証明検証の盲点というのはこのことなのだな」キングが手を打って言った。「つまり、死体発見現場と犯罪が行われた場所とは、別の可能性がある」

「そうです。わたしはそれまで、犯行が行われた時間、場所にその人物がいなければ、それで直ちに不在証明が成立すると考えていました。しかしシムズの事件において、犯人は犯行現場——実際には死体が発見された場所——にいる必要はなかった。とすると、他の事件の場合も同様の事情が起こりえた可能性がある」

「他の事件と言うと、マシューズの件だね」わたしが尋ねた。「しかし、そんなことが可能だろうか？　彼は、夜の間誰も近づかなかったにもかかわらず、朝になると首を絞められて死んでいた。しかもマシューズが死んだのは、明るくなってからだと言う。……犯人は、いったいどうやって彼の首を絞めて殺したんだ？」

「わたしにも、長い間その謎が解けずにいました」ダーウィンは首を振った。「ところが、そこへ第四の事件が起こった。今度の犠牲者は、艦長世話係のヘリアーでした」

「ちょっと待て」わたしは呆気に取られて言葉を挟んだ。「君はなにを言っている？　ヘリアーが殺された？　犠牲者というなら、このわたしだ。わたしは彼に首を絞められた。わたしが彼に殺されかけたんだ。ヘリアーこそが一連の事件の犯人だ。彼は自分の犯罪が露見したのを知って、自殺した。そうじゃなかったのか？」

　実を言えばわたしは、それまでダーウィンが〝犯人〟という言葉を使うたびに、ヘリアーの生白い顔を脳裏に思い浮かべていたのだ。ダーウィンは、どうしたことかじっと口を閉ざしている。慌てたわたしは続けて、ダーウィン本人から聞いたはずの仮説を、その場にぶちまけた。つまり――

　ヘリアーには秘められた動機があった。友人のウィリアム・マスターズがキングのせいで死んだと考えた彼は、〝秘密の空間《スペース》〟に身を潜め、やがて船で行われている欺瞞に気づいた。怠惰、大食、姦淫、憤怒、嫉妬、驕慢《きょうまん》、貪欲。ヘリアーは自らを神に見立てて、船の秩序を回復しようと企てた。さらに彼は、この島での一連の事件をおしつけることでキングを破滅させ、復讐を果たそうとした……。

「それに、いまではヘリアーが犯人だという確かな証拠もある」わたしは、黙ったままのダーウィンに代わって、言葉を続けた。「さっきのフィツロイの様子はどうだ？　彼は明らかに薬物を飲まされた様子だった。これはチャールズ、君が言ったのだよ。そりゃまあ、ヘリアーがマシューズを殺した方法はわたしにもまだ分からないが……」

「……薬は、私がヘリアーに頼んだのだよ」テントの隅からしゃがれた声があがり、わたしはぎょっとして振り返った。フィツロイであった。

「私は最近ずっと眠れないのだ。だからヘリアーに頼んだ。なにか眠れる薬を見つけてほしいと。彼は望みの品を与えてくれた。……飲む量が多すぎたのは、私の責任だ。私が、彼の指示した分量を間違ったのだ」

フィツロイは弱々しい声でようやくそれだけを言うと、大きなため息と共にふたたび沈黙の闇に沈んだ。

「ヘリアーは犯人ではありません」ダーウィンがわたしに向かって言った。「証拠は……そう、アールさんはキング氏が受け取った脅迫状を覚えておいでですか?」

「そうだ、それがあった!」わたしは勢い込んで言った。「覚えているとも。あの筆跡は間違いなくヘリアーのものだった」

「そのメモではなく、上陸前にキング氏が受け取った手紙の方です。手紙には〝ウィリアム・マスターズを殺した罪について島で話し合おう〟と書かれていました。ところがヘリアーは、もともとこの島に上陸する予定ではなかったのです。思い出してください、彼は、フイツロイ艦長の突然の上陸につき従って、急遽この島に来ることになった。彼には、艦長が上陸することを前もって知ることはできなかったのですよ」

「しかし……」

「もう一つあります。キング氏が受け取った手紙は主語が〝われわれ《ウィー》〟で書かれていました。わたしはそれを聞いて、はじめはヘリアーが自分と死んだウィルとを合わせて書いたのだと思った。しかし、彼の復讐にははじめからもう一人、別の人物が関わっていたのではないでしょうか？　そして……第三の人物、彼こそがこの一連の事件の真犯人だったのです」

　いつのまにか、他の連中が妙な目つきでわたしを見ていた。口火を切ったのはキングであった。

「アールさん、あなたがヘリアーの共犯だったんじゃないんですか？　あなたはヘリアーを殺して、すべての罪を彼になすりつけようとしているのではないでしょうね」

「わたしは彼に襲われた。首を絞められたのだ！」顎を上げ、いまもひりひりと痛む喉の傷を皆に見せた。

「どうですかね」キングが疑わしげに言った。「罪を逃れるための狂言かもしれない」

「いいかげんにしてくれ。わたしは殺されるところだったのだ」

「しかし、結局殺されませんでしたよね」

「殺されればよかったというのか！」わたしは思わず大声をあげた。そして言った。間に立ったダーウィンが両手をあげ、わたしたちを黙らせた。

「犯人は、アールさんを殺さなかったんじゃありません。殺せなかったのです」

「どこが違う？」

「同じことじゃないか？」

「いいえ、同じではありません」ダーウィンは首を振って言った。「犯人はアールさんを殺すつもりで殺せなかった。それがこの島に来て以来、彼が犯した唯一の誤算でした。彼には予想できなかったのです。嵐が、こんなにもすみやかに来ることがね」

「犯人はいかにして離れた場所にいるマシューズを殺すことができたのか？　わたしがこの謎を解くことができたのは、まったくの偶然――突然の嵐の到来と、アールさんのいささか無謀な行動のおかげでした」ダーウィンは、またゆっくりとした口調で話しはじめた。

「これをご覧ください」

ダーウィンが明かりにかざしたのは、今度は、なんの変哲もない一本の革紐であった。

「これは、わたしたちが発見した際に、アールさんの喉に巻かれていたものです。……そして、こっちがマシューズの命を奪ったもの。この二本の革紐のわずかな違いが二人の生死を分けたのです」

ダーウィンはその不吉な代物《しろもの》を左右それぞれの手に持ち、顔の前に掲げてみせた。物騒な言葉を聞いて背筋が寒くなったが、わたしにはどちらも同じものとしか見えなかった。

首を傾げていると、ダーウィンは二本の革紐を一つに合わせて見せた。

今度は分かった。

一本は短く、もう一本は少し長い。

「二つの革紐は、本来同じ長さに切られたはずのものです」ダーウィンが言った。「ではなぜ長さが違うのか？」

一方が縮んだからだ。マシューズの首に巻きついていた方が縮んだ……。

わたしはあっと声をあげた。

鞣《なめ》す前の革紐は、水分を含むと伸び、乾燥すると縮む性質がある。仮に、あらかじめ革紐にたっぷりと水を含ませて伸びた状態にしておき、それを首に巻きつけたとしたら？　革紐は乾燥するにつれて徐々に短くなり、喉を絞めあげる。やがて呼吸が不可能になり、ついには生命を奪うことになるであろう……。

そう考えて、わたしはぞっと震え上がった。

もしあのまま発見されるのが遅れたら……いや、もし今日嵐が来なかったら……雨が降らず、その代わりにいつものように熱帯の陽光が強く照りつけていたなら……？　ダーウィンが駆けつけた時、わたしはすでに死んでいたに違いない。

「もし、犯行がもっと早い時間に行われたのだとしたら？　つまり、あの夜犯人は、視力に優れたヨークミンスターが見張りに立つ以前に、すでにマシューズの首に濡れた革紐を巻きつけていたのだとしたら……水分を含んで長くなった革紐は、朝になって霧が晴れると同時に乾燥と収縮が始まり……マシューズの喉を絞め上げ……結果として、彼の命を奪うことになった……。もしそうだとしたら、この事件に関してわたしたちの誰一人として不在証明が成立しないことになる。わたしたちの誰もが犯人でありえるのです。わたしはもう一度、はじめから事件を洗い直してみることにしました。そして一連の事件には、ある奇妙な共通点があることに気がついたのです」ダーウィンは先を続けた。

「わたしは先ほど、動機の不在こそが事件の共通点だと言いました。新たに浮かび上がってきたのも、ある意味ではそれと似た、〝裏返し〟とでも言うべき特徴——つまり〝誰も犯人の姿を見ていない〟ということでした。姿なき殺人者。この不可解な事実も、しかし数が積み上がれば、事件に動機がないことと同様、犯罪に刻印された犯人の顔を浮かび上がらせるものです。マシューズが死んだ時は犯人は被害者の近くに姿を現さず、背後から頭を殴られたフェギアは、彼女の優れた聴覚をもってしても、近づいて来る人物の足音を聞くことがありませんでした。わたしはふと〝犯人自身、自らが存在しないように振る舞っているのではないか〟と考えました」ダーウィンはそこでちょっと考えるふうで、しかしすぐには結論を口にすることなく、また別の話題に移った。

「次にわたしが引っ掛かったのは、船長を殺してこの島の奥に逃げたという、気の毒なスペイン人の銛打ち氏の死体を見た時でした。わたしは昨夜、アールさんと一緒に〝海賊の洞窟〟を訪れ、彼の死体を発見しました。ほとんど白骨化した様子から、彼はこの島に逃げてすぐに死んだと思われます。死因は分かりません。あるいは、死んだ宣教師のマシューズが言ったとおり、彼は罪の意識に苛まれ、後悔のうちに餓えて死んだのかもしれません。……ですが、わたしが奇妙に思ったのは、彼の魂についてではなく、物としての彼の死体についてでした」と言ったダーウィンは、改めてわたしに向き直った。

「アールさんは、画家として、あの死体を不思議に思われませんでしたか？」

「画家として？　そうだな、そう言えばどことなく……」

わたしは懸命に記憶を手繰《たぐ》り寄せた。

彼は、そう、死んでなお巨《おお》きな体軀を持て余しているようだった。虚ろに窪んだ髑髏の眼は永遠の闇を見つめ、顎の周りには黒く鬚《あごひげ》が残っていた。だぶだぶのズボンと銛打ち専用の胴着……。洞窟の中には、銛が二本あった……。なぜかそこだけ白蠟化した足がひときわ大きく、恐ろしげに見え……。

「足だ！」わたしはそう叫んだ。「そうか、妙に釣り合いの悪い、不格好な体型をしていると思ったが、他の見えている箇所が骨になっているのに、足だけが白蠟化していたからそう見えたんだ。ふむ、しかし変だぞ。死体の足だけが白蠟化するなんて聞いたことがない」

「おそらく彼は、死んだ時は、足に鋲打ち用の分厚い靴を履いていたのでしょう。だからその部分だけが別の変化の過程《プロセス》をたどったのです」

「靴？　わたしたちが見つけた時、奴は裸足だった。だから白蠟化した足が見えたんだ。すると、ごく最近、誰かが彼の足から靴を脱がせたことになる……」

そう言いながら、わたしは――どうやらダーウィンがわざと言わずにいるらしい――結論に向けて走りだしていた。

濡れた革紐を喉に巻きつけられたマシューズは、朝になって、孤独のうちに死んだ。投げ球《ボラス》で殴られて傷を負ったフェギアは、背後から近づく足音を聞かなかった。

犯人は自分が存在しないように振る舞っている？

しかし、マシューズの喉に革紐を巻きつけた犯人の手が、あるいはフェギアの背後からひそかに近づく犯人の足が、確かに存在しなければならないのだ。

ダーウィンはいま、スペイン人の鋲打ちの死体から靴が失われたことこそが重要なのだと指摘した。

問題。誰が、なんのために死体の足から靴を脱がせたのか？

答え。犯人が、自らの犯罪を〝姿なきスペイン人〟の仕業に見せかけようとした。

死体の足から失われた靴？　フェギアは本当に足音を聞かなかったのか？　彼女が聞かなかったのは、実際には別のなにかではなかったか？　もしかすると――

わたしは犯人の条件をいま一度整理してみた。

犯人は、ビリー同様、アメリカの鯨捕りたちからスペイン人の銛打ちがすでに死んでいると聞かされていた。犯人は、足音を聞かれずにフェギアの背後に忍び寄ることができた。犯人はまた、夜のうちに一度、マシューズに近づき、彼の首に濡らした革紐を巻きつけることができた……。

その時、深い霧の底から一つの顔がぼんやりと浮かびあがってきた。

そう……、彼もまた、スペイン人がすでに死んでいることを鯨捕りたちから聞いていた可能性がある。そう……、彼なら、フェギアに足音を聞かれることなく近づくことができた。そして、そう……、彼はあの夜、一人だけマシューズに近づく機会があった……。

気がつくと、恐ろしいほどの沈黙がテントの中に立ち込めていた。わたしだけではない、この瞬間全員が同じことを考え、そして同じ結論に達していたのだ。

視線がただ一人の人物にじっと注がれていた。

ダーウィンが不意に顔を背け、沈痛な声で言った。

「おお……、なぜこんなことをしたんだ、ジェイミー？」

第一九章　楽園追放

ジェイミー・ボタンは、寝台《ベッド》の上で、いつのまにか目をぽっかりと見開いていた。黒い瞳がいつにもまして大きく見える。瞬《まばた》き一つしない。フエゴ人の少年の顔はまっすぐに天井に向けられていたが、その眼がなにかを映しているようには見えなかった。と、熱に乾いた唇が動き、ジェイミーの口から言葉が漏れて出た。

「なぜ……僕を疑ったのです？」

質問は明らかにダーウィンに向けられたものだった。が、ダーウィンは相変わらず顔を背け、どこかテントの隅の暗がりを見つめたまま、答えようとはしない。

「なぜ僕を……？」

ジェイミーがもう一度尋ね、見かねたわたしが代わって答えた。

「靴だよ」

「くつ？」

「そうとも、靴だ」わたしの向かい側にいたキングが吐き出すように言った。

ジェイミーは、やはり顔を天井に向けたまま、眼だけを動かしてキングを見た。「靴《シュー》、靴《シュー》、……靴《シューズ》」その単語を口の中で転がすように何度か呟いた。

「チャールズの言うとおりだ。犯罪には、確かに犯人の顔が刻印されている。……そのことに、当人だけがいまだに気づいていないとは、皮肉な話だな」キングが言った。

「いいかいジェイミー」わたしが言葉を発すると、ジェイミーの眼がまたこちらを向いた。

「君は、なるほど事件のたびに巧みに姿を消した。しかしその君が唯一かいま見せたのが、靴への執着だったんだ。……君は、あの気の毒なスペイン人の鋲打ちの死体から靴を奪い、それを使って砂地に足跡を残してみせた。おそらくあれは、それ以後の犯罪への布石だったのだろう。おかげでわたしたちは、長い間、この島に恐ろしい殺人者がまだ生きていると、奴がわたしたちを狙っているのだと、思い込んでしまったのだ」

「なぜフェギアは足音を聞かなかったのか？」とキングが口を挟み、ジェイミーの黒い眼がみたびぐるりと動いた。「ああ、こうなってはもう本人に確かめるまでもあるまい。彼女が聞かなかったのは、足音じゃない、〝靴音〟だったんだ」キングは、やはりテントの中の寝台に横たわるフェギアを顎で示した。

「フエゴで生まれ、育った、このインディアンの娘は、イギリスにいたわずか一年の間に、すっかり〝足音とは靴音のことだ〟と思いこんでしまったのだ。なるほどイギリスじゃ、裸足で外を歩いている奴なんていないからな。そのことに気づけば、彼女に足音を聞かれずに近づくことができた人物が一人だけいることが分かる。なぜってジェイミー、お前なら、この険しい岩場の上を裸足で、音もなく移動することができたのだから。俺は、そう、鯨捕りの船長の髑髏を塩湖で見つけた時、汚れるからといって首から靴をぶら下げ、岩場の上を裸足で飛ぶように走ってきたお前さんのことを言っているのだ。お前だけがフェギアに靴音を聞かれることなくひそかに近寄ることができた。裸足で近づき、彼女を襲うことができた。凶器に投げ球《ボラス》を用いたのは、俺に罪をなすりつけるためだったのだろう」

「マシューズが死んだあの夜、やはり君だけが彼に近づくことができた」わたしが言った。

「君はあの晩、艦長に言われてマシューズの様子を見に行った。そして霧の中に一人でいた彼の喉に濡れた革紐を巻きつけた……」

「それからお前は、われらが料理人シムズを殺した」キングが言った。「想像だが、お前がフェギアをボラスで殴りつけた時、シムズはたまたま近くにいて――可哀想に、奴は珍しいイグアナの卵を探していたんだ――犯行を目撃してしまったのだろう。見られたことに気づいたお前はシムズを捕らえ、彼の顔を手近な水たまりに押しつけて溺死させた。そして、さっきチャールズが謎解きをしたように、ゾウガメの背中に彼の死体を押しあげ、不在証明《アリバイ》工作をした……」

「ヘリアーもまた君に殺されたんだ」わたしはまた、キングの後を受けて言った。「キング氏への脅迫状に使っていた〝われわれ《ウィー》〟とは、彼とジェイミー、君たち二人のことだった。ヘリアーと違って、君はチャールズと共に早くからこの島への上陸を希望していた。〝ウィリアム・マスターズを殺した罪〟についてキングと話し合う予定だったのは、上陸の予定のなかったヘリアーではなく、君だったのだ。……だが、この島に来るや否や奇怪な事件が次々と起こり、チャールズの調査によって、葬り去られたはずの過去のさまざまな謎が掘り起こされた。あるいはヘリアーは、キングへの脅迫状の件で自分が疑われていることを知ったのかもしれない。となれば気の弱いヘリアーがなにを喋り出すか分かったものじゃない。そんな時、わたしがヘリアーを追いかけはじめた。それを見た君は、わたしたちの後をつけ、すきを見て、わたしの喉に革紐を巻きつけたんだ。革紐を濡らしたのは、むろん不在証明工作のためだろう。君はヘリアーを海に突き落とした。そして何食わぬ顔で宿営地に戻って、不在証明を証言してくれる人物を探した。ところが、そこへ不測の事態が起こった。雨が降りはじめたのだ。このままでは革紐は乾燥せず、したがって縮むこともない。慌てた君は作戦を変更し、わたしを見つけ、救出者となることに決めた。殺人者である君が、わたしを見つけ、助けたのだ」

「やれやれ」キングが首を振った。「これだけの犯罪をしでかしながら、お前は何食わぬ顔で俺たちを欺いてきた。俺たちの目の前で犯罪の手配を済ませて、素知らぬ顔で戻ってくる。時には救出者となる。その大胆さにはまったく脱帽だね。たいしたものだよ。……それにしてもジェイミー、なぜお前はこんなことをしたんだ？」

わたしたちはふたたびジェイミーに視線を向けた。彼の返事を待った。

ジェイミーは眼だけを動かして、わたしたちの顔を一人ずつ眺め、ふとその浅黒い顔に訝しげな表情が浮かんだ。

「あなたたちは、いったい……なにを……言っているのです？」

「おいおい、それはないぜ」キングがうんざりした口調で言った。「お前がやったことはもう分かっているんだ。この期《ご》におよんで、とぼけても駄目なんだよ」

「とぼけてなんか……いません……。そう……僕が殺した……。全部……僕がやったことです」

「おお、ジェイミー！」わたしは思わず天を仰いだ。「しかし、なぜだ？　なぜ君はこんなことをした？」

「なぜ？」とジェイミーは不思議そうに眉をひそめ、だが次の瞬間、わたしはわが目を疑った。それまで能面のようだった少年の表情がひび割れ、その内側から、見る間にぞっとするような薄笑いが浮かびあがってきたのだ。

いまやジェイミーは満面ににたにたとした笑みを浮かべ、突然その口から別人のように言葉があふれ出した。

「あなたたちは代わる代わる、なにをそんなに得意になって喋っているんです？　僕がスペイン人の死体から靴を脱がしたのが犯罪の布石ですって？　とんでもない、僕はただ自分の靴を濡らさないよう、彼の靴を借りただけですよ。洞窟から帰って来る時、ちょうど潮が満ちていましたからね……。フェギアをボラスで殴ったのは、罪をキングさんになすりつけるため？　はっ、そんなことは言われるまで考えもしませんでした。あの宣教師が死んだ時、あなたたちは投げ縄《ラゾ》の話題を持ち出した。だから僕はボラスでフェギアを打ったんです。……太った料理人はなにも見てやしません。彼は『我が舌を冷やせ』と何度も言っていた。だから死ぬほど水を飲ませてやったんです。僕が通りかかった時、彼はしゃがんで水たまりをのぞき込んでいました。僕はただ、彼の望みどおり顔を水の中に押しつけて、存分に水を飲ませてやっただけですよ。……ヘリアーは、ウィルが亡くなった後、しょっちゅう『僕は彼と一緒に死ぬべきだったんだ』と泣き言を言っていた。だから海に突き落として死なせてやったんです」ジェイミーはそう言って、奇妙に澄んだ眼差しで全員の顔を眺め回した。

「僕にも、はじめは不思議でならなかった。〝なぜ、みんな死に向かって飛び込んで来るんだろう？〟と。まるで、この島の小鳥たちと同じように、僕が死の鞭を持って待っている場所に、わざわざ飛び込んで来る。そこに死があるのが分かっているのに、向こうからやってくるのです。……たとえば、神父さんがそうだった。あの夜、トカゲの肉を知らずに食べた神父さんは『ユダになった気分だ』と言った――ユダは自らくびれて死んだ――。だから、僕はあの人の首に濡れた革紐を巻きつけてあげたのです。僕が彼の首に紐を巻きつけている間、あの人はまるで眠っているように、されるがままだった。……いや、それだけじゃない、あの人には朝まで時間があった。あの人は、いつでも自分で革紐を外すことができた。それなのに、あの人は自分で自分の死を選んだ……。なぜです？」とジェイミーはもう一度周囲に視線を走らせ、またゆっくりと口を開いた。「僕は、この島で過ごすうちに、その理由に気がついたのですよ。〝不適者にとって生きることは苦痛なのだ〟とね。だから僕は一番弱い者から、一番死に近い者から、殺したにすぎない。看護を任されたあの時、僕がフェギアを殺さなかったのも同じ理由ですよ。彼女は頭をしたたか殴られても生きている。彼女は強い。だから殺さなかった。なにしろ、それが〝適応〟というものですからね」

フエゴの少年はそう言って、くつくつと笑いはじめた。低く笑い続けるジェイミーの様子はひどく薄気味悪く感じられ、毒気を抜かれたわたしたちは互いに顔を見合わせるだけであった。わたしは期待を込めて、ダーウィンを見た。だが、彼は相変わらず、沈痛な面持ちで、一人顔を背けたままである。

「ジェイミー、質問に答えていないぞ」と、ようやくキングが、いくぶんかすれた声で口を開いた。「お前はなぜこんな恐ろしいことを始めたんだ？」

ジェイミーは不意に笑うのをやめ、キングの顔をまじまじとのぞき込んだ。

「なぜ？」ジェイミーは言った。「キングさん、あなたは僕の話を聞いていなかったのですか？　僕には、あなたがさっきからなにを言っているのかさっぱり分からない。なぜ人を殺すのに理由がいるのです？　僕はただ殺しただけだ。殺すのに理由なんかありはしない。生きるのに理由がないようにね」

「あなたたちは、本当になにも分かっていないんですね」ジェイミーは、ほとんど陽気とでもいえそうな様子で続けた。「いいですか、この世界にはそもそも理由なんてものは一つも存在してはいないのです。……たとえば、そう、フエゴにいた頃は、僕もこう信じていた。この世界は目に見えないたくさんの悪霊が支配していると。そして、もし彼らの機嫌を損ねるようなことをすると、悪霊たちが怒って人間を罰するのだと。しかし僕はビーグル号に乗ってイギリスに行き、そこで僕の信じていたことがどれほど馬鹿ばかしいことなのかを教えられた。僕はその代わりにあなたがたの、キリスト教の神を得た。それは〝普遍なるもの〟

にして〝魂の救済者〟、〝最後の裁きにおける審判者〟、〝唯一復活を許す者〟だった。僕はそこで、食うために老婆を殺すことがいかに罪深い行いであるかを教えられた。〝犬より先に老婆を殺してはいけない〟、それが僕がイギリスで学んだ最初の戒律だった。イギリスにおいて、僕はあなたがたの壮麗な教会を見た。あなたがた白人の信仰の深さを見た。あなたたちはこう言った。〝世界は神がこのようにお創りになられたのだ〟と。もはや疑う余地はなかった。僕は、これこそが世界の真実なのだと思った……。もし僕があのままイギリスに住んでいたなら、僕はキリスト教の神を信じ、同時に〝神の世界〟に意味があることをも信じていたに違いない。ところが僕はふたたびビーグル号に乗せられ、フエゴに帰ることになった。なにも僕が望んだわけじゃない。すべて、はじめからフィツロイ艦長の計画だった。

艦長室の壁の裏に潜んで盗み聞きをするようになったのは、ビーグル号が出帆してすぐの頃です。ええ、あの透き間《スペース》はヘリアーが最初に見つけたのです。僕たちは交替で、あそこに隠れて艦長とダーウィン先生が交わす議論を聞いていました。もっともヘリアーは、話の内容に退屈して、すぐに飽きてしまった様子でしたがね。しかし僕は？　僕はとても退屈するどころではなかった！　ああ、僕がなにを聞いたか、キングさん、あなたにはお分かりではないでしょう。僕が尊敬してやまぬダーウィン先生は、聞くたびに言葉を変え、巧みに論を組みたてながら、こう言っていたのです。〝ノアの洪水はなかった〟……〝天変地異ではなく、常なる変化があるだけ〟……〝木々を載せたまま大地は沈み、その上に貝殻の層が積み重なる〟……〝一万年の後、大地はまた七千フィートの高さにまで隆起し〟〝その変化はいま、この瞬間も続いている〟……〝わずかな変化が植生を変化させ、そこに棲む生き物たちの姿もまた変化する〟……。

話を聞きながら、僕はずっと目眩《めまい》を、まるで見あげた星空にこの身が無限落下していくような、目の眩《くら》みを感じ続けていました。僕にははじめ、それがなんだか分からなかった。しかし、暗闇に身を潜め、話を聞いていた僕は、ある夜不意に、先生が結局はたった一つのことを言っていることに気づいたのです。

——世界は不断に揺れ動いている。

先生はそのことを、繰り返し繰り返し、さまざまな証拠を挙げて説いている。僕はついに先生の言葉を理解したことに狂喜し、そして次の瞬間、それがなにを意味するのかに思い当たって底知れぬ恐怖に襲われたのです。

すべてが揺れ動いているのなら、普遍なるものは存在しない。神も、不死もまた！　この世界に確かなものはなに一つ存在しないのです。

それは恐ろしい瞬間でした。

もはや世界には、神も、悪霊もいない。いるのはただ人間だけ。だとしたら、先に犬を殺しても婆さんを殺しても、どちらでも同じということになる。もし神も悪霊もいないのだとしたら、食人と虐殺のどちらが野蛮と言えるのです？　この世界が本来的に、そして徹底的に無目的であり、また未来がただ偶然の手に委ねられているのだとしたら、すべての行為はほんのいたずらにすぎなくなる、世界のすべてが冗談になってしまう……。

　僕ははじめ先生が嘘を言っているのだと思った。あるいは僕の理解が間違っているのだと思った。僕は、それからは毎晩隠れて聞いた……。そして分かったのです。僕が理解したことは、嘘でも、間違いでもないのだと」

　ジェイミーはそこではじめて言葉を切り、ダーウィンの姿を眼で探した。

「先生」とフエゴの少年は、ダーウィンの背中に向けて乾いた声で言った。「あなたはたいした説明家だ。あなたの言葉は、おそらく一から十まで、なにもかも正しいのでしょう。……しかし、それでどうなるのです？　あなたの行為は、立派な服や食器を引きちぎって台なしにしてしまったフエゴの仲間たちと同じじゃありませんか？　あなたは世界をばらばらに引き裂き、意味のないものにしてしまった……。

　善悪を判断する神が、あるいは悪霊たちがいないのなら、どんな行為も冗談にすぎないのだとしたら、人を傷つけ、殺すこともまた冗談ということになる。……あなたが言ったのですよ、先生。〝もし自然に正義があるとしたら、適者こそが正義だ〟と。この島で僕ほどの適者がいますか？　だから僕は殺したんです。弱い者から、死を求めて僕の手に飛び込んで来る者から。なぜなら、いいですか、神がいないのなら僕が神なのです！」

最後は叫ぶようにそう言ったジェイミーは、苦しそうに肩で息をしていたが、その眼はきらきらと生命の輝きを放っていた。わたしたちはダーウィンの反応を待った。もはや彼が、彼だけが、ジェイミーの狂気に反論できるのだと思った。

ダーウィンはしかし、どうしたことか顔を背け、相変わらず暗い沈黙を守ったままであった。

突然、わたしの胸の内を、恐ろしい疑惑が稲妻のように駆け抜けた。

もしジェイミーの言葉が狂気などではなく、正しいのだとしたら？　世界が冗談にすぎないのだとしたら？　もしそれが真実であれば、わたしはなんのために生きているのだろう？

その時、声が聞こえた。

「違う！　そうじゃない、ジェイミー。本当のことなど、お前はなにも知らないのだ！」

それは異様な響きで沈黙を引き裂いたという感じであった。

ジェイミーを含む、すべての人間が発言の主を振り返った。

フィツロイ艦長が顎をあげ、挑むような眼でジェイミーを見つめ返していた。

第二〇章　人間の由来

「ジェイミー、お前は間違っているのだよ」

ビーグル号の艦長はもう一度、今度はいくぶん穏やかな声でそう言うと、暗いテントの一隅からジェイミーが横たわる寝台《ベッド》の脇——提燈《ランタン》の明かりの下へと歩み出た。

彼は制服のポケットから一冊の手帳を取り出し、それを高らかに掲げてみせた。

黒革の表紙に、わたしは見覚えがあった。

「これは、死んだ宣教師マシューズが、最期に身につけていた手帳だ」

フィツロイは、手帳を手元にひきよせ、おもむろに頁《ページ》を繰った。

なにごとが始まるのか？

全員の訝しげな視線が向けられる中、彼は静かに開いた手帳の頁を読みはじめた……。

*

灰色の霧が私の姿を覆い隠した。
私の眼は霧以外の何ものをも映さない、
もはや誰の眼も私を見ることはあるまい。
私は自らの意志でこんなにも遠くまで来た。
――ここで良い。
ここで待とう、やがて彼が私の終末を携えて現れることを。
こうなることが私の道であったのだ。

私は彼が現れることを望んでいる。そして
私の行為が他の多くの人々にとって救いとならんことを!

待っている今こそが、私にとって喜ばしい時間なのだ。
私は過去を思い出す、
光明が私の目の前に現れた日々のことを。

あの頃の私はなんという希望に燃えていたことか！
私は、もっとも遠隔の人々の苦しみにぐいぐいと惹き付けられた。
世界の最果て——
光の届かぬ場所、神に見捨てられた場所こそが、私の仕事場であった。
私は求められる以前に助けに馳《は》せた。
私は楽しかった。私はあの頃、彼らによって
人生のより高い戦慄にあずかることができた。
私は彼らの世話をしつつ、自分を忘れ、自分を失うごとに
光明が私の目の前に現れる気がした。

あの至福は二度とは獲得されぬものなのだ。
どんな行為も、忍従も、苦行も、
もはや私をあの失われた正しい道に連れ戻すことはできぬ。
私はもう取り返しのつかぬ身だ。
私の手からはすべての物がこぼれ落ち
夜の闇へと動きはじめた。

最高の精神が消えたあとには
形や欲や苦しみだけが残される。

運命とは一つの賭けにすぎない。
私の運命が彼の形をとって現れるのだ。
もし今夜、彼がここに現れるなら――
そのことを私は潔く認め、この賭けから身を引こう、
ただ、それだけが彼の魂を救う道なのだ……。

導くのが私の仕事であった。
今度は、より偉大なものが私を導く。その時
私は深く戦慄するであろう、そして彼に従うのだ。
運命よ、私は汝を信じる。汝の内にあらゆる希望のあることを。
運命よ、私は汝に希望する。
最後の瞬間、

地上の恐怖に思わず上げる私の叫びが
精霊たちの棲む万有の中では、歓喜の歌にならんことを。

さあ、もう良い。私にできることは眼を閉じて待つことだけだ。
彼が、終末を携えて私を訪れることを。
その時こそ――
私はゆるがぬ歩みをもって、確かな世界へと入っていく
高らかに足音を響かせつつ。
恐れることはない、
こんなにも明るい世界だ
暗闇よ、私を捉えられるなら、捉えてみよ！

＊

フィツロイの声が途切れても、しばらくは誰もなにも言わなかった。

「手帳はこれで終わっている」

フィツロイが沈黙を破って口を開いた。ビーグル号の艦長は寝台に横たわるジェイミーに

視線を移し、事実を確認するようにもう一度言った。

「いいかジェイミー、これがお前に殺されたマシューズが最期に遺した言葉なのだ」

フエゴの少年は挑戦的な眼差しでフィツロイを睨みつけ、しかしよくよく眺めれば、さっきまで不気味なまでの輝きをみせていた彼の顔には、奇妙な戸惑いの影が浮かんでいた。

フィツロイは先を続けた。

「これが、お前がさっき〝一番弱い〟と、〝一番死に近い〟と、そして〝不適者〟と決めつけた者の言葉だ。しかしジェイミー、これが本当に弱い者の、不適者の言葉だろうか？　マシューズはお前に殺されるのを分かっていた。そして彼は、自らの死をかけて、ジェイミー、お前の魂を救おうと考えていたのだ」

「嘘だ！　そんなことがあるはずがない。だって神父さんは……」

フィツロイは相手の言葉を手をあげて遮り、静かに言葉を継いだ。

「先日キングが指摘したとおり、私は失敗した。しかし、それは、海軍本部の命令を待たずに測量船を購入したことや、役にも立たない気圧計をビーグル号に取りつけさせたことじゃない。私の失敗は、ジェイミー、お前の魂を引き裂いてしまったことだったのだ。

私は前回の航海で目にしたフエゴの野蛮と悲惨を哀れみ、文明を、また信仰を、かの地に移植しようと思いついた。そして、そのためにジェイミー、お前やヨークミンスター、それにフェギアまでを英国に連れて帰ったのだ。私は、お前たちを文明を伝える麦粒にしようと考えた。そのために私は、それまでお前たちが身につけてきたフエゴの野蛮な習慣を根こそぎ否定し、代わりに英国流儀の文明を注ぎ込んだ。……それがお前たちの魂を引き裂いてしまうことになるとは、さらにはそれがどんな恐ろしい結果を引き起こすのか、まるで気づきもせずに！」とフィッツロイは一瞬言葉を切り、瞑目《めいもく》した。彼はまたすぐに口を開いた。

「マシューズは、いつからかそのことに気づいていたのだろう。そして、引き裂かれた魂が、ついには殺人という恐ろしい罪に必然的に至るであろうことを。だからこそ、彼はこの島で自分が犠牲者になろうと考えた。そのことで、私がお前たちの魂に犯した罪を、代わりに償おうとしたのだ。マシューズは、光を讃《たた》えながら死んでいった。彼は、自らの殺人者の魂のために、賛美歌を歌いながら死んだのだ。しかしジェイミー、お前は彼の心を理解しなかった、それどころか愚かにも自らを神になぞらえ、次々に罪を重ねていった……」

「罪？　罪ですって！」ジェイミーは唇を皮肉な形に歪めて言った。が、同時にそれはほとんど悲鳴のようでもあった。

「この世界には神がいないのです。悪霊たちもいない。だとしたら、どうして罪などというものが存在するのです？　誰がそれを決めるのです？」

「誰も罪を決めることはできない。……誰もそれを知ることはできないのだよ」フィッツロイはゆっくりと首を振って言った。

「ほら、やっぱりそうだ！」ジェイミーがかん高い声を上げた。

「そうじゃない。そうじゃないのだ、ジェイミー」とフィツロイは今度は強く首を振った。

「たとえ神を知ることができなくても、たとえ罪を知ることができないとしても、だからこそ人間は光に憧れ続けなければならない、光を求めて祈り続けなければならない。それが人間の精神にとっての〝はばたき〟なのだ。はばたくことを止めた時、人間は地に落ちる。人間は……、そう、もし望むなら――お前がやったように――いつでも他者を殺すことができる。しかし彼は、その同じ瞬間に、殺さないことを選ぶこともできるのだ。彼がそれを望みさえすれば！　私たち人間にできることは、罪がなんであるかを知ることではない。そうではなく、ただはばたくこと、光を望み続けることだけなのだ」

　フィツロイがそう言い終えるやいなや、それまで沈黙に包まれていたもう一つの寝台から、不意に声が上がった。

「見テ！　光ヨ」

　振り返ると、頭に包帯を巻いたフェギアが寝台の上に半身を起こし、中空の一点を指さしていた。少女の顔には紛れもなき喜びの表情が浮かび、わたしはとっさに彼女の狂気を疑った。

次の瞬間、奇妙なことに気がついた。少女の額に一点、明るい光が浮かんでいるのだ。わたしはあることに思い当たり、フェギアの指さすテントの継ぎ目を力一杯引きはがした。

テントの中に光があふれた。

空一面を、厚く、幾重にも覆っていた黒い雲が切れ、その一角から一条の明るい光が射しこんでいた。さっきまであんなにも激しく、暴力的なまでに吹き荒れていた風雨が、嘘のようじ静かになっている。

「チャールズの言ったとおりだ……。嵐が途切れた。これで助かるぞ！」

わたしは歓喜の声をあげ、その場に躍りあがった。

「嘘だ！」

恐ろしい声が響き、わたしたちはそのままの姿勢で凍りついた。

ジェイミーが寝台の上にやはり半身を起こし、わたしたちに向かって手を伸ばしていた。

フエゴの少年は、黒い瞳を一杯に見開き、いまや正面から明るい陽光を浴びながら、なにか手探りするような仕草をした。

前に差し出された手が、突然シーツの上に落ちた。

わたしたちが慌てて駆け寄ると、ジェイミーの乾いた唇が微かに動いた。

「闇だ……。光なんて……見えるものか……」

ジェイミー・ボタンは、それきり息を止めた。

ダーウィンが近づき少年の腕を取った。彼は小さく首を振り、手を伸ばして、開いたままの少年の目をそっと閉じてやった。

ビーグル号から降ろされた小艇《ヨール》が、間もなく島についた。

わたしたちは、迎えに現れた副官ウィッカムらと敬礼を交わし、慌ただしくボートに乗り込んだ。

最後にジェイミーの死体が運び出され、テントの中にはもう誰も残っていないことが分かると、ウィッカムはわたしたちの数をかぞえ、驚いた様子で尋ねた。

「他のメンバーはどうしたのです？」

「死んだよ」キングが短く答えた。

「死んだ？　しかし、まさか……四人も？」

わたしが無言で頷いてみせると、ウィッカムは愕然とした顔になった。彼はすぐに、改めてフィッツロイに向き直った。

「申し訳ありません、艦長。私たちがもっと早く来ていれば……」

「いいんだウィッカム、君のせいじゃない。……彼らはこの嵐で亡くなったわけではないのだ」

「では？」

「わたしが……殺したのです」ダーウィンが青い顔で呟くように言った。「わたしがジェイミーの様子にもっと気をつけてさえいれば、彼の熱病が本当に癒《い》えたわけではないことに気づいたはずだ……。熱病は潜伏しただけだった。脳で進行していたんです……。ジェイミーは熱病の症状を抑えるためにわたしの薬箱から薬を盗み、自分で処方して飲んでいた。……闇雲《やみくも》な薬は、毒でしかないというのに……。わたしが気づいてやらなかったから……。ジェイミーに毒を飲ませていたのは……結局このわたしだったのだ……」

「ダーウィンさん、あなたが？　ジェイミーに毒を？」

「いいんだ、気にするな」

フィツロイが首を振り、訝しげな顔をしている副官に、ボートを島から出すよう命じた。

わたしたちを乗せた小艇は、次々に小山のように盛りあがっては押し寄せてくる波の谷間を縫うようにして進んだ。嵐は、わずかな中休みの後、ふたたび勢いを取り戻しそうな気配であった。

正面から吹きつける強い風の中、わたしはフィツロイの隣に腰をおろした。フィツロイは、島を離れて以来、ふたたび虚ろな表情に戻っていた。彼の手には、宣教師のマシューズが遺した最期の言葉、死を前にしてなお光へ向かおうとする人間の言葉が記された、あの手帳が握られていた。

「結局、その手帳が事態を救ったのですね」わたしは感動をこめてフィツロイに声をかけた。「それにしても、わたしはとんでもない誤解をしていたらしい。マシューズが最期にあれほどの言葉を遺していたとは、わたしは正直思いもしませんでした。……それにしても、艦長、あなたはなぜその頁を切り取っていたのです？　いえ、とぼけてもだめです。わたしは一度、ダーウィンと一緒にその手帳を読んでいるのですからね。あの時わたしたちが見た手帳は最後の数頁が失われていた。そこにあんな言葉が記されていたなんて、まったく驚きましたよ」

フィツロイは、どうしたことかぼんやりとした顔を海面に向けたまま、その耳にわたしの声が聞こえているのかどうかさえ判然としない。わたしは続けて言った。

「考えてみれば、ジェイミーは可哀想な少年でした。いまはただ、マシューズの言葉が最期にジェイミーの魂を救ったと、そう考えたい」

フィツロイはそこで、はじめてちらりとわたしを振り返った。

「……なかなか良い話だが」彼はそう呟くと、表情を変えぬまま、ポケットから何枚かの紙片を取り出した。「全然別の物語もありえるのだよ。……もしかするとマシューズは——長い航海の間、フエゴの言葉をなに一つ覚えなかったあの男は、見知らぬフエゴの習慣に怯え、恐怖を忘れるために、魂を悪霊に売り渡していたのかもしれない」

「そりゃまた……なんの話です？」

「薬だ」とフィッツロイはぶっきらぼうに言った。「私はさっき、一つ嘘を言った。私が今日眠るために口にした薬は、ヘリアーに頼んで調達してもらったものではなかった。……あれは私が、マシューズの遺品の中から見つけ、自分で飲んだものだったのだ」

「あなたが？　マシューズの遺品の中から薬を見つけた？」眉をひそめたわたしは、ふいにフィッツロイがなんの話をしているのかに思い当たった。〝眠るための薬〟。彼は、ダーウィンの薬箱から失われた、南米の祭礼に用いられるという、あの〝収集品〟のことを言っているのだ。「しかし、マシューズはなんだってそんなものを持っていたのです？」

「さあね」とフィッツロイは皮肉な形に唇を歪めた。「もしかすると彼は、フエゴで恐怖を忘れるために口にした不思議な薬の魔力に、以来すっかり取り憑かれていたのかもしれない。……彼はチャールズが船に同じものを持ち込んだのを知って、薬箱からその薬を無断で持ち出した——盗んだ——のかもしれない。……マシューズがこの島に来たのは、死によって私の罪を贖《あがな》うためなどではなく、誰にも邪魔されず、心ゆくまで薬の効果を楽しみたいからだったのかもしれない。……私が彼の手帳から切り取った頁には、そのことが記されていたのかもしれない。……ジェイミーがあの役立たずの宣教師の喉に革紐を巻きつけた時、彼は本当は薬でわれを失っていて、なにも分からないうちに死んだのかもしれない」

「役立たずの宣教師？　マシューズが薬にわれを失っていたですって？」わたしはすっかり混乱してしまった。「なにを言うんです。それじゃあ、さっきあなたがジェイミーに読んで聞かせたあの手記は、あの崇高な言葉はなんだったのです？　いや、あれは少なくとも、たしかに自らの死を覚悟した者だけが発することのできる言葉だった……」

その瞬間、わたしはささいな、しかし決定的な、あることに気がついた。以前わたしが目にした手帳、艦長の机の上からダーウィンが無断で借用してきたマシューズの手帳は、黒い革表紙であった。だからこそ、さっきはそれがマシューズのものであると確信したのだ。ところが、こうして外の光で見ると、フィツロイが手にしている手帳は、黒ではなく、深い海のような濃い紺色に見えた。

「艦長、その手帳はまさか……？」

「これはマシューズのものではない。……私の手帳なのだ」

フィツロイはそう言うと、先ほどポケットから取り出した幾枚かの紙片を波の上に突き出し、指を開いた。白い紙はたちまち強い風に舞い散り、波間に落ちてすぐに見えなくなった。おそらくそれが、本物のマシューズの手帳から切り取った頁であったのだろう。

「死を覚悟していたのは、彼ではない。私なのだ」フィツロイは独り言のように呟いた。「この島に来て、なお狂気の兆候が現れるようなら――もし炎に包まれた少年の亡霊がふたたび現れるようなら――私は自分が本当に狂ってしまう前に、この島で自殺するつもりだった。……私はいまも、死んだヘリアーが夜毎ひそかに私に妙な薬を飲ませていたとは信じていないのだよ。まして私が船で見たものがその薬による幻覚だなどとはね……。適者だと？ジェイミーはやはり間違っていた。……島に上陸した中で、一番死の近くにいたのは、この私なのだ。……彼は最初に私を殺すべきだった。おかげで私は……またしても失敗してしまったのだ」

ビーグル号の艦長が見せる硬い横顔に、わたしは言葉を失うほかなかった。

後から考えれば、嵐がふたたび勢いを取り戻すまでのあの短い時間に、わたしたちが無事にビーグル号にたどりつくことができたのはほとんど奇跡と言って良かった（長い航海の間で、あの時ほど狭苦しい船室が懐かしく思えた瞬間はない。母なる船。陸上者《おかもの》が、この言葉の本当の意味を知ることは、けっしてあるまい）。

船舷から下ろされた梯子《はしご》を昇っていたフィツロイは、途中一度動きを止め、波に激しく上下を繰り返すボートの上の副官を振り返った。

「ウィッカム」

「なんでありましょうか、艦長」

「うむ。なぜ君は、こんなにも早く助けに来られたのだ？　今度の嵐は、めったにないほど急なもので、予見は不可能だったはずだ」

普段はひじょうに礼儀にうるさいウィッカムが、この時ばかりは一瞬にやりと笑うのをわたしは見た。

「艦長のおかげであります！」彼は声をあげた。

「私の？」

「そうであります。艦長が工夫された新しい気圧計が、今回の嵐の到来をみごとに察知したのであります」

この返事にフィツロイは、梯子を昇り掛けたそのままの姿勢で、しばらくなにごとか考え込む様子であった。そして、

「すると私は、まだすっかり失敗したというわけではなかったのだな」

彼はそう呟くと、残りの梯子を身軽に駆けあがり、船舷を越えてわたしたちの視界から見えなくなった。

甲板から、艦長の帰還を祝う歓声が沸き上がるのが聞こえてきた。

第二一章　ビーグル号、ふたたび

世界の最果ての島でジェイミーに取り憑いたのが悪霊であったかどうか、そんなことはわたしには分からない。……いや、そうじゃないな。……フエゴの少年を変えてしまったのは――そして彼を殺したのは――熱病だったのだ。……ほら、わたしは話したはずだよ。〝ジエイミー坊やは、ウィリアム・マスターズたちとともに山猫《ピューマ》狩りに行き、そして全員がひどい熱病に罹って帰ってきた〟と。四人の中で、ジェイミー一人だけは、いったん熱病が癒えたように見えた。だが、あの島でダーウィンが言ったとおり、熱病は少年の脳でひそかに進行していたのだ。……変化は、彼の内で徐々に進行していた……。結局あの島には、あんたたちが期待しているような悪霊はいなかったし、〝大洪水〟もなかったというわけさ。残念だがね……。

ところで、わたしはさっきあんたたちから話を聞いて、むしろ不思議な気がしたものさ。なぜって〝そのくらいのことなら、チャールズはすでにビーグル号の艦長室で、三十年も前に喋っていた。それをなんだっていままで黙っていたのだろう？〟とね。わたしには、そっちの方が謎に思えたんだ。……しかし、こうして話しているうちに、それもまあ当然だったのだという気がしてきたよ。

おそらくチャールズには、自分の示唆に富む発表が、一面ではどれほど多くの通俗的な誤解を生じさせるかが分かっていたんだろう。そして、彼が差し出す言葉——〝この世界は不断に揺れ動いている〟あるいは〝主体は人間にではなく、揺れ動いている世界の側にある〟といった言葉が新しい世界を拓《ひら》き、同時にその世界に耐えられない者が出てくるであろうことも。……チャールズは『ジェイミーに毒を飲ませたのはわたしだ』と言った。あの時チャールズは、なにもジェイミーが熱病の症状を抑えるために薬箱からくすねたものだけを指して〝毒《ドラッグ》〟と言ったんじゃあるまい。フエゴの少年にとっては、彼が隠れ聞いたチャールズの言葉こそが毒だったんだ。

チャールズは、自分の中途半端な言葉が、ジェイミーの心に罪の種《たね》を蒔いたことを知っていた。だから、あんなにもひどくしょげ返っていたんだ（聞くところによると、チャールズは、ビーグル号を降りてからというもの、すっかり田舎に引きこもってしまったそうじゃないか）。

ジェイミー坊やは特別な人間だったのだろうか？……わたしにはそうは思えない。そもそも〝自分の立っている世界が、つねにゆらゆらと揺れ動いている〟、そのことを本当に理解して、なお目眩を覚えない者がいるだろうか？　あるいは、大地を踏みしめた二本の足が、砂のようにさらさらと音を立てて崩れてゆく、その感覚に耐えられる者が？……世界が揺れ動いていることに耐えられなくなった者の中から、容易に罪へ――殺人へ――さらにもっと大きな罪へ――走る者が出るであろうことを、チャールズはあの島ではじめて知ったんだ。

……と、こう言えば、あんたたちはすぐさま〝それじゃあ彼は、そんな危険な言葉をなぜ今頃になって発表したのだ〟と飛びつき、非難するかもしれない。ところが、わたしにはその理由も分かる気がするのだよ。

船の上でチャールズは、よくこんなことを言っていた。

「わたしが知る限り、〝完全な生き物〟はかつて存在しなかったし、おそらくこれからもけっして存在しないでしょう。なぜといって、生き物たちを取り巻く環境はつねに揺れ動いているのだし、適応、あるいは進化とは、結局のところ、揺れ動く環境への対応の程度を指すにすぎないのですからね。そしてわたしは、同じことが人間の言葉についても言えると思うのです。完全な言葉は存在しない。ひとつの言葉は、別の言葉によって不断に乗り越えられる。そして、そこに新しい言葉の可能性の地平が広がるのです。……ちょうど生き物たちが世界のあらゆる場所に棲みうるように、言葉もまた無限の可能性をひめているのです」

おそらくあんたたちの癇《かん》に障るのも、チャールズのこの部分であろうな？　彼は、なるほど、あの頃でさえ、ある種の〝完全さ〟を否定していた。だが、勘違いしてもらっては困る、彼が否定したのは生き物や人間についての完全さなのだ。お前さんがたの領分――神――については、ひとことも言ってはいなかったのだよ。

もしかするとチャールズが今回発表したという一冊の本――『種の起源』といったかな？――そこに書かれた言葉は、今後、人間と世界との関係を大きく変えてしまうかもしれない。しかしそれは、チャールズによれば、〝生き物の世界においては珍しいことではない〟のだ。生き物たちの環境が揺れ動いているように、あらゆる言葉が世界との関係性をつねに変えている。いま、この瞬間も、わたしたちはつねなる流転《るてん》の中にいる……。そのことに、あんたたちは目眩を、と同時に、ある種の敬虔さを覚えはしないだろうか？

かつてチャールズは〝わたしたち人間にはこの世界のすべてを知ることはできない〟と言った。そして〝ましてや未来を知ることなどけっしてできはしないのだ〟とも。……人間にとってそれは、呑み込むには苦《にが》い言葉だ。だが一方で、わたしたちにできることは、反駁可能な言葉を、反駁可能な形で提示することだけなのではないか？　かつてチャールズは、自分の中途半端な言葉がジェイミーを罪に追いやったことを知った。だからこそ彼は、二十年以上の年月をそのために費やさなければならなかったのだ。……おそらくチャールズは、彼が今回出版したその本の中で、すべての者に反駁可能な言葉で語りかけているのだろうよ。わたしはもう、その言葉を読むことはできないがね……。

ところで、一つクイズをしないか？

〝白い羊と黒い羊は、どちらがたくさんの草を食べるか？〟

これも昔チャールズに教わったものでね。……答えは〝白い羊〟だよ、もちろん。なぜって白い羊の方が黒い羊より、圧倒的に数が多いのだからね。ははは……。おや、面白くないかね？　それとも……。

あんたたち、まだそこにいるのかい？

ふん、返事がないな……なあに、どちらでもかまわない。……わたしはもう少しだけ勝手に喋るとするよ。

本当のことを言えば、わたしは近々誰かがチャールズのことを聞きにくるのではないかと予感していたのだ。……いや、彼の本のことを知っていたわけじゃない。ただ——

わたしは最近しばしば夢を見る。きまってビーグル号に乗っていた頃の夢だ。青く晴れ渡った空と、きらめく暗い海、また穏やかに吹く貿易風の柔らかな空気をはらんだ白帆と、月光の夜の夢だ。——鏡のように磨かれて盛り上がる海面と、おりおりの帆布のはためきの他にはすべて静寂の凪《な》ぎ——驟雨《スコール》がアーチのような雲をふり上げて、怒って馳せてくるところと、あるいは激しい疾風《はやて》と、山のような浪――海岸にあって波打つ樹木や、息をのむほどに美しいサバンナや森。鳥類の荒々しい飛翔、暗い陰影とあざやかな光、急流の驀進《ばくしん》――海上ではグンカンドリと小さなウミツバメが嵐をその本来の領域であるかのように翔《と》び――空には南十字星、マゼランの雲、その他南半球の星座――海の上を生き物のように交差し進む、竜巻《たつまき》――青い氷の流れを導いて、そそり立つ断崖で海に懸《か》かる氷河――岩礁をつくる珊瑚虫《さんご》によって持ち上げられた礁湖島――遠く夜の海に赤い火を灯す火山……。

こういったさまざまなものを、わたしはじつにありありと、手に取るように夢に見る。そして目が覚めた時、目の前が真っ暗なことを不思議に思うのだ。そんな時、わたしは決まってチャールズのことを思い出す。彼は、ビーグル号の航海中、こうした〝驚くべきもの〟を目にするたびに、いつもこう言っていた。

――わたしたちはこの世界についてどれほど無知であることか！

彼はにこにこと笑い、ため息をついて、首を振る（わたしの見えない眼に映る彼は、三十年を経たいまでも、ほっそりとした背の高い若者であり、明るい褐色の瞳と血色の良い頬をしている）。……あの時、彼はあの若さですでに知っていたんだ。自分はなにも知り得ないという断念だけが、想像力の巨大な歯車を回しはじめることを。

わたしはまた、チャールズとともに真夜中の洞窟を冒険したことを思い出す。あの夜、彼は、こんなことを言っていたのではなかったか？　〝コカの祭礼では生まれ変わりの神秘こそが真実なのだ〟と。

生まれ変わりの思想こそが真実かもしれない？

わたしが真実のなにを知っていよう！

わたしはただ夢を見るだけだ。

南洋の明るい光の中、黒いにこ毛に覆われたアザラシの子が、日だまりの岩礁で仲間たちとまどろんでいる姿を。

わたしは夢の中で声をあげる。

〝やあ、ジェイミー。そこにいたのか〟と。

真っ白な帆を上げたビーグル号が紺碧の海の上を滑ってゆく。

空には、見たこともないほど見事な虹がかかっている。

解説――物語と物語が響き合うところ、柳本格あり

阿津川辰海

――あなたの好きな名探偵は誰ですか？

作家になってから、何度となく聞かれた質問です。色んな名探偵の名前を答えてきました。ブラウン神父、亜愛一郎、砂絵のセンセー、ヘンリー・メリヴェール卿、中村雅楽……。ですが、この質問を投げかけられるたびに、悪戯心を起こして、こう答えたくなるのを堪《こら》えていたのです。

「ああ、それはもちろん、ダーウィン、シュリーマン、ソクラテスの三人ですね……」

血迷ったか、と思われるかもしれませんが、ここに挙げたのは、柳広司作品において、名探偵を務めた人物です。『黄金の灰』ではシュリーマン。トロイア遺跡の発掘現場で起きた

密室殺人の謎を解く。『饗宴』ではソクラテス。衆人環視での急死事件、バラバラ死体の謎に挑む。

彼らはそれぞれ、自らの人生の大事件とも呼べる局面で、不可解な謎に巻き込まれます。それは、彼らの宿命によって巻き込まれた事件で、彼らの偉大な功績と深く関わってきます。当然そこには魅力的なドラマが生まれ、彼ら自身も、自らの推理に苦悩しながら謎を解き明かしていく。だからこそ、彼らは「名探偵」と呼ぶにふさわしいのです。

そして、ダーウィンが名探偵を務めた作品こそ、この『はじまりの島』です。

『はじまりの島』ではダーウィンが『種の起源』には書かなかった、ある事件が語られます。ガラパゴス諸島の生態系を調査していた時に連続殺人事件が発生し、ダーウィンがそれを解き明かした、というのです。

歴史上の偉人が事件を解決していた、というアイデア自体は珍しくなく、私が好きな作品を挙げるだけでも、シオドー・マシスン『名探偵群像』、ウィリアム・ヒョーツバーグ『ポーをめぐる殺人』、井沢元彦『修道士の首』、最近では米澤穂信『黒牢城』等々、枚挙にいとまがありません。

しかし、とりわけ柳広司の歴史本格ミステリーが凄いのは、歴史小説としての読み応えが素晴らしいのはもちろんですが、フー（誰が犯人か）、ハウ（どう犯行を行ったか）、ホワイ（なぜ殺したか）のいずれにも、惜しみないアイデア量が投入されていることです。『はじまりの島』でも、監視状況下で被害者を絞殺したというハウダニットの謎や、アリバイの謎など、惜しみないトリック量で読ませてくれますし（しかもロケーションを生かしている！）、犯人特定の「異形の論理」にも意表を突かれます。

ダーウィンに逆説めいた言い回しをさせることで、G・K・チェスタトンの作品群を思わせるテイストになっているのもミソ。二〇〇〇年代に刊行された国内ミステリーであるにもかかわらず、海外古典のような、滋味溢《あふ》れる香気すらたたえているのです（しかも読みやすい）。

そして、ホワイダニットの衝撃……これこそ、私が柳広司の本格ミステリーを愛してやまない理由の一つです。その魅力を掘り下げるため、ここで少し脱線して、『虎と月』内の「虎になった男の話（「あとがき」にかえて）」を引用します。同書はヤングアダルト向け「ミステリーYA！」の一冊として二〇〇九年に刊行され、当時中学三年生だった私が、初めて手に取った柳作品でした。そして、今から引用するフレーズは、当時から私の心を摑《つか》んで離さなかった一節です。

〃——これまでに書かれたすべての物語は、互いに響きあっている。

耳を澄ませてみてください。

きっとどの作品の中にも、これまでに書かれた別の作品の響きを聞くことができるはずです。〃（文庫版『虎と月』、p.234）

物語と物語が、互いに響き合う。歴史という「物語」と、そこから換骨奪胎して作った「物語」が響き合い、虚々実々の重ね塗りで魅せてくれる柳広司の作品群は、この「物語の響き合い」という主題を書き続けています。この「響き合う物語」というフレーズこそが、本格ミステリーとしての柳広司作品の美点にも繋《つな》がってきます。

響き合い、と言うと綺麗なイメージが浮かびますが、柳広司の本格ミステリーでは、この「物語」のぶつかり合い、相克が描かれます。自分とは全く異なる論理で、信仰で、言葉《ロゴス》で紡がれた「物語」に出会った時、人はそれに反発する。その心の動きを、柳本格の「動機（ホワイダニット）」は捉えてくれます。

『はじまりの島』も当時の社会情勢のために神学の要素を含んでいますが、『黄金の灰』のトロイアの物語や、『ザビエルの首』のキリスト教など、信仰のモチーフがベースになることが多いのも、「どのような『物語』を信ずるか」が登場人物たちの礎となっているからでしょう。

歴史本格ミステリーの評価軸の一つとして、よく「その時代・その場所でしか起こり得ない犯罪」という軸が使われます。本格ミステリーは、その設定や背景を選択した必然性を強く求めるジャンルであるため、時代・地域による「限定性」を重視するということでしょう。本書『はじまりの島』はもちろん、この意味で、「ダーウィンがいる時代でなければ、ガラパゴス諸島でなければ、起こり得ない犯罪」を描いています。

ですが一方で、そうした犯罪は同時に「普遍性」を勝ち得ていて欲しいと、私は欲張りにも思っています。地球上で何度も繰り返されてきた悲劇。そこに今、ダーウィン、ガラパゴス諸島という項が代入されているのであって、根本的なところでは私たちの世界にも直結している。時代・地域による「限定性」と、それらを超えた「普遍性」。この双方の感動があって初めて、歴史本格ミステリーが心に響いてくると思うのです。

そして、柳広司はいつも、この欲求に応えてくれるのです。なぜなら、柳広司は、「物語」と「物語」の相克という悲劇を――執拗なまでに、それぞれの時代で紡いでくれるからです。この「物語」の押し付け合いは、情報戦という形でスパイ小説にも形を変えますし（〈ジョーカー・ゲーム〉シリーズ等）、「満州」という国家を舞台にし、「映画」という物語形式について描く歴史小説『幻影城市』も、そうした「相克」の話です。「国家によって消される歴史」を描く近著『アンブレイカブル』や『太平洋食堂』も、「物語」の相克というキーワードと無縁ではないと思います。本格ミステリーを離れたとしても、柳広司が情熱を持って書き続けている小説の主題、その魅力それ自体は、変わらないのです。

とまれ、まずはこの『はじまりの島』です。フーダニット、ハウダニット、そして、「物語」の相克の痛みを抉《えぐ》り取るホワイダニット。三拍子見事に揃った、この傑作歴史本格ミステリーが、あなたにとって、「響き合う」柳広司の「物語」への、入り口となりますよう。

私があの中学生の日、『虎と月』を読み、その原典となった『山月記』を読み直し、その二つを往復し――「響き合う」物語の魅力に取り憑かれ、また一つ、小説という沼の深みにはまったように。

（令和四年八月）

――小説家

地図製作：美創

この作品は二〇〇六年九月創元推理文庫に所収されたものです。

はじまりの島《しま》

柳《やなぎ》広《こう》司《じ》

令和4年10月10日　初版発行

発行人――石原正康
編集人――高部真人
発行所――株式会社幻冬舎
〒151-0051東京都渋谷区千駄ヶ谷4-9-7
電話　03(5411)6222(営業)
　　　03(5411)6211(編集)
公式HP　https://www.gentosha.co.jp/
印刷・製本―中央精版印刷株式会社
装丁者――高橋雅之

検印廃止
万一、落丁乱丁のある場合は送料小社負担で
お取替致します。小社宛にお送り下さい。
本書の一部あるいは全部を無断で複写複製することは、
法律で認められた場合を除き、著作権の侵害となります。
定価はカバーに表示してあります。
Printed in Japan © Koji Yanagi 2022

幻冬舎文庫

ISBN978-4-344-43238-3　C0193　や-47-1

この本に関するご意見・ご感想は、下記アンケートフォームからお寄せください。
https://www.gentosha.co.jp/e/